प्रतिनिधि कहानियाँ

प्रतिनिधि कहानियाँ

चन्द्रकान्ता

सम्पादक
सुन्दरम शांडिल्य

राजकमल प्रकाशन

ISBN : 978-93-89598-04-9

मूल्य : ₹ 195

पहला संस्करण : 2020

प्रकाशक : राजकमल प्रकाशन प्रा. लि.
1-बी, नेताजी सुभाष मार्ग, दरियागंज
नई दिल्ली-110 002
द्वारा प्रकाशित

शाखाएँ : अशोक राजपथ, साइंस कॉलेज के सामने, पटना-800 006
पहली मंज़िल, दरबारी बिल्डिंग, महात्मा गांधी मार्ग, इलाहाबाद-211 001
36 ए, शेक्सपियर सरणी, कोलकाता-700 017

वेबसाइट : www.rajkamalprakashan.com
ई-मेल : info@rajkamalprakashan.com

मुद्रक : बी.के. ऑफसेट
नवीन शाहदरा, दिल्ली-110 032

PRATINIDHI KAHANIYAN
Representative Stories of Chandrakanta
Edited by Sundram Shandilya

मानवीय सरोकारों की मर्मस्पर्शी कहानियाँ

चन्द्रकान्ता हिन्दी के उन विरल कहानीकारों में हैं जिन्होंने कहानी के वक़्ती फैशन एवं आन्दोलन की राजनीति से दूर रहते हुए वाद-विमर्श के सीमित दायरों को लाँघ समाज के बृहत्तर आयामों को स्पर्श करती व्यापक मानवीय संवेदना और सरोकारों की कहानियाँ रचकर अपनी विशिष्ट पहचान बनाई है। सन् 1967 में 'कल्पना' पत्रिका में प्रकाशित पहली कहानी 'खून के रेशे' से अनवरत गतिशील पाँच दशक से अधिक लम्बी उनकी कहानी यात्रा इस बात की गवाह है कि अपने समय-समाज के जटिल सवालों से टकराते हुए उन्होंने कथ्य और शिल्प के संश्लिष्ट प्रयोगों से पुष्ट 'कहानीपन' को तरजीह दी है। जानी-पहचानी दुनिया की अनजानी स्थितियों एवं अनकहे आख्यानों को अपनी कहानियों का विषय बनाकर उन्होंने वक़्त के साथ कदमताल करते मनुष्य के संवेदन-तंत्र एवं समकालीन जीवन यथार्थ को विश्वसनीय ढंग से प्रस्तुत किया है।

'पृथ्वी का स्वर्ग' कहे जानेवाले कश्मीर के श्रीनगर में जन्मी चन्द्रकान्ता कश्मीर केन्द्रित अपने विपुल कथालेखन के लिए हिन्दी जगत में खासी लोकप्रिय हैं। 'कथा सतीसर' जैसा महाकाव्यात्मक उपन्यास लिखकर उन्होंने प्रेम-बंधुत्व की भावना से सम्पृक्त कश्मीरी समाज की साझी सांस्कृतिक विरासत और प्रकृति के जादुई सौन्दर्य को न सिर्फ सार्वभौमिक पहचान दी है, उसके आईने में आतंकवादग्रस्त कश्मीर के रक्तरंजित यथार्थ को बेहद संजीदगी और प्रामाणिकता के साथ पेश भी किया है। अपनी कहानियों में उन्होंने देश विभाजन के तत्काल बाद कश्मीर संकट से उपजे हालात से लेकर 'जेहाद' के नाम पर जारी आतंकवाद से झुलसते कश्मीर की आबोहवा और अवाम के दुख-दर्द

का अद्यतन चित्र उकेरा है, जहाँ वे यथास्थिति का चित्रण भर करके नहीं रुक जातीं अपितु प्यार, ईमान और इनसानियत से लबरेज़ पात्रों का सृजन कर कट्टरता एवं हिंसा के विरुद्ध पुरजोर आवाज़ उठाती हैं। 'पोशनूल की वापसी' मज़हबी भेद से परे मानवीय सम्बन्धों के जीवित होने का सुखद अहसास कराती है। कहानी में जहाँ महदा अपनी जान पर खेलकर मालिक बबलाल और उसके परिवार को कबाइलियों के कहर से बचाता है, वहीं बबलाल गाढ़े वक़्त में महदा के बच्चों की परवरिश का खर्च उठाकर अपना फ़र्ज़ निभाता है। वक़्त बीतने के साथ बूढ़ा हो चुका महदा जब-जब मास्टर, उनकी बच्चियों—कमली, दुर्गी और काकनी माँ को याद करता है, उसके बच्चों को लगता है कि उसका बाप ताजिन्दगी नौकर बनकर रहा, वे नहीं जानते कि बबलाल की नज़र में महदा का ओहदा सगे भाई से कम नहीं था।

'आवाज़' दहशतगर्दियों द्वारा प्रताड़ित लड़की विनी के अदम्य साहस एवं संघर्ष की कहानी है। मनोरंजन की 'वस्तु' के रूप में बार-बार दरिंदगी का शिकार होकर विनी एक बच्ची की माँ बनती है। बच्ची की आवाज़ से पकड़े जाने का भय है, इसलिए प्राय: उसका मुँह कपड़े से कसकर बाँध दिया जाता है। लेकिन विनी हार नहीं मानती—"साल-भर दरिंदों के साथ रहकर उसने अपने सीने में एक हिंस्र जीव पाल रखा था...उसने इस हिंस्र जीव से दोस्ती कर ली। क्योंकि उसके साथ माया, मोह, ममता, प्यार-व्यार की कोई बंदिश या तवालतें नहीं थीं...वह एक अग्निपिंड था जिसने विनी को ग्लेशियर होने से बचा लिया।" इसलिए आतंकियों के कब्जे से छूट भागने में सफल होते ही जब बच्ची के मुँह से कपड़ा हटाती है तो उसकी चीख-भरी आवाज़ मुक्ति के उद्‌घोष की तरह सुनाई देती है।

'शायद संवाद' कश्मीरी पंडितों के निष्कासन और बेघर होने की पीड़ा को दर्ज करती हुई वादी के मौजूदा हालात में शान्ति बहाली की सम्भावना की टोह लेती है। पलायन के बारह साल बाद कश्मीर लौटे नीलकंठ के बहाने यह सत्य उद्‌घाटित होता है कि हिन्दू और मुसलमान दोनों ही कौम किसी न किसी रूप में आतंकवाद से पीड़ित हैं। हिंसा की

तमाम वारदातों के बीच लेकिन नीलकंठ को उम्मीद है, शायद संवाद के जरिये समस्या का कोई हल निकल आए।

कश्मीर ही नहीं, देश-दुनिया की हर उस मानवीय त्रासदी को चन्द्रकान्ता अपनी कहानियों में जगह देती हैं जिससे एक संवेदनशील रचनाकार का मन आहत एवं उद्वेलित होता है। पंजाब ने आतंकी त्रास को जिस रूप में वर्षों भोगा है, वह मंजर एक चश्मदीद की पैनी नज़र से 'कित्थे जाणां पुत्तर' कहानी में सामने आया है। बेजी के गाँव-घर का माहौल पंजाब के खुशहाल जीवन का प्रतिनिधि चित्र है, जहाँ 'चालीस साल पीछे की कानफोड़ सदाएँ' फिर सुनाई दे रही हैं। गाँव-घरों में अंधाधुंध हत्याएँ हो रही हैं लेकिन बूढ़ी बेजी इसके पीछे का गणित नहीं जानती। रातोंरात हिन्दू-सिख कई गाँवों से पलायन करने लगे, लेकिन बँटवारे का दंश झेल चुकी बेजी में अब अपनी सरजमीं छोड़कर किसी दूसरी जगह बसने की न ताब है, न सोच। हवा में घुली नफ़रत के ज़हर को रोकने की तमाम कोशिशों के बीच बेजी लोगों के लिए अरदास करती उन्हें तसल्लियाँ देती है, कि एक रात उसके पूरे परिवार को आँखों के सामने मौत के घाट उतार दिया जाता है।

मानवीय अस्मिता एवं न्याय की पक्षधर चन्द्रकान्ता अपनी कहानियों में उस भ्रष्ट व्यवस्था और मनुष्य विरोधी तंत्र को कठघरे में खड़ा करती हैं जिसने तेजी से बदलते समाज में चतुर्दिक संघर्ष से घिरे मनुष्य की आन्तरिक अनुभूतियों को कहीं गहरे दफन कर दिया है। व्यक्ति और व्यवस्था की मुठभेड़ में वे पूरी प्रतिबद्धता के साथ प्रत्येक विषम परिस्थिति एवं प्रवृत्ति की समीक्षा करती हैं, तत्पश्चात् उन तथ्यों का अन्वेषण करती हैं जिससे मनुष्य की अन्तरात्मा को मरने से बचाया जा सके और इस प्रकार एक बेहतर कल के लिए मनुष्य के स्वप्नों, संवेदनाओं और स्मृतियों को सिरज लेने की चिन्ता चन्द्रकान्ता की कहानियों का प्रस्थान-बिन्दु बन जाती है। 'सूरज उगने तक' कहानी में सामाजिक-आर्थिक वैषम्य और राजनीतिक मूल्यहीनता से उत्पन्न मानवीय यंत्रणा, दुनियादारी के तकाजों से कोसों दूर युवा इंजीनियर विमल रैना को सार्थक बदलाव के लिए तैयार करती है और वह अपनी नौकरी की परवाह किए बगैर एक मजदूर की जान बचाता है।

चन्द्रकान्ता की कहानियों में मानवीय सरोकारों की मुख्य धुरी परिवार है जिसके ताने-बाने में बनते-बिगड़ते सम्बन्धों एवं समीकरणों का लेखा अपने समय के गुट्ठिल सामाजिक यथार्थ का रेशा-रेशा उजागर करता है, और इन्हीं ब्योरों में जब लेखिका संवेदना के सूत्र पकड़कर मनुष्य के भावजगत का निरीक्षण करती है तो मन को कचोटता करुणा व अवसाद भरा संगीत कहानियों में सिग्नेचर ट्यून की तरह सुनाई देता है। 'रात में सागर' कहानी में लॉस एंजिल्स के रिकवरी सेंटर में भर्ती अपाहिज वृद्ध माँ को रात के अकेलेपन में सागर का हुंकारता शोर सोने नहीं देता। यूँ तो माँ के लिए इलाज-सेवा-सुविधाएँ सब मुहैया हैं, बच्चे उसका हालचाल जानने बराबर आते हैं, माँ भी पंचानबे वर्ष की उम्र में एडजस्ट करना सीख गई है, लेकिन 'हमेशा शिखर पर बैठी रही' माँ को भावनात्मक सहारा देने के लिए परिवार में किसी के पास वक़्त नहीं है। जिन्दगी के अन्तिम पड़ाव पर पहुँचे मनुष्य के अकेले और फालतू हो जाने की पीड़ा ही उसकी नियति है और आज के परिवार का सच भी।

'मुक्ति प्रसंग' कहानी में आधुनिक परिवार की तस्वीर है जहाँ संवेदना का क्षय एवं वाष्पीकरण बड़ी तेजी से हुआ है। पिता का श्राद्धकर्म सम्पन्न कर रहे बेटे पत्नी-बच्चों सहित शामिल होकर मानो सामाजिक रूढ़ि का पालन कर रहे हैं। उनकी भावशून्य संलग्नता के विपरीत समूचे आयोजन में निस्संग बैठी छोटी लड़की के मन में पिता का जीवन संघर्ष, उनकी शिक्षा, उनके बलिदान एवं प्रेम की स्मृतियाँ रील की तरह चल रही हैं और एक प्रश्न फाँस बनकर उसे अशान्त किए हुए है—उम्रभर की आकांक्षाओं, संघर्षों और सुख-दुख का निचोड़ क्या मुट्ठी भर अस्थियाँ हैं? जिन्दगी का कुल जमा-हासिल क्या यही सत्य है?

वैश्वीकरण के युग में मानवीय मूल्यों के दरकने से उपजी स्थितियों एवं विडम्बनाओं पर जब चन्द्रकान्ता लिखती हैं तो जीवन की आपाधापी में अकेले रह गए मनुष्य के आसपास की चकाचौंध भरी बोझिल दुनिया के बीच और बरअक्स होने की अनुभूतियाँ, निजी स्तर पर लेखिका एवं पाठक से संवाद करती दिखाई देती हैं। 'थोड़ा सा स्पेस अपने लिए' कहानी में यह संवाद मल्टीनेशनल कम्पनियों में काम करनेवाली तेज

रफ्तार ग्लोबल पीढ़ी के युवा—वरुण और ईशा की जिन्दगी के समानान्तर चलता है। आर्थिक रूप से आत्मनिर्भर और अपने फैसले खुद लेनेवाले इन युवाओं की नज़र में 'आउटडेटेड' हो चुके माता-पिता जिस 'विवाह' को प्रेम का जायज रिश्ता मानते हैं, दरअसल वह एक गैरजरूरी सामाजिक बन्धन है। दोनों पूरी प्लानिंग से लिव-इन रिलेशन में साथ रहते हैं, मगर प्यार की हवाई उड़ान में घुटन का अहसास होते ही वरुण अपने निजी स्पेस की दरकार में ईशा से अलग हो जाता है।

स्त्री विमर्श के दौर में चन्द्रकान्ता ने फ्रेम से बाहर रहकर स्त्री जीवन के नाना प्रसंगों पर मार्मिक कहानियाँ लिखी हैं और स्त्री के दुखों को मनुष्य मात्र की त्रासदी के रूप में प्रस्तुत किया है। उनके अनुभव संसार में ज्यादातर दुख सहती और अपने वजूद के लिए संघर्ष करती स्त्रियाँ हैं जो पुरुष के बराबर का सम्मान एवं जीने का अधिकार चाहती हैं। उनमें विरोध की मुखर आवाज़ तो है, विद्रोह का दिखावटी तेवर नहीं है। 'अलकटराज़ देखा?' कहानी की नायिका छवि सैन फ्रांसिस्को के खूबसूरत बँगले में रहते हुए खुद को अलकटराज़ टापू की सीलन-भरी तंग अँधेरी जेल में कैद पाती है क्योंकि उसके समलैंगिक पति ने बच्चा पाने के लिए 'गिनीपिग' की तरह उसका इस्तेमाल किया है। वह बच्ची को जन्म देती है और पति को तलाक देकर खुली हवा में साँस लेती है।

चन्द्रकान्ता ने प्रेम जैसी शाश्वत थीम पर लीक से हटकर बेहतरीन कहानियाँ लिखी हैं। स्त्री-पुरुष के दुर्निवार आकर्षण एवं प्रेम को 'चुप्पी की धुन' कहानी में उन्होंने जिस कलात्मक भाषा एवं दार्शनिक अन्दाज़ में प्रस्तुत किया है, वह काम-सम्बन्धों का चित्रण करनेवाली समकालीन 'साहसिक' प्रेम कथाओं में अत्यन्त दुर्लभ है। 'विवाह बाँधता है, प्रेम मुक्त करता है'—इस टेक पर सजल जिस प्रेम की प्रस्तावना करता है, उसमें स्वार्थ नहीं, संवाद नहीं, आत्मा तक उतरती चुप्पी की एक धुन मात्र है जो प्रेम करनेवालों को सुकून देती है, उन्हें अपेक्षाओं में बाँधती नहीं मुक्त करती है। आश्चर्य नहीं कि सजल के दुनिया से जाने के बरसों बाद भी स्वाति को वह धुन सुनाई पड़ती है।

जीवन-जगत की बहुरंगी छवियों को कैनवस पर उतारने के क्रम में चन्द्रकान्ता ने कभी ढर्रेवाली कहानियाँ नहीं लिखीं। उनकी कहानियों के चरित्र जहाँ अपने सहज मानवीय व्यवहार से पाठक के दिल में बस जाते हैं, वहीं रोचकता व ताजगी से भरपूर उनकी कहन एवं भाषा शैली अपनी संगुम्फित संरचना के बूते पाठक को अन्त तक बाँधे रखती है। 'तैंतीबाई' कहानी जिस नाटकीय अन्दाज़ में आगे बढ़ती है उससे अन्त तक लगता है कि ट्रक ड्राइवर बलदेव अपने साथ जा रही नवविवाहिता तेजी के साथ अब कोई ऐसी हरकत करेगा, जैसी शराबी-मनचले ट्रक ड्राइवर अक्सर करते हैं, लेकिन पथरीली कंक्रीट की तरह सख्त तन-मन व ठस दिखने वाला बलदेव सफर खत्म होने पर एक अलमस्त-आशिक़मिज़ाज इनसान के रूप में सामने आता है जिसकी दुनिया में कदम रखते ही मानवीय सम्बन्धों की गरिमा कहीं गहरे महसूस होती है।

चन्द्रकान्ता की कहानियाँ अनुभूतियों का विविधवर्णी संसार है जहाँ मनुष्य के होने और जीने की आस्था केन्द्र में रहती है। उनकी कहानियाँ एक ऐसा वितान रचती हैं जो हमारे समय की कोख से उपजी विसंगतियों और क्रूरताओं के बरअक्स संवेदनाओं और मानवता को एक कंट्रास्ट के रूप में प्रस्तुत करता है और मनुष्य के अन्तर्मन को बूझ लेनेवाली अकृत्रिम पारदर्शी भाषा के सहारे पाठक की संवेदना को छू लेता है। यहाँ परिवेश एवं वातावरण का चित्रण महज वर्णन न होकर पात्रों की मानसिकता में गहरी पैठ का परिचायक है जो उनके मन की हलचल और प्रतिक्रिया को बयाँ करता है। कहना न होगा कि चन्द्रकान्ता की कहानियाँ हमें यथार्थ और कल्पना की ऐसी दुनिया में ले जाती हैं, जहाँ जाकर पाठक रचना पढ़ने के बाद वही नहीं रह जाता जो वह रचना पढ़ने से पहले था।

—सुन्दरम शांडिल्य

क्रम

पोशनूल की वापसी

छीजे हुए पुराने लिहाफों जैसे बादलों के बीच से सूरज ने जरा सा उझककर बर्फ की कब्र में दफन हुई धरती को देखा तो शिंगल और टीन की झुकी छतों से लटकती पानीदार मूलियों सी सफेद शिशिर गाँठें उष्णता का स्पर्श पाकर पिघलने लगीं।

चितकबरे पैबन्दोंवाली 'बंडपुरी चादर' में दुबके महदे ने आफताब की आब देखी तो दोनों हाथ आसमान की ओर उठाकर माथा झुकाया, "शुक्र परवरदिगार तेरा! पूरे दो माह बाद बन्दों पर एक सीधी नज़र तो डाल दी।"

खदीजा चौके में पटले पर बैठी चावल के आटे से दोहरे फुलके बना रही थी। पति को सुना तो लोइयों को हथेली की चोटों से थपथपाती अकारण तुनक उठी, "अल्लाह रे अल्लाह! साल के साल आसमान ताकनेवाले से कोई पूछे, सूरज किस घड़ी गांधारबल में छिपा और किस घड़ी हरमुख के पीछे से निकल आया, घड़ी-मिलट सभी बता देगा।"

महदे ने लोहे की पत्तर से काँगड़ी की बुझती आँच करीने से बीचों-बीच जमा दी और गरम फुलकों से उठती सोंधी महक से खुश होकर मुस्कुराया, "तुझे कोई मना करता है आसमान ताकने से? दिन-मिलट याद रखने से? आयँ?"

"मैं क्या याद करूँ घड़ी-दिन?" खदीजा ने उबलते कहवे सी भापीली उसाँस छोड़ी, "अपनी किस्मत में तो दिन के चार पहर खटना ही लिखा है। तिस पर न खर खुश, न खरवाला।"

महदे ने करुणा से खदीजा के झुर्रियाते चेहरे पर लिखी उदासी भरी नाराज़गी को देखा और जान गया, सुबह-सुबह बहू या बेटे के साथ कुछ खटपट हुई है।

खदीजा तवे पर रोटी पलटते ज्यों अपने आप से बतिया रही हो, "अलस्सुबह आँख खोलती हूँ तो पहर रात गए ही तखता हुई कमर सीधी कर पाती हूँ। फिर भी सारा गाँव जलता है मेरे भाग से। पूतोंवाली हूँ न! मगर तेरे पूतों की कोई कल सीधी होती न तो मैं भी कभी आसमान के नज़ारे देखती।"

"अरी, छोड़ यह रोज-रोज का लैलनामा। दिल बड़ा रख। अपने कोखजायों का बुरा मानेगी तो दीन-जहान एक में चार जोड़कर तमाशा देखेगा। आखिर तो बच्चे ही हैं। समझ जाएँगे अपने आप।"

'समझ जाएँगे अपने तजुरबों से।' महदा यही कहता है, जब भी खदीजा बच्चों की शिकायत करती है—एक ही जवाब। मगर महदा जानता है कि बच्चे पढ़-लिखकर समझदार हो गए हैं। माँ-बाप की हर बात में मीनमेख निकालना अपना पैदाइशी हक समझने लगे हैं। घर के कुल जमा पाँच अदद जनों में सुबह से शाम तक फिजूल की किच-किच चलती रहती है। नई बहू दोपहर तक बिछौना नहीं छोड़ती। पहर गई रात तक किताब खोले बैठी रहती है। पढ़ी-लिखी है न! उसके अपने शौक हैं। अपनी पसन्द। गाय दुहना वह जानती नहीं। गायें थनों में उसका हाथ लगते ही बिदक जाती हैं। गाँव-घर का चूल्हा। उपलों के धुएँ से बहू की आँखें कड़वाती हैं, शहर में गैस के चूल्हे की आदत जो हुई। खदीजा, अकेली जान अन्दर-बाहर सब सँभालती है। सौ झंझट। ऊपर से बहू को 'शीर चाय' पसन्द नहीं। अंग्रेजी लपटन चाय ही पिएगी, जैसे सात पीढ़ियों ने वही चाय पी हो। बारह जमात पढ़कर ही दिमाग उलट गया है। तारिख के तो मुँह में दही जमा है। डरता भी होगा! शहर की छोकरी ब्याहकर लाया है। ऊँच-नीच सुनेगी थोड़ी।

एक अपनी नूरी है। शहर में ब्याही गई—मुँह सीये दस जनों का टब्बर सँभालती है। बात-लात सहती है, तभी न सास कोखजायी का सा लाड़ भी करती है!

नूरी के लिए महदे का दिल भर आया। दुर्गी-कमली के साथ पली है नूरी। सलीकेदार लोगों के साथ उठी-बैठी है। गलत काम कैसे करेगी? बहू चार हरुफ पढ़ी नकचढ़ियों से दोस्ताना जोड़ बैठी है, सो सोहबत असर लाएगी। महदे ने सोचा—कहे, पर टाल गया। बेकार की बहस। बात बढ़ाने की आदत भी नहीं है महदे की।

बात बदलने की खातिर ही महदा उठकर जानवरों के बाड़े की तरफ चला गया। नई बियाई गाय का छौना कुनमुना रहा था। महदा ने उसके मुलायम तन में झुरझुरी उठती देखी तो चौंक गया। अन्दर छाजन से टपटप पानी की बूँदें टपकने लगी थीं। महदे ने छौने को थपककर उठाया। सूखी जगह पर पुराना गदेला डाल उसे लिटाया, और टपकती छाजन के नीचे यहाँ-वहाँ तसला-तगारी रख आया।

"तारिख से कहा था दस-बीस पूले घास के डाल दे बाड़े की छत पर। फरजन्दे ने इस कान सुन उस कान से निकाल दिया। छप्पर टपक तो रहा ही है, बर्फ के भार से नीचे सरकने लगा है। अब लाट साहब बर्फ तो क्या उतारेगा?"

"लो सुनो! इस्कूल-कॉलेज जानेवाले लौंडे तुम्हारा बाड़ा छवाते रहेंगे, मजूरों की तरह बर्फ ढहाते रहेंगे। ऐसी अकल तो तूने बुढ़ापे में ही पाई लगती है।" खदीजा लड़कों की गैरजिम्मेदारी से उपजी कुढ़न पति पर निकालने लगी।

"अकल तो थी ही कहाँ री? अपने तीसमारखाँ बेटों से ही पूछ। जिनकी मसें भींगते ही बाप कमअक्ल हो गया। फिर भी शुक्र है ऊपरवाले का। अभी हाथ-पैर चलते हैं। चल, पकड़ा बेलचा-तगारी। थोड़ी बर्फ गिराकर छप्पर का वजन हल्का कर दूँ। लौंडों का इन्तज़ार करते एकाध थक्का बर्फ का और गिरा तो बेज़ुबान डंगर जान से हाथ धो बैठेंगे।"

सीढ़ी पर एहतियात से पैर जमाते महदा बाड़े की छत पर चढ़ गया। बेलचे में बर्फ भर-भर गिराते उसके भीतर कुछ कोंचता रहा। जब भी तारिख और फजल की बात सोचता है, उसका ज़मीर उसे फटकारने लगता है, 'महदे, तुझे अपना टब्बर सँभालना नहीं आया।'

विचारों के गुंजलक में कसे महदे को तब हाकिम संसारचन्द की बातें याद आती हैं, "महदे, तुम चार दिन भी गाँव चले जाते हो तो मेरे घर का डिसिप्लिन बिगड़ जाता है। बच्चों को तुम ही ऑर्डर में रखना जानते हो..."

लेकिन महदे के बेटे उसके ऑर्डर में कहाँ रहे? बेटे बड़े स्कूलों में पढ़ते गए तो छोटे बाप की तहज़ीब पुरानी ज़ंग लगे औज़ारों सी बेकार हो गई।

पहाड़ों के सिर सफेद ताजों के गुरूर में आसमान छू रहे थे। बर्फानी हवाओं की चपेट से आँगन का शहतूत निरा ठूँठ सा खड़ा था। सुग्गा, गुगी, बुलबुल, कोई भी पांखी दूर-दूर तक नज़र नहीं आता। नंगी टहनियाँ बर्फ के गुच्छों से लदी सिकुड़ी सी खड़ी हैं, उदास, अचीन्ही सी। बहार के मौसम में यही शहतूत का पेड़ सफेद गुलाबी बौरों और लाल रसभरे तूतों से महकता रहता है। तब शर्मीले पोशनूलों* के झुंड नन्हे पत्तों की आड़ में छिपकर चहकते हैं। महदे को वह बहार कभी भूलेगी, जब बबलाल बच्चों को लेकर उसके घर आए थे? बच्चियाँ तो इस पेड़ से बँध गई थीं। खटमिट्ठे रसभरे शहतूत और टहनियों की आड़ में आँखमिचौनी खेलते सुनहरे-पीले रंगवाले पोशनूल—ई ई योऽऽऽ

"क्या बोलता है पोशनूल, महदू काका?"

"पोशनूल बोलता है—श्रीकृष्ण गूपियो।

वोडि छय न टूपियो।"

नन्हे हाथों से तालियाँ बजाती कमली महदे के सिरे से ईरानी टोपी खींच लेती है।

"हट, यह भी कोई खेल हुआ?" महदा आँख में तरेर भर झूठ-मूठ का गुस्सा दिखाता है।

"मैंने तो कुछ नहीं किया, तुम्हारी कसम।" दुर्गी टोपी पीठ पीछे छिपाकर भोलेपन से निहारती है, "वो तो ले गया पोशनूल।"

"धत्! पोशनूल कोई बन्दर है जो टोपी लेकर भाग जाएगा?"

---

* पोशनूल—पीलक पक्षी का कश्मीरी नाम।

महदा दुर्गी की पीठ पीछे छिपी टोपी खींचकर सिर पर जमाता है, कुर्ते के दामन से पोंछ-पाँछ कर, "पगली! पोशनूल तो याद दिलाता है, सिर पर टोपी पहनो। टोपी हया बख्शती है, जैसे दस्तार इज्जत बख्शता है, वैसे ही।"

फिर टोपी और दस्तार का अन्तर समझाते महदा बच्चियों को लाज और मर्यादा की बातें बताता। पांखियों की अर्थहीन ध्वनियों के अर्थ बूझता। मजाल है, कमली-दुर्गी ने उस दिन के बाद कभी महदे की टोपी को हाथ भी लगाया हो।

दुर्गी-कमली अब बड़ी हो गई हैं, बाल-बच्चों वाली। दूर देशों में अपनी गृहस्थियों के साथ रच-बस गई हैं। लेकिन महदे की नज़र में अभी वे नन्ही बच्चियाँ ही हैं। वे ही यादें, वे ही नज़ारे आँखों के आगे घूमते रहते हैं। ऐसी ही जमी हुई बर्फ में महदा, कमली-दुर्गी के लिए बर्फ के जानवर बनाता था—बिल्ली, कुत्ते से लेकर 'राहचोक' तक। कमली के दूधिया गुलाबी कपोल बर्फीली हवाओं से दिप-दिप दमकते।

"तुमने 'राहचोक' देखा है, महदू काका?"

"हाँ री! बर्फबारी की रात में नदी-नालों को पार करता है। हाथ में दीया लेकर उलटे पाँव चलता है।"

"आय हाय! नदी में डुबो भी देता है?"

"न री! डरपोक लोगों को डराता है। जो बहादुर होते हैं, उनसे आप ही डरकर नालों में घुस जाता है।"

दुर्गी-कमली कहानियाँ सुनने की दीवानी थीं—दुनिया भर के पखेरुओं की कहानियाँ। शाम ढलते ही जब आसमान की सड़क से पांखियों का जुलूस गुजरता, वे महदे को घर के किसी भी कोने-अँतरे से पकड़कर ले आतीं, "किधर जातीं ये चिड़ियाँ, महदू काका?"

"चिड़ियाँ इस वक़्त अपने घरों को लौटती हैं।"

"बड़ेवाले अखरोट के पेड़ के ऊपर? उधर कौन रहता, महदू काका?"

"उधर उनके नन्हे बच्चे रहते। चोंच खोले, दाने के इन्तज़ार में। माँ आएगी, बबा आएगा, दाना-दुनका लाएगा। नन्ही चिड़ियाँ खाएँगी।"

"कच्चा दाना खाएँगी, एकदम? पेट में दरद नहीं होगा?" दुर्गी विस्मय से प्रश्न पर प्रश्न दागती।

महदू अपने कथन में संशोधन करता। कच्चे दाने की बात एक बार पहले भी कही थी। कमली बिने चावलों के ढेर से मुट्ठी भर-भर फाँकने लगी थी। काकनी माँ ने डाँटा तो बोली, "चिड़ियाँ भी कच्चा दाना खाती हैं, महदू काका बोलता है..."

काकनी माँ ने महदू को बुलाकर पूछा था, "क्यों महदू, चिड़िया कच्चा दाना खाएगी तो पेट में दर्द नहीं होगा?"

महदा इशारा समझ गया, "हाँ, काकनी माँ! चिड़िया पहले चूल्हा जलाती है। चिरौंटा तिनका-तुनका लाता है, तब चिड़िया खिचड़ी पकाती है। उसके बाद बच्चों को खिलाती है।"

"चिड़िया के तो हाथ भी नहीं हैं, कैसे खिलाएगी?" दुर्गी सफेद दंत-पंक्ति झलकाती महदे के अधकचरे ज्ञान को चुनौती देती।

"वो तो चोंच से चुग्गा खिलाती है। देखा है न तुमने? चिड़ियाँ सभी काम चोंच से करती हैं।"

दुर्गी-कमली हिल भी कितनी गई थीं महदे के साथ! कुकिल देखकर तो लड़कियाँ खुशी से बौरा गई थीं। ऊँचे चिनार के नक्काशीदार पत्तों के बीच मीठे सुर से गाती कुकिल के गीतों का अर्थ महदू के सिवा बूझ भी कौन सकता था? महदा दोनों हाथों की गुलक बनाकर शंख बजाने के अन्दाज़ में कुछ इस तरह फूँकें मारता कि बड़ी तरन्नुम भरी आवाज़ें निकलतीं। हूबहू कुकिल की आवाज़—गु गू गु-गु गू गु।

"क्या बोलती कुकिल, महदू काका?" कमली ठुनकती।

तब महदू बताता, किस प्रकार कुकिल दर्द भरे सुरों में अपने पिटने की शिकायत करती है, "गु गू गु-गु गू गु माजि लोयनम, काजवटे सूत्य, ब्यनि लोयनम यनि कानि सूत्य..."

"सच्ची-मुच्ची मारा माँ ने सिलबट्टे से?"

"मारती नहीं? रसोई में भात पकाते माँ की कलछी-परात जूठी जो कर दी।"

"बहन ने क्यों मारा?"

"बहन चरखा कात रही थी कि कती हुई पूनियाँ उठाकर खेलने लगी। भला गंदी नहीं होंगी पूनियाँ? यह भी कोई खेल हुआ? तू ही बता।"

तारिख दूर से ही पिता को बर्फ उतारते देख गुस्सा हुआ। वजनी गीले बूट बरामदे में फटकारता माँ से मुखातिब हुआ, "यह बबा खुद क्यों बर्फ उतार रहा है? ठंड खाएगा तो मुसीबत खड़ी कर देगा। ऐसे ही आठ पहर सीने में खों-खों होती रहती है।"

महदा लँगड़ाती चाल से सुन्न हुई टाँगों को झटकारता पैरों को धरती पर टिका रहा था। घुटनों के नीचे खून जैसे जम गया हो। बेटे की बात सुनी तो जबड़ों में थिरकन हुई, "क्यों रे तारिख, अब गरीब लोग भी अपना काम नौकरों से करवाएँगे?"

"लेकिन बबा, तुम्हें पहले से ही सर्दी हो गई है। खामखाह..."

"सो तो है, लेकिन करना तो मुझे ही था न?"

महदे के संजीदा स्वर ने तारिख का गुस्सा भड़का दिया, "जरूरी नहीं था बबा, मगर तुम्हारी उम्रभर की आदत जो है चाकरी..."

"उम्रभर की क्या फरजन्दे?" महदे का संजीदा चेहरा तन गया। माथे की नीली नसें गंदुमी जिल्द के भीतर से फड़कने लगीं, "यही कहना चाहते हो न, कि मैंने ताउम्र चाकरी की? जरूर की बच्चे! लेकिन ऐसी चाकरी तू करता, तो मालिक होने की ख्वाहिश दिल में कभी जागती ही नहीं।"

खजीदा ने आँख के इशारे से बेटे को ज़बानदराज़ी से बरज दिया। वह संसारचन्द के घर के साथ महदे का अजहद जुड़ाव जानती है, तभी न महदा कुर्ते की जेब में हमेशा दुर्गी, कमली और निका की तस्वीरें टाँगें रहता है।

चूल्हे में जलती लकड़ियाँ झाड़, दहकते अंगारों से खदीजा ने महदे की काँगड़ी तपा दी। महदा ठंड से सुन्न होते हाथ काँगड़ी पर रख, तेज आँच से मीठी खुजली महसूसता अतीत की वादियों में भटकने लगा—हाँ, की है महदे ने चाकरी। संसारचन्द की—नहीं, बबलाल की! नाम लेने से गुनाह करने का अहसास होता है। तारिख गलत भी नहीं। वह उसे चाकरी ही समझेगा। पहले काश्तकार, फिर चपरासी, और फिर घर का नौकर।

नज़र-नज़र का फ़र्क़। लोगों ने महदे की चाकरी देखी, बबलाल का सलूक न देखा। खाना खाते महदू के 'बुशकाब' में झाँककर तसल्ली

करते बबलाल की सुकूनभरी नज़र न देखी। उन्होंने बबलाल को यखनी और रोगनजोश के जायके की तारीफ महदे से पूछते न सुनी और काकनी माँ का मुस्कुराता मोह सना उत्तर, "देख लो महदू, कल से तुम अपने बबलाल के सामने बैठकर खाना खाया करो। तुमसे बेर-बेर पूछताछ कर मेरी नीयत पर शक करने का गुनाह तो न करना पड़ेगा...।"

शर्म और गुमान से महदे के कान की लवें तक लाल हो जातीं, "काकनी माँ! मालिक और नौकर को एक साथ बिठाकर मुझे जहन्नुम में क्यों भेजती हो?"

"ना महदे, ना!" बबलाल फर्शी हुक्के की नै मुँह से निकाल मुलायम आवाज़ से बोलते, "तुम तो मेरे भाई हो। तुम्हारे अहसान इस जन्म में भूलूँगा तो परलोक में दुर्गत पाऊँगा।"

महदे का अहसान बबलाल भूले न थे, पर क्या महदे ने सचमुच बबलाल पर कोई अहसान किया था? काकनी को वह माँ समझता था और दुर्गी-कमली क्या नूरी से अलग थीं? अलग होतीं तो महीना भर महदे के गाँव रहने पर अकुलातीं? गिरती बर्फ में ठंड से सिकुड़ी खिड़की पर बैठकर उसे बुलाती रहतीं? ठीक वैसे ही जैसे कभी-कभार परदेश गए बबलाल को बुलाती थीं—

शीना प्यतो प्यतो, काका यितो यितो। (बर्फ गिरती जाओ, काका आ जाओ...आ जाओ)

काकनी माँ महदे के लौटने पर बच्चियों की वे बातें उसे चाव से सुनातीं। दुर्गी-कमली के प्यार ने महदे को अनायास ही काका के आसन पर बिठा दिया था।

एकाएक वक़्त बड़ा जालिम हो गया था। अंग्रेज बहादुर गद्दी छोड़कर जाते-जाते मुल्क का बँटवारा करा गया था। भाई-भाई खूँखार दरिन्दे बनकर एक-दूसरे के खून के प्यासे हो गए थे। वही तूफान मुजफ्फराबाद के रास्ते बारामूला तक पहुँच गया था। बबलाल उन दिनों बारामूला के हाईस्कूल में हेडमास्टर थे और महदा महज एक चपरासी। घर-गाँव दूर होने के कारण महदा हेडमास्टर साहब के घर में ही रहता था और बच्चों को खिलाया करता था।

महदा वह रात कैसे भूल सकता है? असोज कार्तिक मास की हल्की ठंड में लिपटी खामोश रात। दूधिया चाँदनी के आगोश में बच्चे की तरह सोया कस्बा। अचानक आधी रात के वक़्त खामोशी का जिगर भेदती बन्दूकों और गोलियों की आवाज़ें धरती हिला गई थीं। महदू बँगले के दालान में लेटा हड़बड़ाकर जागा था। मिनटों में कस्बा वहशियों की नोच-खसोट और मजलूमों की चीखों-चिल्लाहटों के बीच हाँफने लगा था। महदा माजरा जानने के लिए गली में आ गया तो उसकी साँस रुकने लगी थी। दहशत का आलम उस पर हावी हो गया था। लोग बदहवास न जाने कहीं भागे जा रहे थे और भागने की कोशिश में गोलियों का शिकार हो रहे थे। तहखानों और भूसा कोठरियों में छिपी औरतों को खींच-खींचकर दरिन्दे नोच रहे थे।

उसी वक़्त रसूल मियाँ, लतीफ बेग और गफ्फार महदे की तरफ आ गए थे, "महदे, अपने मास्टर की जान बचाना चाहता है तो मास्टरनी को बाहर भेज, और उन छोकरियों को भी।"

छोकरियों के नाम पर महदे का खून खौल उठा था। अपनी जान बचाने की खातिर दीन और मज़हब के नाम पर वे दुश्मनों के साथ साँठ-गाँठ कर चुके थे। जर, जमीन और औरत के भूखे कबाइलियों को वे औरतें मुहय्या कराते थे। उनकी नीयत समझ वह उलटे पाँव अन्दर घुसा और भीतर से फाटक बन्द कर दिया।

भीतर बबलाल राख रँगे चेहरे से उसे देख रहे थे। उन्होंने अपना अबरक माँड से चमचमाता साफा महदे के पैरों पर डाल दिया था। उस वक़्त उसे उस भूचाल से ज्यादा बबलाल की याचना भरी आँखें हिला गई थीं। उसने साफा जल्दी से उठाकर ताक पर रख दिया और अल्लाह पाक का नाम लेकर बबलाल को माथा नवाया। फिर उनसे माथे का चंदन पोंछने और जनेऊ निकालने का इशारा किया। अपनी कमीज-सलवार बबलाल को पहनाकर उन्हें दीवार फँदाकर श्रीनगर की राह पर भेज दिया। खुद कमली-दुर्गी और काकनी को लेकर पिछवाड़े के दरवाज़े से निकल गया। माँ-बेटियों को घर में छिपा रखा। दो दिन दुर्गी-कमली को नूरी के कपड़े पहना दिए। काकनी ने जब फिरन-तरंगा छोड़ खदीजा के कपड़े

पहने तो महदे की आँखें धरती में गड़ गईं, "काकनी माँ, तुम्हारे लिए मैं अल्लाह पाक से ईमान और अस्मत की खैर माँगूँगा। वह मुझे मेरी ज्यादतियों के लिए मुआफ करे।" काकनी माँ ने धार-धार आँसू बहाते बेटे की तरह महदू को सीने से लगा लिया।

कुछ दिन बाद जब दिल्ली से फौजें आईं और कबाइली मुजफ्फराबाद तक पीछे धकेल दिए गए, तब महदा उन सबको लेकर शहर लौटा था।

महदा गफ्फार और लतीफ के हाथों जलील हुआ। उन्होंने उसे दीनो-ईमानफ़रोश और काफ़िर तक कह डाला। "ऐसी भी क्या फ़र्ज़ अदायगी? दुश्मनों को पता चलता तो समूचे घर-बार और मुहल्ले-टोले को गोलियों से भून न देते? आखिर जान है तो जहान है..." महदा बिरादरी से कटा रहा। उसकी समझ में दीन से भी बड़ी कोई चीज़ थी जिसे वह उन्हें समझा न सकता था।

महदे ने वह सब क्यों सहा? क्या नौकर-मालिक के रिश्ते के कारण ही? महदू तारिख से यही सवाल पूछना चाहता है। वह तो पढ़ा-लिखा है, अक़्लमन्द है। मगर नहीं, महदू नहीं पूछेगा। कई साल बाद तारिख ने भी बाप से यही बात पूछी गोकि बेहतर लफ़्ज़ों में...

महदा आश्चर्यचकित बेटे को देखता रहा। भीड़ की बात की उसने परवाह न की थी। उसका न दिमाग होता है, न दिल, लेकिन उसका बेटा तारिख? जो बबलाल की मेहरबानी से ही इल्म का हकदार बना। उन्होंने ही तारिख की पढ़ाई का खर्चा उठाया, उसे वजीफा दिलाया। आज उन्हीं की मेहरबानी से तारिख बड़े स्कूल में मास्टर बन गया है, नहीं तो महदा कभी सोच सकता था कि उस जैसे अपढ़-गँवार का बेटा दूसरों को इल्म देगा? मगर तारिख की बातों में बाप के सोच की कोई भनक क्यों नहीं? इस इल्म का क्या फायदा जो अपनों को ही न समझ सके?

महदा समझ नहीं पाता कि चन्द किताबें पढ़कर आदमी बुजुर्गों के उम्रभर के तजुर्बे को गलत कैसे करार दे सकता है?

"कैसी तालीम है यह?" महदा बेटे से कहे बिना नहीं रह पाता, "प्यार, ईमान और इनसानियत, ये लफ़्ज़ तुम्हारी किताबों में नहीं लिखे हैं क्या? हमने तो उम्रभर...।"

तारिख पिता के उम्रभर के हिसाब-किताब में प्यार, ईमान और इनसानियत की इबारत के सिवा कोई सही जवाब देख नहीं पाता। जमा हासिल जान नहीं पाता। उम्रभर की दौड़-भाग का कोई तो अंजाम हो? कुछ हासिल किया हुआ अपना हो...

पिता की बात को वह तर्कों की कसौटी पर कसता है—"प्यार, मोहब्बत, लिहाज़, ईमान का हिसाब बराबर वालों के साथ ठीक रहता है बबा! यों उम्रभर सिर झुकाकर दूसरों की गुलामी करने को प्यार, लिहाज़ का ज़माना अब रहा नहीं। जज़्बात की बात छोड़ दें बबा, तो तुम उम्रभर संसारचन्द के नौकर ही तो रहे। और उनके लिए वही हलीमी अभी भी तुम्हारे भीतर भरी हुई है। तुम समझते हो बच्चे तुम्हें याद करते होंगे? इतने सालों में तो वे यह भी भूल गए होंगे कि कभी तुमने उन्हें पाला-पोसा था..."

तारिख पिता को आश्वस्त करती मुस्कुराहट थमाता है—"तुम उस नवाब के दो नौकरों वाली बात कहते हो न, जो हर माह एक को अशर्फी और दूसरे को चाँटा इनाम में देता था? चाँटा खानेवाला नौकर जल्दबाज़ और कामचोर था, और अशर्फीवाला मेहनतकश और ईमानदार। बस समझ लो, तुम उसके अशर्फीवाले नौकर थे। पर थे नौकर ही।"

अब महदा बहस नहीं करता। बाप का जूता जब बेटे के पाँव बराबर आ जाए तो बेटे का भी लिहाज़ करना पड़ता है न। फिर महदू जानता है कि किताबी सोच जिन्दगी से हासिल किए सोच से अलग होता है। उम्र के अनुभव का रंग उस पर न चढ़े तो कसर रहती ही है। अब तो बबलाल की गुलामी वह नहीं करता। बबलाल-काकनी दोनों, वर्षभर में आगे-पीछे अपने-अपने घर चले गए। जाने से पहले महदे के नाम काश्त करनेवाला खेत लिख गए। बच्चियाँ पहले ही ब्याह कर देश-विदेश में रच-बस गई थीं। निका बेटा भी नौकरी के लिए राजधानी में बस गया। सो महदा, काकनी माँ के जाते ही गाँव लौट आया हमेशा के लिए। उम्रभर की यादों का एक बेअन्त पारावार लिये। अपने बच्चों की अजनबी सी लगती दुनिया में वह दख़ल नहीं देता। बदलाव से उसे एतराज़ भी नहीं। बदलना जरूरी है, कुदरत के बनाए मौसम भी तो बदलते हैं। बहारों में

गदराए पेड़ पतझड़ में ठूँठ बन जाते हैं, लेकिन उन ठूँठों में भी बर्फ गलने के बाद नई कोंपलें जो उगती हैं? महदे के बच्चे इस सीधी सी बात को समझ क्यों नहीं पाते कि धरती में नमी चाहिए। परती जमीन में खर-पतवार के सिवा क्या उगता है भला? वे लोग जिस्मानी और रूहानी आज़ादी की बात करते हैं और महदा उस आज़ादी की झलक उनकी आँखों में देखना चाहता है। नहीं पाता महदा कुछ भी उनकी आँखों में। जब वह कुर्ते की जेब से दुर्गी-कमली की वही छोटी सी तस्वीर निकालकर देखने लगता है, जिसमें वे महदे की गोद में बैठी चमकती आँखों से पोशनूल की चहक सुन रही होती हैं। महदे की रूह तब हवा में तैरने लगती है। होंठों पर बहुत पुराना गीत मँडराने लगता है—'आज़ाद बुलबुल बाशे करान पोश डलन मंज।' (आज़ाद बुलबुल फूलों की झीलों में चहक रहे हैं...)

'वारिमुठ भात' खाकर महदा चिलम पीने बैठा तो तारिख ने तम्बाकू की पुड़िया के साथ लिफ़ाफ़ा थमा दिया, "स्कूल से आ रहा था तो रास्ते में अहदा दे गया। दस घरों से लौटकर यह चिट्ठी उस तक पहुँची। पता बराबर नहीं लिखा है..."

"किसकी है?" महदे ने सोचा, "गुले की होगी...।" उसे अब कौन लिखेगा? "...कह रहा था, तारिख से कहो, स्कूल में कोई छोटी-मोटी नौकरी दिलवाए।"

"हाँ, तारिख किसी मिनिस्टरी के दफ़्तर में ऊँची कुरसी पर बैठा है—फोन खटखटाया और नौकरियाँ हाज़िर!"

तारिख भुनभुनाता हुआ रुक गया, "यह चिट्ठी कलकत्ते से आई है—कमली रैना की।"

"कमली बच्ची की?" महदा चौंककर उछला, ज्यों धरती से आसमान छू गया, "इत्ते सालों बाद? भला कैसे याद किया महदू काका को...जरा पढ़ तो...पढ़-पढ़..."

तारिख मुस्कुराकर पढ़ने लगा और महदू के जिस्म पर हज़ारों कान उग गए।

बहार आते ही कमली बच्चों के साथ अपने देश आएगी। बच्चे पहली बार कश्मीर देखेंगे। वे महदू काका से भी मिलने आएँगे। कमली ने बच्चों

को महदू काका से सुनी ढेर सारी कहानियाँ सुनाई हैं। वे जानना चाहते हैं, महदू काका कौन है, क्या लगता है हमारा? कमली नहीं बता पाती। कुछ रिश्ते ऐसे होते हैं न, जो सभी नामों से ऊपर होते हैं। महदू काका ही बच्चों को वह रिश्ता समझा सकेगा। और मालूम है, बच्चों के नाम क्या हैं? बेटी का कुकिल और बेटे का पोशनूल।

चिट्ठी के एक-एक अक्षर से फूटते खुशियों के गुनगुने आबशारों में महदा भीगता रहा। चिलम का लम्बा सा कश खींचकर वह ठहाका लगाकर हँसा, "लो सुनो, अंग्रेजी सीखे बच्चों का नाम कुकिल और पोशनूल! तारिख! कमली कुछ भी नहीं भूली। कुछ भी नहीं...कुकिल...पोशनूल।"

बोलते-बोलते महदे को जबरदस्त धसका उठा। खौं-खौं करते वह बरामदे तक निकल आया। आँखों से आँसू झरते रहे, कानों में गूँ-गूँ की आवाज़ गूँजने लगी। लेकिन रुक-रुककर आती साँसों के बावजूद उसने बर्फ के गोलों से ढके शहतूत को देखा, लगा पलक झपकते नंगी टहनियाँ बहारों के बौरों से लद गई हैं। अब जल्दी ही पोशनूल आएगा और इन महकती डालों पर बैठकर चहकेगा—

श्रीकृष्ण गूपियो
वोडि छय न टूपियो।

आवाज़

अमावस की ठस्स अँधेरी रात! पहाड़ों की पाँत से घिरे गाँव की ढलुवाँ छतें हैं कि कजलाए दूह और कोयले के ढेर? भूत-प्रेतों की आकारहीन शक्लों में घात लगाए खड़े लम्बे-ऊँचे दरख़्त। झीना-झीना मेह अभी भी अटक-अटककर बरसे जा रहा है।

कीचड़-काँदो में घुटनों तक सनी लड़की छाती से पोटली चिपटाए ऊबड़-खाबड़ जंगल से बदहवास गुजरती खँडहरों में पहुँच गई है। अँधेरे में मुड़-मुड़कर आहटें टोहती वह बूढ़े चिनार के तने से पीठ टिका,

चौतरफा परिदृश्य का अन्दाज़ा लगाना चाहती है। कौन सी जगह है यह? पुलवामा? अनन्तनाग? बिजबिहारा तो नहीं?

आसपास कोई बस्ती नज़र नहीं आती। काले खम्भे मुँह-नाक ढके मुजाहिदों की तरह आसमान में बन्दूकें ताने खड़े हैं। शायद वह मार्तंड के खँडहरों में पहुँच गई है।

उसने आसपास टटोल-टटोलकर धरती को थपथपाया। नोकदार खुरदरे ढोक चट्टानों को हथेलियों से महसूस करते घिसट-घिसटकर सुरक्षित सी ओट ढूँढ़ ली। चौड़ी सी चट्टान हाथ लगी, शायद ललितादित्य के समय की कोई ध्वस्त मूर्ति हो।

आसमान में काले बादलों को चीरकर रोशनी की तलवार खिंच गई और पत्थरों का ध्वस्त साम्राज्य आँखों के आगे नंगा हो गया। हाँ, वह सचमुच ललितादित्य के आठवीं शताब्दी में निर्मित खँडहर हुए मन्दिरों के प्रांगण में आ पहुँची है। 'उन लोगों से' काफी दूर। वे इधर नहीं आएँगे। आसपास ही कहीं सेना के जवान पहरे दे रहे होंगे।

मन भर वजनी टाँगें फैलाते उसके आँसू निकल आए। घुटनों में पीप पड़े फोड़े की तीखी पीर चीस रही है। गोद में ढकी-मुँदी बच्ची में साँस की आवन-जावन भी नहीं लग रही। शायद बेहोश हो गई है। मर नहीं सकती। दम घुटाकर बैठने की आदी हो गई है। उसने कपड़ा हटाकर बच्ची का मुँह खोल दिया। नाक के पास हथेली रख उसकी साँस महसूस की। ठंडे हाथों से गुनगुनी साँस छू गई तो भीतर कुछ सख़्त सा जमा बूँद-बूँद पिघलने लगा। आदी हो जाता है आदमी हर जुल्म का। चारेक मास की बच्ची भी इस नियम का अपवाद नहीं।

उसने बच्ची के कोमल गाल अपने गालों से सहलाए। हिलडुल से बच्ची कमजोर आवाज़ में किकियायी इयाँ...इयाँ...।

लड़की की छाती में गुनगुनी लहर उमड़ आई। उसने कमीज के बटन खोल दिए। उँगली से बच्ची के होंठ टटोले और उसकी नाक बचाकर दूध पिलाने लगी। भूखी बच्ची के होंठों में हरकत हुई, हल्की सी, पर जल्दी ही वह आकुल खोज में यहाँ-वहाँ मुँह मारती, नन्हे हाथ माँ की छाती पर रख दूध चूँघने लगी।

लड़की ने बाँहों में लगभग भींचकर बच्ची के बालों में उँगलियाँ फेरीं। दूध पीते उसकी आधी गज भर देह रह-रहकर सिहर उठती थी। कपड़ों के भीतर ढकी होने पर भी बच्ची भीग गई थी। लड़की ने चुन्नी का छोर निचोड़ बच्ची का सिर-माथा पोंछ दिया और अपने शरीर से चिपकाकर गरमी देने की कोशिश की।

पत्थरों की ओट में बैठी लड़की अब वर्षा से सुरक्षित थी। चट्टानों के बीच यहाँ-वहाँ उगी जंगली घास और बिच्छू बूटियों के बीच कहीं-कहीं जुगनू चमक रहे थे जिससे अँधेरे में छिपी अपशकुनी आकृतियों का अहसास तीव्र होकर भयावह लगने लगता था।

दूर बहते किसी नाले की हहराती सांय-सांय गहरी खामोशी को तोड़ रही थी।

किसी खंडित मूर्ति की टेक लगाकर बैठी लड़की की चेतना सुन्न हुई जा रही थी। भागते-छिपते किसी कटे पेड़ की जड़ से टकरा, पैर के अँगूठे में खोंता लगा था। वह जगह बराबर टीसे जा रही थी। खून भी बह रहा हो शायद। गीली मिट्टी में लथपथ पैरों को खून और पानी का फ़र्क़ समझ नहीं आता।

तृप्त होकर बच्ची माँ की गोद में गुड़ी-मुड़ी होकर सो गई। लड़की भी सोना चाहती थी पर अपशकुनी अँधेरा उसकी नसों पर हावी हो रहा था। करकती आँखों से वह आठवीं शती के उस महान सम्राट के साम्राज्य को चीन्हने की कोशिश कर रही थी जो अपने ही विश्वस्त सेनानायकों द्वारा छल से मारा गया था।

इस काली रात में क्या उस सम्राट की रूह यहीं कहीं भटक नहीं रही होगी? विजेताओं को अपने अमर साम्राज्य का खंडित चेहरा देखकर कैसा लगता होगा?

नींद के झोंकों से लड़की की गर्दन झकोरे खा रही थी। आधी जाग्रत, आधी सुषुप्तावस्था में कभी आँखें मुँद जातीं, कभी चौंककर खुल जातीं।

पत्थरों के बीच किसी रेंगते जीव के खिसकने-सरकने की आवाज़ से वह चौकन्नी हो आई। काई भरी दरारों से लम्बा सा साँप सरककर उसके

पास से गुजर गया था। कितने भयानक साँप रहते होंगे इन खँडहरों में। कहीं काट लेता तो इस नन्ही जान का क्या हाल हो जाता? उसे तो खैर क्या डस लेते। सालभर से जहरीले नाग और बिच्छू उसकी देह में इतना ज़हर भर गए हैं कि साँप काट भी ले तो खुद ही मर जाए।

साँप की तरफ ध्यान जाते ही उसकी जबरदस्त इच्छा हुई कि वह उन्हें एक बार देख ले। मरे हुए साँपों का दाह-संस्कार करना चाहिए, माँ कहती है। नहीं तो उनका कोई वंशज बदला लेने जरूर आ जाता है। लेकिन क्या पता, साँप मरे ही न हों और उसका पीछा कर रहे हों, दबे-दुबके खोहों-दर्रों में रेंग-रेंगकर।

उसे लगा सफेदों के जंगल बीच भागते, खलिहानों की कीच में धँसते पैर खींचकर निकालते अधमरे साँप बराबर उसका पीछा कर रहे हैं। बच्ची की चीखों से उन्हें दिशा बोध न हो, इस ख़याल से उसने बच्ची का मुँह ओढ़नी से बाँध दिया था। ऐसा करते उसके भीतर हूक सी उठी थी। वे लोग लुकने-छिपने के दौरान हमेशा बच्ची का मुँह कपड़े से कसकर बाँध देते थे। उसकी चीखें बन्द हो जातीं और नन्हे गालों पर पानी लुढ़क आता।

लेकिन भावुकता के लिए उसके पास वक़्त नहीं था। वे उन्हें पा गए तो छोड़ेंगे नहीं, यह तय था। बच्ची की आवाज़ बन्द हो गई तो पेड़-पौधों के बीच साँस लेती जीव-जन्तुओं की ध्वनियाँ मुखर हो उठीं।

वे लोग शायद वापस लौट गए हों, कमांडर ने लौटने का आदेश दिया होगा। या लड़की के पीछे भागने से ज्यादा जरूरी काम याद आ गया होगा। क्या पता? नया साम्राज्य बनाने की ज़िद में जेहाद करनेवाले तो कहते भी हैं कि उन्हें अगले पल का कोई अता-पता नहीं होता।

लड़की ने मार्तंड के खँडहरों के प्रति आभार सा महसूस किया। यह ओट न मिलती तो अपने पैरों की आहटों से ही वह मारी जाती। साल भर उसने मरने की कामना भले ही की हो, अब वह जिन्दा बच निकलना चाहती थी।

बैठे-बैठे पीठ पर सुरसुराहट-सी दौड़ी, उसने खम्भे से पीठ रगड़ ली। कोई कीड़ा था शायद, मसल गया होगा। पास ही कहीं बिच्छू बूटी के झाड़ होंगे। टटोल-टटोलकर धरती छूने और रास्ता तलाशने से हाथों

में खासी खुजली भरी जलन मच रही थी। उसने नोकदार पत्थर से रगड़-रगड़कर अपनी हथेलियाँ छील दीं।

दूर से नदी का स्वर विलाप कर रहा था। अँधेरी रात का स्यापा। चूर हुई देह इस एकान्त रुदन की गूँज से सुन्न हुई जा रही थी। या शायद वनस्पतियों की महक का प्रभाव हो।

काले कैनवस पर तेजी से रीलें खिंचती जा रही हैं। एक के बाद दूसरी। लम्बे-लम्बे हाथ झपटकर अंधी खोह में खींचे जा रहे हैं।

विनी। विनू। निकी। रा...नू...पास से गुजरती आवाज़ों का कारवाँ।

"हिकटा मिकटा बोय अनिनम डून्य काह..."

"कीकली कलीर दी। पग मेरे वीर दी..."

"कीकली कि खैनू? कि चोर सिपाही?"

"नहीं! आल माल पहला थाल, माँ मेरी के लम्बे बाल..."

कितने लम्बे बाल थे माँ के! जब उन्होंने केश पकड़कर माँ को घसीटकर कमरे में पटक दिया तो उनके बाल कमर तक फैल गए थे।

वह शायद प्रलय की रात थी। ओले, तूफान और आँधी। खिड़कियों, दरवाज़ों की चूलें हिल उठी थीं। माँ-पापा के साथ वह भी खिड़कियों की चिटकनियाँ लगाने में जुट गई थी।

उस दिन शहर में कर्फ़्यू था। जंगजुओं का कर्फ़्यू। बिजली गुल। साँसें भी डर-डरकर बाहर आ रही थीं। माँ-बाप और वह एक ही रजाई में घुसे सोने की कोशिश कर रहे थे। तभी दरवाज़े पर थापें पड़ने लगी थीं। पापा दरवाज़ा खोलने उठे तो माँ ने रोक लिया था, "पहले झिर्री से देख लो।" "कुछ नहीं होगा।" सफेद झक चेहरे से पापा दरवाज़ा खोलने मुड़े कि चार युवक लातों से द्वार तोड़ ठसके से घर में घुस आए। काले कपड़े से मुँह-आँख ढके।

माँ की चीख निकल आई, "ये...ये तो यमदूत हैं।"

"डरो नहीं, हम तुम्हें मारने नहीं आए। रात भर रहकर सुबह-सवेरे चले जाएँगे।"

"हाँ...हाँ..." पापा ने जाने कहाँ से बेजान हाथों में हरकत लाई, "आइए...आओ बेटा!"

"हमारे पीछे पुलिस लगी है। कोई इधर पूछने आए तो कहना, यहाँ कोई नहीं है। समझे?"

"हाँ...हाँ..." में सिर हिलाते पापा खातिरदारी में लग गए। माँ ने दूसरे कमरे में गद्‌दे-खेस बिछा दिए।

"हमें भूख लगी है, खाना खाएँगे।" उन्होंने हुकुम दिया। जैकेटवाला युवक शायद उनका सरदार था। अपनी तरफ का तो नहीं लगा। किताबी उर्दू बोल रहा था।

"हाँ, क्यों नहीं, तुम्हारा ही घर है।"

माँ ने सोचा होगा, आवभगत करेंगी तो हमें बख्श देंगे। "तब तक हाथ सेंक लो।" माँ ने दहकती काँगड़ी थमाई और चौके का रुख किया।

वक़्त जैसे ठहर गया। हवा में ऑक्सीजन की इतनी कमी कि माँ-पापा और विनी एक-एक साँस के लिए हाँफने लगे। तभी दाढ़ीवाले ने धमाका सा कर दिया।

"सुनो, अपनी इस लड़की को पानी देकर भेज दो। हमें रात को प्यास लगती है।" दाढ़ीवाला साथियों की ओर देख भद्‌दे ढंग से मुस्कुरा दिया।

माँ-पापा पानी का जग-गिलास लिये कमरे की चौखट पर खड़े हो गए तो दाढ़ीवाले का माथा सिकुड़ गया, "सिर पर कफ़न बाँधकर निकले हैं हम। एक खून की सज़ा फाँसी तो दस खून की सज़ा भी वही फाँसी। समझे ना? ज्यादा चालाकी करोगे तो जान से हाथ धो लोगे।"

उसका हाथ पिस्टल पर चला गया, विनी की टाँगें थरथराने लगीं। वह बदहवास हो घर के कोने-अँतरे ढूँढ़ने लगी। लपककर खिड़की की चिटकनी खोल दी और गली में कूद गई। बाहर सन्नाटा साँस रोके बैठा था। दूर तक कोई आदमज़ाद नहीं। पस्त खिड़की से कूदने पर भी उसकी टाँगों में चोट लगी। घुटनों पर हाथ दिए वह उठकर भागने वाली ही थी कि दाढ़ीवाले ने फुर्ती से झपटकर बाँह पकड़ ली और बेदर्दी से अन्दर खींच लिया।

"वाह छोकरी! अपने प्यारे अब्बा-अम्मी की लाशें देखना चाहती है?"

कमरे की ओर घसीटते उसने विनी की ढकी-मुँदी देह उघाड़नी शुरू कर दी। "प्लीज़ ऐसा मत करो। नहीं-नहीं..."

विनी ने हाथ-पैर मारे। दाँतों-लातों से अपना बचाव करने की कोशिश की। रोते-गिड़गिड़ाते श्रीकृष्ण को याद किया। पर श्रीकृष्ण ने चीर नहीं बढ़ाए। माँ-पापा बन्द कमरे में बेटी की दबी-घुटी चीखें सुनते रहे और ईश्वर से सहायता माँगते रहे। लेकिन ईश्वर कर्फ़्यू की रात में कैसे आ पाता?

विनी को मरना था, मर गई। एक देह बच गई, तुड़ी-मुड़ी टुकड़ा-टुकड़ा हुई देह जिसे लार टपकाती नज़रों से देखते कंजी आँखोंवाले युवक ने माँ से कहा, "तुम्हारी लड़की हमारे सरदार को भा गई। खुशकिस्मत हो। यों अब यह तुम्हारी बिरादरी में किसी काम की नहीं रही। नापाक हो गई।"

उस वक़्त पापा के हाथ बँधे थे। माँ के मुँह में कपड़ा ठुँसा हुआ था। कमरे के बीचोबीच चित पड़ी माँ मरी हुई लग रही थी। यों हाथ खुले भी होते तो भी क्या होना था?

वे लोग विनी को भी अपने साथ ले गए। जहाँ-जहाँ गए, मुँह-आँख पर पट्टी बाँधना कभी भूले नहीं। वह चलती रही उनके साथ-साथ। एक जगह से दूसरी, दूसरी से तीसरी... कभी गाय बाड़े में, कभी भूसा कोठरी में, कभी धुर जंगल की खोहों-खंदकों में। उनके पिस्टल, बारूद, ए.के. 47 आदि जरूरी नगों के साथ एक और जरूरी नग...विनी।

साल भर वह कड़े पहरे में रही। एक रात वे देर तक डेरे पर नहीं लौटे। अच्छा मौका था भाग निकलने का, लेकिन भागना आसान नहीं था। उनके लोग हर नाके-कोने में छिपे उसकी गतिविधियों की टोह लेते रहते थे। विनी को मरने की इजाज़त नहीं थी। भागने की गलती को उन्होंने माफ नहीं किया। तीन जने चले जाते तो चौथा उसकी चौकीदारी पर तैनात रहता।

"तुम भी जाओ, मैं कहीं नहीं जाऊँगी। वे लोग जरूरी काम कर रहे हैं।" विनी उसे टरकाने की कोशिश करती, पर वे लोग खूँखार दरिन्दे भले हों, बेवकूफ नहीं थे।

उनकी नोच-खसोट से विनी की आत्मा ज़ख़्मी हो गई थी। "अपने माल की हिफ़ाज़त भी तो जरूरी काम है।" वे हँसते तो उनके काले

मसूढ़ों में फँसे खून सने कच्चे गोश्त के रेशे नमूदार हो जाते। विनी अपने भीतर घुस जाती। इन दागदार मसूढ़ों में चाकू घोंप दे तो क्या हँस पाएँगे ये कच्चे गोश्त के आहारी?

पहले विनी को उबकाई आती थी। उसने उनके कपड़ों पर उलटी करने के अपराध में लात-घूँसे भी खाए थे। लेकिन अब आदत हो गई है।

हर रात तारे मेख़ें बनकर आसमान में ठुक जाते। विनी के भीतर कोई हिंस्र जीव जबड़े कसता रहता। काश! वह ये मेख़ें उनकी आँखों में ठोंक पाती।

रात भर वह तरकीबें सोचती रहती। सुबह उनके लिए खाना बनाने में जुट जाती। देर होने पर वे बौखला जाते थे।

इस बीच वह एक बच्ची की माँ बन गई। उस रात गौशाला में पुआल के ढेर पर छटपटाते उसने ईश्वर को जी भरकर कोसा। लिजलिजे होंठवाला गाँव से किसी औरत को बच्ची की नाल काटने के लिए पकड़ लाया था। औरत सहमी हुई थी। उसने रक्त सने पुआल के ढेर पर मटका औंधा कर जगह साफ कर दी तो खून का नाला गौशाला के बीच बह निकला। उस वक़्त जन्म और मृत्यु की मिली-जुली गंध सूँघते लड़की को लगा कि वह रक्त नदी में बह रही है। गाँव से लाई गई औरत ने चिथड़े से विनी को पोंछ-पाँछकर सूखे पुआल पर लिटा दिया। उस वक़्त उसके हाथों के साथ होंठ भी काँप रहे थे।

वे लोग बच्ची से मुक्त होना चाहते थे। उन्होंने बच्ची औरत को थमाकर कुछ आदेश-निर्देश भी दिए। लेकिन औरत जाते-जाते लौट आई और उन लोगों के मुड़ते ही बच्ची को कपड़े में लपेटकर माँ की बगल में लिटा दिया। लड़की की छातियाँ अपने अधमैले दुपट्टे से पोंछ उसने बच्ची के होंठ छुआ दिए। लेकिन बच्ची और माँ दोनों को तमाम तमाशे से तटस्थ देख औरत ने गरम उसाँस भरी, "हय बदबख्त, खोदाय मोकला विनय।" (हाय बदकिस्मत, ईश्वर तुझे मुक्ति दे।)

उसके आखिरी शब्द विनी भूल नहीं पाती। वह दुआ थी या बद्दुआ? बदबख्त विनी थी या यह निष्पाप बच्ची, जिसकी मौत की कामना उन लोगों के साथ औरत ने भी की थी?

विनी ने उस वक़्त होश में आते ही चाहा था कि इस नन्ही मांसपिंड की गर्दन पर दबाव डाल अपनी टूटी देह-आत्मा का बदला ले। पर इस बेहद आसान काम के लिए उसके हाथ नहीं उठे। उसके भीतर बैठा हिंस्र जीव इतनी आसानी से तृप्त नहीं हो सकता था बल्कि उसकी इस हरकत से तो उन शैतानों को ही मुक्ति मिलनी थी।

दूसरे दिन जब बच्ची की नाभि में पीप पड़ गई और वह जोर-जोर से चीखने लगी तो उन्होंने अपने बचाव के लिए उसे खत्म करना निहायत जरूरी समझा। विनी के भीतर अचानक अंधड़-सा उठा। विचित्र सा अंधड़। उसने उनके पैर पकड़ लिये, "मैं इसका मुँह बाँध दूँगी। यह नहीं रोएगी। देखो, इस बेचारी को कितनी तकलीफ़ हो रही है। रहम करो इस पर..."

वे लोग विनी को आश्चर्य से देखते रहे। शायद तरस भी खा गए या सोचा हो कि इस पिद्दी-सी जान को टेंटुआ दबाकर कभी भी चुप कराया जा सकता है। फिलहाल उन्होंने बच्ची का मुँह विनी की पुरानी चुन्नी से कसकर बन्द कर दिया और बच्ची को लगभग उछालकर विनी की गोद में डाल दिया, "तुम तो क्या बाँधोगी इसका मुँह। तुझे तो बेकार की इल्लत से अमार* हो गया है।"

वे बार-बार बच्ची की आवाज़ से गुस्साते। हर बार कपड़े का पट्टा कसकर उसके मुँह पर बाँधा जाता। उनके आँख ओट होते ही विनी बच्ची का मुँह खोल देती और उसे फिरन के अन्दर छिपा लेती। बच्ची के दूधिया चेहरे पर कपड़े के अक्स खुद गए थे। कपड़ा खुलने पर भी वह दूध पीने के लिए होंठ हिला नहीं पाती। विनी आँच पर कपड़ा गरम कर उसके मुँह और पेट पर टकोरे देती। माँ के बताए घरेलू नुस्खे बच्ची पर आजमाती। बच्ची उसकी कुच्छड़ में सिकुड़कर चिपक जाती। उसकी दो हाथ की हड़ियल देह अक्सर घुटी-घुटी सिसकियों से सिहरा करती। विनी का बेहिस होता मन ऐसे में गर्म मोम की तरह टपकने लगता। अपनी देह की छीछालेदर की गवाह इस निष्कलुष जीव में उसका अपना ही अंश, अपने से बाहर आकर उसका हमराज बन गया था। इसे वह हर हाल में सुरक्षित रखना चाहती थी।

---

* अमार = प्यार।

सड़क से कोई ट्रक गुजरा है। घरघराती आवाज़ के साथ ट्रक की हेडलाइट्स अँधेरे को चीरकर खँडहरों के बीच आगे बढ़ गई है। सेना की गश्त होगी। विनी खँडहरों के बीच उकड़ूँ बैठ दुबक गई। भीतर बैठे डर से वह अभी भी मुक्त नहीं हो पाई थी। सेना तो रक्षक है पर अकेली औरत को देखकर रक्षक का मन डोल न जाए, इसकी गारंटी तो इतिहास-पुराण भी नहीं देते। फिर रात के अभेद्य अँधेरे में पसरे सुनसान के बीच खँडहरों में प्रेतनी-सी घूमती औरत शक के दायरों में आएगी ही आएगी।

यों वह अब अच्छी लड़की कहाँ रह गई? उसकी राह में पलक-पाँवड़े बिछानेवाले लोग अतीत हो गए। माँ-बाप बचे ही होंगे तो क्या बाँहें खोल उसे अँकोर लेंगे?

उसे उग्रवादियों के बीच रही उस लड़की की याद आई जो उनके चंगुल से निकल, मीलों-मील खतरों के जंगल पार करती शरणार्थी शिविरों तक पहुँच गई पर स्वयं याचक बने शरणार्थी समाज ने उसे अपने शिविर में गज़ भर जगह भी न दी। सचमुच विपत्ति व्यक्ति को ही नहीं तोड़ती, उसके विवेक को भी ध्वस्त कर देती है।

विनी के भीतर गुस्सा धधक उठा। वह आभिजात्य ब्राह्मणों के घर क्यों जन्मी? अपनी जाति का नाश करनेवाले देवस्वामियों की पवित्रता पर रोने का मन हुआ। लेकिन उसकी आँखों की नमी बहकर नि:शेष हो चुकी थी। अब उसमें शुष्क जलन करक रही थी। साल भर दरिन्दों के साथ रहकर उसने अपने सीने में एक हिंस्र जीव पाल रखा था, जो साँप-बिच्छुओं से अँटे खँडहरों के बीच भी उसे जीने के लिए उकसा रहा था। उसने उस हिंस्र जीव से दोस्ती कर ली। क्योंकि उसके साथ माया, मोह, ममता, प्यार-व्यार की कोई बन्दिश या तवालत नहीं थी...वह एक अग्निपिंड था जिसने विनी को ग्लेशियर होने से बचा लिया। वह न होता तो इतनी आसानी से विनी कब्र से बाहर आ पाती?

विनी पूरी तन्मयता से उन लोगों की सेवा में खड़ी रहती। वे बर्फबारी में कभी सीमा पार सामान लाने चले जाते। उनके पैर बर्फीली ठंड से सूज जाते। वह चिलमची में नमक डला गरम पानी लाकर उनके पैर सेंकती।

एनकाउंटर में कोई ज़ख़्मी हो जाता तो एहतियात से पट्टी बाँध देती जैसे जन्म की नर्स हो। वे भी उससे खुश रहने लगे थे।

"तू तो डाक्टर बनना चाहती थी न? लो, हमने तुम्हें इम्तहान दिए बिना ही डाक्टरी का सर्टिफिकेट दे दिया।"

इधर भूसा कोठरी में चूहों ने आतंक मचाना शुरू कर दिया था। एक रात लम्बी नाकवाले का अँगूठा काट खाया। गोली दागने में माहिर लम्बी नाकवाले को हाय-हाय करते देख विनी ने बाहर से संजीदा, भीतर से खुश होकर सोचा, इसकी नाक कुतर डालते तो अच्छा था।

उस दिन सरदार परेशान था। उसके कुछ यार दूसरे गुट में शामिल हो गए थे। "कोई ईमान ही न रहा सालों में।" उसे जबरदस्त गिला था।

विनी माथा दबाती रही। रात भर चूहे सरदार की टाँगों पर उछलकूद करते टप्पे खेलते रहे। उसने गुस्से में आकर दो-चार चूहों को गोली से भून दिया और पूँछ पकड़ दरवाज़े से बाहर फेंक आया।

विनी को दहशत हुई। ऐसे ही आदमियों के साथ भी करता होगा? उसने चिन्ता से कहा, "कितनी गोलियाँ बरबाद करोगे। चूहे मारने की दवा क्यों नहीं लाते?" इस पर मोटे होंठवाले ने उसे खा जानेवाली नज़रों से देखा, "हमें मारना चाहती है बदजात? पिंजरा चूहों के लिए काफी है। तुम इसकी फिक्र मत करो, अपने काम से काम रखो।"

लेकिन वे जंगली चूहे थे। पिंजरे में रहना उन्हें कबूल नहीं था। "ला दो दवा, मैं आटे की गोली में मिला बिलों के मुँह पर रख दूँगी या 'होगाड़' (सूखी मछली) में लपेट दूँगी। तुम लोग भी चैन से सो पाओगे।"

उस रात विनी ने सरदार की बड़ी सेवा की। वह शायद उसकी बच्ची का बाप था। या क्या पता वह वाला जो उसके मुँह पर कपड़ा कस देता था।

सरदार प्यार के अतिरेक में गारा गया। टिक ट्वेंटी या नीला थोथा जैसी कोई जहरीली पुड़िया लाकर उसे थमा दी, "जरा ख़याल से रखना। बाद में साबुन से मलकर हाथ धो लेना, नहीं तो चूहों के साथ हमारी चुहिया भी जन्नत को रवाना होगी।" सरदार ने प्यार से हिदायत दी।

वे लोग खी-खी कर दाढ़ें दिखाते रहे। विनी ने उनके खून सने जबड़ों को अनदेखा कर दिया।

"कैसे मरूँगी मैं? मुझे तो तुम लोगों की सेवा करनी है।"

"यह हुई न बात। हमारा राज्य बनेगा तो तुझे जरूर मिनिस्टर बना देंगे।" सरदार ने उसे नई नज़र से देखा, "तू पढ़ी-लिखी समझदार लड़की है।" विनी उसके विश्वास की पात्र बन गई थी।

रात उसने रोगनजोश पकाया। खूब मसालेदार। कोई महक मुश्क नहीं। उन्होंने दारू की बोतलें गले में उड़ेलीं। छककर खाया। तारीफें कीं और खाते-खाते ही लम्बे हो गए।

विनी थोड़ी देर बर्तन समेटती खटर-पटर करती रही। रोएँ कान बनकर आवाज़ें टोहते रहे। पुआलों के बिछौनों से पहले गुँगुआती आवाज़ उठी, फिर आक्-आक् उलटियाँ। विनी ने चार फौलादी जिस्म ऐंठते देखे। उसके भीतर का हिंस्र जीव तृप्त हो गया।

बच्ची को गोद में समेट विनी नंगे पैर भूसा कोठरी से बाहर निकल आई। मन्वंतरों बाद उसकी कब्र का मुँह खुल गया था। सूने आँगन में पल भर खड़े होकर उसने बौने पहाड़ों को सिर उठाकर देखा और देखी दीये की आखिरी लौ, जो भड़ककर थरथराई और गुल हो गई। दूर से किसी ने टॉर्च घुमाया। उन लोगों के लिए कोई सन्देशा था शायद, वे जवाब न पाकर कोठरी की तरफ आ सकते हैं।

विनी बेतहाशा भागने लगी। दुनिया के आखिरी छोर तक। हवाओं को चीरती। धरती रौंदती। ज़ख़्मी और लहूलुहान होती। उसका अभियान सफल हो गया था। शिथिल और संतुष्ट वह मार्तंड के खँडहरों में थम गई।

मुर्गे की पहली बाँग से ध्वस्त मूर्तियाँ जाग उठीं। हड़बड़ाकर विनी ने आँखें खोली, "उनका क्या हुआ? टॉर्चवालों ने उनकी कब्रें खोदीं या भूसा कोठरी में ही अग्निदाह कर दिया?"

"गु गु गु..." पूर्वी आकाश से उजास फूटा। चिनार के पत्तों बीच छिपी गुगी ने कुहुककर उसका ध्यान खींचा। विनी कीचड़ से लथपथ देह लिये उठी। वर्षा ने जगह-जगह पानी के ताल बना दिए थे। साफ तलैया के पास पहुँचकर उसने बच्ची को चौड़ी चट्टान पर लिटा दिया और पानी में घुसकर देह से मिट्टी उतारने लगी। बच्ची चट्टान का सख़्त स्पर्श पाकर पहले कुनमुनाई, बाद में चीख मारकर रोने लगी। विनी को उसके रुदन की

आवाज़ अनूठी लगी, जैसे पहली बार सुन रही हो। उसने हथेलियाँ भर-भर पानी बच्ची पर उछाला और उसकी ऊँची उठती आवाज़ों को खँडहरों में गूँजते और आसमान को छूते देखती रही। उसके दिल से सारा डर निकल गया।

शायद संवाद

सोने की कोशिश में कई करवटें बदल चुकने के बाद नीलकंठ अब आँखें मूँद शवासन में लेटे हैं। बेहरकत! इसी शिथिल अवस्था में नीलकंठ नींद के आगोश में चले जाते हैं। एक अभेद्य चादर उन्हें आपादमस्तक लपेट लेती है, जहाँ बस वे होते हैं और उनकी जादुई पिटारी; रंग-बिरंगे उलझे-सुलझे धागों से अटी पड़ी कि खुल गई तो गिलि-गिलि छूऽऽ कर, कई-कई चेहरों, तस्वीरों और दृश्यों के करतब दिखाने लगेगी।

इधर पिटारी खुलने से डरने लगे हैं नीलकंठ! दृश्यों के आघात सह नहीं पाते। बदहवास हो उठते हैं, पत्थरों की बरसात में निहत्थे और निपट अकेले! एक के बाद दूसरा पत्थर! कैसे रोकें इन्हें! पत्थर न प्यार की भाषा समझते हैं, न डाँट-फटकार! तो क्या शुतुरमुर्ग की तरह गर्दन पंखों में घुसा 'सब सही-सलामत' वाले भ्रम में निश्चिन्त हो जाएँ?

लो! दिमाग में बात आई नहीं कि दो किशोर सिर आँगन की दीवार के ऊपर उझक आए, छोटे-छोटे हाथों में बड़े पत्थर लिये!

"भागो पंडित, मिलिटेंट आ रहे हैं, भाग जाओ!"

गुनगुनी धूप में ऊँघता नीलकंठ रबर के बबुए-सा खड़ा हो जाता है। लगभग दौड़ता हुआ घर के अन्दर बन्द हो जाता है। कुंडी लगाते हाथ काँपने लगते हैं। बाहर से दबी-दबी हँसी की आवाज़ें आती हैं।

नीलकंठ कमरे के बीचोबीच उजबक-सा खड़ा रह जाता है।

"हया बदमाशो! बड़े-बूढ़ों का लिहाज़ करना भी भूल गए? शैतान कहीं के! जाओ, घर जाओ।" रहमतउल्ला की डाँट लड़कों को छितरा देती है। तो नीलकंठ अब मजाक का विषय बन गया है!

दृश्य बदलता है!

रघुनाथ हाँफता हुआ घर में दाखिल होता है।

"अतीक-निसार ने गली में पकड़ लिया। अब मैं यहाँ नहीं रह सकता।"

"क्यों?" नीलकंठ हैरान है। यह सब क्या हो रहा है? रघु काँप क्यों रहा है?

"अल्टीमेटम दिया है। दो दिन में घर खाली करो। तुम्हारे भाई-बन्द तो कब के चले गए। तुम यहाँ किसलिए पड़े हो?"

विशम्भर बड़े भाई का हाथ पकड़कर बिठाता है।

"कौन कमबख्त कह रहा है हमें घर छोड़कर जाने को? हमारा घर है, कोई किरायेदार हैं क्या? आप भी भाईलाल, मेढकी की टर्र-टर्र को शेर की दहाड़ समझते हैं। हम चले जाएँ? अरे! वी हैव ए हिस्ट्री ऑफ फाइव थाउज़ेंड ईयर्स। किसी सिरफिरे ने कह दिया, 'जाओ', और हम दुम दबाकर भाग जाएँ...?" विशम्भर की रगों का जवान खून अल्टीमेटम के आगे खौलने लगता है।

"विशू! तुम नहीं समझते। ये सिरफिरे निज़ामे मुस्तफा के नाम पर कुछ भी कर सकते हैं। कौल का क्या हुआ? महाराज रैना तो रुक्का मिलने के बाद भी घर में रहा तो दिन-दहाड़े चार जने घर में घुस आए। पूरे खानदान को भून डाला! ना भई ना, मैं कोई रिस्क नहीं लेना चाहता।"

"आप नाहक डर रहे हैं भाईलाल! हनीफ मेरा दोस्त है। उससे बात करूँगा। उसके साथी निपट लेंगे अतीक-निसार से!"

"विशू प्लीज़! किसी से इस बारे में बात न करना। इन लोगों की कई तनज़ीमें हैं। एक से छूटेंगे तो दूसरा दबोच लेगा।"

"अच्छा-अच्छा! किसी से कुछ न कहूँगा, आप शान्त हो जाओ।"

विशू ने बड़े भाई को दिलासा दिया और शाम ढलते ही घर से निकल पड़ा—"काकनी, पाँच मिनट में लौटूँगा। खाना तैयार रखना।"

"कहाँ जा रहे हो इस वक़्त?" रघुनाथ ने टोका।

"बस, पास में ही जा रहा हूँ। अभी आया, फिक्र न करो।" विशू रुका नहीं।

रूपावती थाली लिये बैठी रही। नीलकंठ-रघुनाथ इन्तज़ार करते रहे। विशू नहीं लौटा।

"कहाँ गया लड़का?" माँ खिड़की-दरवाज़े खोल गली निहारती रही। रघुनाथ दोस्तों-नातेदारों को फोन करता रहा। रात सीने पर अजगर बनकर बैठी रही। माँ का खून सूख गया, "अन्धेर नगरी हो गया है अपना गाँव। कब क्या हो, कोई भरोसा है क्या?"

विशू नहीं लौटा! रघु उजास फूटते ही घर से निकल पड़ा। कहाँ रह गया लड़का?

दूर नहीं जाना पड़ा! विशम्भर गली के मोड़ पर ऐंठा पड़ा था। खून से लथपथ! धरती में मुँह गड़ाए। नीलकंठ का बहादुर बेटा एक गोली से हार गया। पाँच हज़ार साल के इतिहास से उसका नाम कट गया।

"अब भी नहीं जाओगे?" अतीक की भूरी पुतलियों में बारूद भरा था।

"अब अन्त समय दगा दे जाऊँगा अपने पुरखों को? मेरा जन्म यहीं, मरण यहीं, देवता यहीं, मसान यहीं! तुम लोग जाओ।" नीलकंठ बिदाख दे रहा है।

रूपावती न हँसती है, न रोती है। एकटक दरवाज़ा टोहती रहती है—"आता होगा विशू। उसे भात गरम करके कौन देगा? तुम लोग तो उसे सूखे अकड़े कराड़े खिलाओगे। आलसी जो हो!" काँगड़ी फूँक-फूँक उसके कपोल दहक रहे हैं, "ठंड में गया है लड़का। लौटकर पूछेगा, मेरी काँगड़ी काकनी?"

रघुनाथ का ब्लड प्रेशर बढ़ गया है—"प्लीज़ बबा! ज़िद मत करो। अंजू-मंजू की सोचो, किस-किससे बचाऊँगा इन्हें? अब जो भी साबूत है उसे तो समेटने दो।"

"तुम जाओ रघु, माँ को भी ले जाओ! मेरा क्या! कल मरा न आज!"

रघुनाथ पिता के पैर पकड़ सुबक रहा है, "बबा! माँ की हालत देखो। इस मुसीबत में हमें एक-दूसरे की जरूरत है।"

मोहिनी बहू-बेटियों को बाँहों में बाँधे चुपचाप धरती ताक रही है। नीलकंठ सहमी बेटियों को देख काँप उठता है—"शिवशम्भो! जैसी तेरी इच्छा!"

बाहर रात है। कुहासा झरती रात! नसों में ज़हर घोलती रात! रोशनी की फाँक भी कहीं नहीं। सिर-कंधों पर बुगचे-बैग उठाए रघुनाथ-नीलकंठ पहचाने रास्ते टटोल-टटोल गली-कूचे लाँघ रहे हैं। खाली घरों की कतार के बाद, रहमतउल्ला की खिड़की से रोशनी की शहतीर नज़र आती है। रहमतउल्ला भरे गले से आवाज़ दे रहा है। तसल्ली या कि बुरे वक़्त का स्यापा? नीलकंठ समझने की स्थिति में नहीं है। कुछ शब्द मुड़कर देखने को मजबूर कर रहे हैं। "जल्दी लौट आओगे! अल्लाताला सबका निगेहबान! इधर की फिक्र मत करना। मैं हूँ न?" नीलकंठ रोशनी की शहतीर की तरफ हाथ जोड़ता है। रहमतउल्ला क्या अँधेरे को बेधकर देख पाएगा, नीलकंठ के भीतर घुमड़ता हाहाकार? नीलकंठ ने शिवमन्दिर की दिशा में भी हाथ जोड़ दिए। मन्दिर में अँधेरा था। भगवान गाढ़ी नींद सो रहे थे। नीलकंठ के बहते आँसू कैसे देख पाते?

नीलकंठ, मर्द मौतबर! कैसे औरतों की तरह सुबक रहा है! वो यों बदहवास-बेहाल हो जाएगा तो बाल-बच्चों को कौन दिलासा देगा?

नीलकंठ बच्चों को आवाज़ देता है, "रघुनाथ! मोहिनी! अंजू बेटी!" कहीं कोई नहीं। नीलकंठ की आवाज़ खाली दीवारों से टकराकर लौट आती है। आऽऽ ईऽऽ! नीलकंठ आँखें खोल चौतरफा देखने लगता है। अरे! वह कहाँ है? अलिफ अकेला! वह शायद नींद में जम्मू पहुँच गया था! गला सूख रहा है। "अरे, भई, कोई है?"

ठस्स अँधेरी रात! दिन तो गुजर जाता है, धीरज दो बातें कर जाता है। पर रात नहीं बीतती, निपट अकेले। रात गहराते ही कब्र में उतरने लगता है नीलकंठ। कोठरी में मेह झर रहा है। भारी मिलिट्री कम्बल के नीचे भी नीलकंठ को कँपकँपी छूटती रहती है।

बारह साल! बारह साल बाद नीलकंठ घर लौटा है। लेकिन यहाँ घर की जगह मलबे का ढेर पाया। ईंट-कोयला, टिन के पत्तर तक गायब। कहाँ गया घर? सुना तो था पीछे से लोगों के घर जला दिए गए हैं, पर नीलकंठ को रहमतउल्ला पर भरोसा था। उसने जाते वक़्त कहा था...! नीलकंठ पागलों की तरह मलबे के चक्कर काटता रहा। उधर शहतूत का पेड़ हुआ करता था। अधजला ठूँठ भर पड़ा है। नीलकंठ ने शहतूत

की जड़ों पर हाथ फेरा। वही है, वही है। कैसे नहीं पहचानेगा वह? साथ नहीं छोड़ा उसने घर का! जीना-मरना साथ! नीलकंठ के भीतर हूक-सी उठी। रूपावती यों ही घर के साथ शहतूत के वृक्ष को याद नहीं करती थी।

संग साथ संवाद! ढेर सारे पाँखी शहतूत के पेड़ पर बैठ कच्चे-पक्के फल कुतरते, लड़ते-झगड़ते और मीठी बोलियाँ सुनाते! रूपावती तो पाँखियों से खूब बतियाती थी!

वुड़र पार लाल से पीले हुए चिनार के पत्ते कालीन बिछा गए हैं। पाँव पड़े तो चीखते हैं, चरमर-चरमर! विषाद राग! नीलकंठ आसपास कोई पोशनूल ढूँढ़ रहा है, कोई शहतूत, सुग्गा, गुगी। ऐन दीठ के आगे, ठूँठ हुई शाखें आँखों में नेज़े चुभोती हैं।

साठ से बहत्तर साल का हो गया नीलकंठ, जम्मू के कैम्पों में। घर के लिए भी पराया हो गया। कुछ भी तो पहले जैसा नहीं लगता। दोस्त भी बेगाने हो गए। रहमतउल्ला? उसने कहा था, "फिक्र न करना, मैं हूँ न!" नीलकंठ ने सोचा, मिल ले, पर पाँव नहीं उठे। रघु ने कहा था, "अतीक-निसार जब मुझे धमका रहे थे, रहमत का लड़का भी उनके साथ था।" क्या पता इस बीच वह भी बदल गया हो।

घर के मलबे पर बैठा नीलकंठ स्यापा करता रहा। कहाँ जाए? जम्मू से तो कहकर चला—"यार-दोस्त हैं वहाँ, क्या अकेले बन्दे को गज़ भर जगह नहीं देंगे?" इधर पहुँचते ही राख हुए घरों की कतार में श्मशान से साक्षात्कार हुआ। अरे मवालियो! घरवाले तो घर छोड़कर चले गए थे, इन ईंट-लकड़ी के खाँचों से कौन सा खतरा था तुम्हें? एक तीली दिखाई होगी और दर्जन भर घर स्वाहा हो गए। उम्रों के घरौंदों का हशर! नीलकंठ की हिम्मत जवाब देने लगी। बस स्टॉप से पैदल चलकर आया था, थकान भी थी। शायद ऊँघ आ गई हो। बी.एस.एफ. के जवानों ने उसे हिला-डुला कर जगाया तो वह हयबुंग-सा उन्हें देखता रहा।

"कौन हो? कहाँ से आए हो, यहाँ क्या कर रहे हो?" उन्होंने कई तुर्श सवाल किए जो नीलकंठ को छीलते हुए निकल गए।

"मैं, नीलकंठ भट्ट! बारह साल बाद घर लौटा हूँ। सोचा, इधर नई सरकार बनी है। हालात अब ठीक हो जाएँगे, मगर इधर मेरा

घर जलाकर राख कर दिया है..." बोलते-बोलते नीलकंठ का गला अवरुद्ध हो गया।

जवानों ने उसे एक्स-रे नज़र से देखा, कम्बल-फिरन टटोला। बुगचे में तौलिया, शेव का सामान, साबुन, कुछ सूखा राशन और अगड़म-बगड़म चीज़ें थीं। वे उसे मेजर साहब के पास ले गए। मेजर साहब दयावान थे, बातचीत की और मन्दिर से लगी कोठरी में उसके रहने का प्रबन्ध करवा दिया। एक उत्साही जवान उसे देखकर जाने क्यों बेहद खुश हुआ।

"बाबा! तुम इधर रहकर भगवान की पूजा-अर्चना करो, पुण्य कमाओ। हम तो बस माथा नवाना जानते हैं। तुम तो पंडित हो न?"

मेजर साहब ने आश्वस्त किया—"कोई फिक्र न कीजिएगा। जिस चीज़-बस्त की जरूरत हो इस धीरज से कहिए, लाकर देगा।"

मुश्किल से बाईसेक वर्ष का जवान धीरज, एक मोटा मिलिट्री कम्बल और राशन लेकर नीलकंठ के साथ हो लिया। कोठरी में सामान जमाकर बतियाने लगा, "मेरा नाम तो बाबा आप जान ही गए, धीरज। पर मेरे दद्दा मुझे 'धीरू' कहते हैं। मैं आपको दद्दा कहूँ बाबा? मेरे दद्दा बिलकुल आप जैसे ही दिखते हैं..."

नीलकंठ ने अनुभवी नज़र से लड़के को परखा...दूर पार के मैदानों से आया है। घरवालों की याद आती होगी। उसे लड़के पर प्यार आया, "हाँ हाँ, क्यों नहीं। दद्दा तो हूँ ही मैं। दरअसल धीरज बेटा! सभी बूढ़े एक जैसे दिखते हैं, खिचड़ी दाढ़ी, झुकी कमर, मुँह से दाँत गायब और सहारे के लिए मुहताज...!"

धीरज ने टोका, "बस, बस दद्दा, इतने से ही कोई किसी का दद्दा थोड़े ही बनता है?"

नीलकंठ को अच्छा लगा—"जीते रहो बेटा! सौ साल जियो।"

"यह ठीक है दद्दा! इधर उम्र का आशीर्वाद बहुत जरूरी है।" धीरज हँसता है। नीलकंठ मुग्ध होकर देखता है। इस परायी हुई अपनी धरती पर यह उसका कुछ न लगता लड़का, कितना अपना लगने लगा! लेकिन?

लेकिन क्या? तुम उम्र का आशीर्वाद दे सकते हो, उम्र की गारंटी नहीं। मन्दिर की रखवाली के लिए तैनात धीरज और उसके साथी सीमेंट

की बोरियों की आड़ में खम्भों की तरह, धूप-बारिश में खड़े, गोलियों के साये में जी रहे हैं। तुम्हारा विशू तो एक ही गोली से हार गया, यह कितनी गोलियाँ सह पाएगा?

दिन तो गुजर जाता है, छुटपुट संवादों में। रात नहीं कटती, खूँखार दुश्मन की तरह पंजों में दबोचे रखती है। आज तो पलकें मुँदने का नाम ही नहीं लेतीं।

रात के सन्नाटे को चीरती हुई गोलियों की आवाज़ नीलकंठ को चौकन्ना कर देती है, कौन मरा? किसने गोली चलाई?

यों पिछले महीने भर से यहाँ रहते गोलियों की सदाएँ पहचानी-पहचानी लगने लगी हैं। बी.एस.एफ. का सेंटर भी पास ही है। हो सकता है प्रैक्टिस कर रहे हों! धीरज कहता है, "रोज का ही सिलसिला है यह दद्दा! आज मुठभेड़ में आठ मरे, जिसमें चार जवान थे, दो पाकिस्तानी घुसपैठिए और दो नागरिक!"

आदमी अब गिनती हो गया है। उसका नाम, उसकी वल्दियत, उसका परिवार, किसका बेटा, किसका पति? यह सब अब कोई नहीं पूछता। मरनेवालों पर अब कोई नहीं रोता। रोज की बात जो हो गई है। मौत का भी आदी हो जाता है आदमी! जवानों की माँएँ तो दूर हैं। बेटों को मृत्यु का तिलक लगाकर वादी में भेज देती हैं।

"क्या हो गया मेरी ऋषि वाटिका को?" नीलकंठ अकेले बैठे ललद्यद को याद करता है। 'शेव छुय थलि-थलि रोजान...' कहा था उस संत योगिनी ने। शिव सर्वत्र व्याप्त हैं, हिन्दू-मुसलमान में भेद मत करो। नूरुद्दीन वली ने भी दुहराया था, 'एक ही पिता के संतान हैं हम सब, सो भेदभाव कैसा?' लेकिन अब? एक जेहादी है, दूसरा काफ़िर! लोग ललद्यद, नूरुद्दीन वली को ही नहीं, महजूर और नादिम को भी भूल गए हैं।

नीलकंठ ठंडी कोठरी के अँधेरे कोनों-अँतरों को देखकर घबरा जाता है। भय! विचित्र सा भय! काश कोई पास होता, किसी से दो बात कर पाता! कनटोप से सिर-कान ढक, नीलकंठ फिरन के ऊपर भारी मिलिट्री कम्बल ओढ़ लेता है। कोठरी का दरवाज़ा उढ़का, पास ही गाय-बाड़े की ओर चल देता है। चौतरफा चोर नज़र डाल निश्चिन्त

सा हो बाड़े में घुस जाता है। बाहर अपशकुनी अँधेरा है, हवा की साँस भी थम गई है।

गौशाला में घास के पूलों और गाय-बैलों की देहगन्ध से मिली-जुली गरमास है। जीवित प्राणियों का अहसास नीलकंठ को अच्छा लगता है। गायें इस अप्रत्याशित आगमन को सूँघ, मुँह उठा नीलकंठ को पहचानने की कोशिश करने लगीं। बाँऽऽ बाँऽऽ! नीलकंठ ने जवाब में गायों की पीठ पर स्नेह से हाथ फेरा—"हाँऽऽऽ मैं हूँ...मैं हूँ।" नन्हे बछड़े के पास सरककर देर तक उसे सहलाया। अच्छा लगा। पता नहीं चला कब वे घास के पूलों पर मिलिट्री कम्बल बिछा सो गए।

"दद्दा! दद्दा!" लगा, नींद में किसी ने पुकारा है। आँखें खोली तो सामने धीरज को खड़ा पाया—"अरे दद्दा, आप इधर? आपको कहाँ-कहाँ न ढूँढ़ा।" धीरज की आश्चर्यचकित मुद्रा ने नीलकंठ को शर्मिन्दा सा कर दिया। क्या कहे? कैसे और क्यों इस गाय-बाड़े में चला आया? ठंड के कारण, डर के कारण या अकेलेपन से घबराकर?

कोठरी के दालान में सुनहरी धूप पसर गई है। पहाड़ों ने बर्फ के ताज पहन लिये हैं और मौसम में गुलाबी जाड़ा प्रवेश कर चुका है। नीलकंठ चाय में ब्रेड डुबो-डुबोकर खा रहा है, जैसे जन्मों का भूखा हो। धीरज जाने कहाँ-कहाँ की दास्तानें सुना रहा है।

"इधर दीना नानवाई रहता था, उस तरफ! दिख नहीं रहा?" नीलकंठ अचानक पूछ बैठता है।

"दद्दा, मैं दो साल से यहीं मन्दिर की रखवाली में हूँ। कभी किसी नानवाई की दुकान नहीं देखी इधर।" धीरज जले हुए घरों की कतार को नज़र भर देख चाय के बर्तन समेटने लगता है।

"अच्छा! रहमतउल्ला को जानते हो? नुक्कड़वाले मकान में रहता था, रहमतउल्ला बंगरु।"

"वो...! जिसके लड़के ने बी.एस.एफ. के आगे आत्मसमर्पण किया है? मसूद का पिता?"

नीलकंठ कुछ चौंक गया—"हाँ हाँ वही, पर आत्मसमर्पण कब किया?"

"दो साल पहले दद्दा! वह तो हीरो बन गया। बी.एस.एफ. ज्वाइन भी किया। पर रहमतउल्ला को मिलिटेंट रोज धमकियाँ देते हैं कि लड़के को उसी ने पट्टी पढ़ाकर जेहाद के खिलाफ कर दिया। उनकी नज़र में मसूद और उसके पिता दोनों काफ़िर हो गए हैं।"

"कहाँ है अब रहमतउल्ला?" नीलकंठ की आवाज़ में चिन्ता थी।

"घर में ही है दद्दा! बाहर आना-जाना बहुत कम कर दिया है।"

नीलकंठ हैरान है। रहमतउल्ला के दोनों लड़के उसके सामने ही बड़े हुए हैं। मसूद और शौकत! मसूद बचपन से ही थोड़ा खुराफाती था, पर शौकत तो बेहद सीधा लड़का था।

"तुम उसे बुला सकते हो?" नीलकंठ ने विनती सी की।

"क्यों नहीं दद्दा! हमें तो उसकी भी खैर-खबर रखनी पड़ती है। घर में वह अकेला ही है, लड़का अनन्तनाग में ड्यूटी पर है। पत्नी तो हमारे रिकवरी सेंटर में रहती है। वहीं उसका इलाज चल रहा है।"

"फातिमा? क्या हुआ उसे?"

"वो तो समझो पूरी पागल है दद्दा! जब से छोटा लड़का मारा गया, तभी से गुमसुम पड़ी रहती है। न खाने का होश, न पहनने-ओढ़ने का।"

धीरज को जितना मालूम था, सुना दिया। आगे खुद रहमतउल्ला ने अपनी दास्तान नीलकंठ को बयान की।

"दोनों लड़कों को पाकिस्तानी घुसपैठिये जेहाद के नाम पर फुसला-बहका कर ले गए। हमारी किसी ने न सुनी भाया, क़ुरान पाक की कसम! हमारी जरा भी मंशा न थी कि लड़के सरहद पार मारकाट की ट्रेनिंग के लिए जाएँ। बड़े की तो मानता हूँ, अक़्ल मारी गई थी पर छोटा तो रो-रो कर फरियाद करता रहा, मुझे छोड़ दो। लेकिन वे नहीं माने, ले गए जैसे जिबह के लिए बकरा ले जाते हैं।"

रहमतउल्ला की मटमैली आँखों में आँसुओं की बाढ़ उमड़ आई। वह कम्बल में मुँह घुसा सुबकने लगा—"छह महीने बाद उसे घर के दरवाज़े पर पटककर चले गए। बच्चा पहचान में ही नहीं आया। कोयले जैसा रंग! बुखार में तप रहा था। क्या कहूँ भाया, दोनों पैर सूज गए थे, 'शूह' बिगड़कर पीप पड़ गई थी। पैर धोते फातिमा का कलेजा हिल गया, ऐसे सूराख हो गए थे..."

रहमतउल्ला ने फिरन की बाँह से मुँह पोंछा—"तुमसे क्या कहूँ भाया, औलाद का दुःख तुमने क्या कम सहा है? बच्चे बेमौत मारे गए भाया, अभी तो उनके खेलने-खाने के दिन थे...।"

नीलकंठ और रहमतउल्ला, दो पिता औलादों को याद करते एक हो गए। एक ही दर्द, एक ही पीड़ा, एक ही कसक! कौन किससे शिकायत करता?

"मसूद लौट आया, यह अच्छा हुआ।" नीलकंठ चाय बनाने के लिए स्टोव के पास चला गया। कहवे की जबरदस्त तलब उठी थी।

"हाँ! समझ गया, 'उन्हें' कश्मीर वादी चाहिए, कश्मीरियों से उन्हें कोई मुहब्बत नहीं। भाई की दुर्गत देखकर उसका भरम टूट गया। चिल्लयकलान में कुपवाड़ा की पहाड़ियों में 'गन' देकर भेज दिया—'लड़ो और मरो'। न ढंग के जूते दिए, न कपड़े।" रहमतउल्ला के भीतर ग़ुबार-सा उठा था।

"पहले हिन्दुओं को घर बाहर कर दिया, फिर मुसलमानों को भी कहाँ बख्शा? आधी रात घरों में घुसकर खाने-पीने की फरमाइशें तो करते ही थे, घर की बहू-बेटियों की बेहुरमती करने से भी गुरेज़ नहीं किया। जिसने समझाने की कोशिश की, उसे गोली से भूनकर खामोश कर दिया।"

नीलकंठ हूँ-हूँ करता रहा—"चलो, लड़का लौट आया। अच्छा हुआ। आतंकियों की असलियत खुद देख आया। तुमने तो समझाने की कोशिश की थी।"

"हाँ, समझ गया, पर बाज़स खराबी करिथ।" (खराबी होने के बाद)

नीलकंठ ने गरम कहवा सामने रखा। "बादाम नहीं है, इलायची डाल दी है।"

"मैं कल लेकर आऊँगा, घर में मुट्ठी भर पड़े होंगे।"

गरम कहवा सुड़कते दोनों बुजुर्ग दिल खोल बतियाते रहे।

"तुम कैसे रहे उधर, मैं तो अपनी ही दास्ताने ग़म सुनाता रहा... भाभी को नहीं लाए?"

"तुम्हारी भाभी तो दो साल पहले मुझे छोड़कर चली गई।"

"खोदाय जन्नत बख्शे!" रहमतउल्ला को धक्का लगा, "दुःख भी बड़ा सहा बेनी ने! औलाद का दुःख सबसे बड़ा दुःख भाया!"

"हाँ, अधमरी तो पहले ही हो गई थी, साँप काटने का बहाना हो गया।"

नीलकंठ ने कैम्पों की हालत बयान की। रहमतउल्ला उत्सुक था।

"सुना, तुम लोगों के लिए पक्के घर बना दिए सरकार ने।"

"हाँ भाया! नथुने जैसे कमरे में पूरा टब्बर रहता था। रघुनाथ, उसकी बीवी, जवान बेटियाँ, रूपावती और मैं। सच पूछो तो रात को हाजत के लिए उठने से डरता था, कहीं कतार में सोये बाल-बच्चों को कुचल न दूँ। अच्छा हुआ, तुम्हारी भाभी ने अपनी राह ली। अब पिछले साल दोनों बेटियों की शादी कर दी तो मैं भी थोड़ा फारिग महसूस करने लगा। सोचा अब गाँव लौट जाऊँगा। जो किस्मत में होना हो, हो जाए। सच पूछो तो अपने गाँव-घर की हवाओं के लिए भी तरस गया था।"

"सही कह रहे हो भाया! अपना घर-गाँव कौन छोड़ना चाहता है। अफसोस, मैं तुम्हारा घर बचा नहीं पाया। क्या कहूँ, किस मजबूरी में जिया हूँ। न मुँह खोले बनता था, न आँख बन्द कर पाता था। मुलुक की बरबादी देखने को जीना बदा था, वरना अपना जैसा भाईचारा और किस गाँव-घर में था?" रहमतउल्ला जैसे अपराधी बन गया था।

नीलकंठ ने उबारा, "इधर नई सरकार बनी तो लगा, शायद हालात बदल जाएँ। तुम्हें क्या लगता है?"

"डायलॉग की बात तो सरकार करने लगी है। जेल में बन्द कैदियों को छोड़ा भी जा रहा है। देखो, आगे क्या होता है।"

"उधर प्रधानमंत्री ज़िद पर अड़े हैं, पहले पाकिस्तान लड़ाई बन्द करे, घुसपैठिये भेजना बन्द कर दे, तभी बातचीत हो पाएगी।"

"बातचीत जरूरी है भाया, यह तो हम अपढ़ गँवार भी समझते हैं।" रहमतउल्ला ने बाल धूप में सफेद नहीं किए। जानता है, अब भटके हुए लड़के भी 'गन कल्चर' की असलियत समझ गए, पर घुसपैठिये?

"मगर लड़ाई बन्द कहाँ हुई?" नीलकंठ कहते-कहते रुक गया। उसकी आँखों के आगे ताज़ी घटनाएँ घूमने लगीं। जम्मू के रघुनाथ मन्दिर

में गोलीबारी...बी.एस.एफ. के सेंटर पर आत्मघाती दस्तों का हमला... मस्जिद में तीन मिलिटेंटों का घुसना...।

"उम्मीद पर दुनिया कायम है भाया!" रहमतउल्ला कम्बल लपेटता उठ खड़ा हुआ। रात होने से पहले उसे घर पहुँचना है और पहाड़ों पर शाम के स्याह साये उतरने लगे हैं। नीलकंठ रहमतउल्ला को दरवाज़े तक छोड़ आया।

"ठीक कह रहे हो भाया, जब तक साँसा, तब तक आसा।"

बाहर छुटपुट गोलियों की आवाज़ें बराबर आ रही हैं। शायद फिर किसी आत्मघाती दस्ते ने बी.एस.एफ. कैम्प पर धावा बोल दिया है।

कित्थे जाणां पुत्तर?

वह सामने दूर तक फैली अमराइयों की महक और कीकर, पीपल व जटादार बड़ की घनी छाँह के नीचे पसरी सड़क देख रहे हैं न आप? यही, जिसके दोनों बाजू गेहूँ और मक्का की फसलें जट्टों की कदें लाँघ गई हैं, यहीं से थोड़ा पंजों के बल उचककर दाईं तरफ देखेंगे तो सुनहरी बालियों की ओट, आधी ढकी आधी खुली, कच्ची-पक्की छतों की कतारें दिखाई पड़ेंगी। कोई बीस-बीस घरों का मुहल्ला बसता है उस तरफ। ज्यादातर गाँव के किसान हैं, कुछेक छोटे-मोटे धन्धे भी करने लगे हैं अब। यों पिंड दूर तक फैला हुआ है, पर हमारी बूढ़ी बेजी यहीं रहती है इसी तरफ, थोड़ा आगे चलेंगे तो घर-द्वार भी देख लेंगे। तब तक आपको बेजी और उसके घरवालों की कुछ जानकारी देती चलूँ।

यों कोई खास बात नहीं है बेजी के घर में। किसी भी रचे-बसे गाँव का सा घर है। कच्ची-पक्की ईंटों से बनी दीवारें, सजरी लिपाई-धुलाई से सुथरे आँगन, बल्कि बेजी के पोते रामकिशन ने आप ही दीवारों की सफेदी की है, बेड़ा भी पक्का करवा दिया है। कच्चा बेड़ा बरसात में कीच का तालाब बन जाता था और सावित्री के सजे-सजाए कमरे में

फर्श पर यहाँ-वहाँ गीली मिट्टी के निशान पड़ जाते थे। इतना ही नहीं, सुबह-सुबह बेड़े की परली तरफ बने संडास को जाते बेजी के पैर गोड़ों तक कीच में धँस जाते थे। बार-बार ठंडे पानी से पैर धोते गोड़ में पीर उठती। फिर रात-बिरात कराहती-कुरलाती रहती। बहू गरम पानी कर देती पर बेजी कम जिद्दन नहीं, "छड परे, बार-बार गरम पानी से पैर धोऊँगी, तो तू घर-द्वार छोड़ मेरे साथ ही लगी रहेगी। चल तू अपना काम देख..."

सो घरवालों ने बेड़ा पक्का करवाया तो बेजी को भी आराम हो गया। बेजी के बेटे परिश्रमी हैं, बहुएँ सुघड़! आँगन में गाय-भैंसें बँधी हैं। एक तरफ लकड़ी के जँगले में बन्द सब्जियों का बगीचा लहलहाता रहा है जिसमें तोरी-कुम्हड़े की बेलें जवान होती बिटिया की तरह रातोंरात आकाश की ओर लपकने लगती हैं। कँवली-कँवली भिंडियाँ और गोभी के चिट्टे-गठे फूल...।

लो जी, मैं भी क्या सब्जियों का किस्सा ले बैठी। बात बेजी की हो रही है। सो जी, रामकिशन और उसका बापू बाबूलाल दोनों बेजी के आराम-सेहत का ख़याल रखते हैं। ख़याल रखना ही हुआ न? अपने कोखजने पूत बुढ़ापे में न देखें तो क्या ऐरे-गैरे पूछने आएँगे? पूत ही क्यों, बाबूलाल की वोटी सावित्री ने भी बेजी को कभी शिकायत का मौका दिया, सो याद नहीं पड़ता। गाँव-घर के ओखे काम। खाली घर से गृहस्थी शुरू की भागोंवाली ने, अब ऊपर वाले की मेहर से दूध-पूत सब घर में आ गए। गाय-भैंसें हैं, सो उन्हें पालना-पोसना, दूध-घी निकालना, पानी-सानी देना, साग-रोटी बनाकर टब्बर-टाबरों को खिलाना तो खैर घरवालियों का ही जिम्मा हुआ, उस पर बूढ़ी बेजी की भी सेवा-टहल करना। उम्र जो हो गई उसकी और उम्र के साथ तो क्या कहें, सखियों की तरह बगलगीर होती, कभी न देखी-सुनी बीमारियाँ भी छोड़ती नहीं।

यों बूढ़ी बेजी की उम्र का अन्दाज़ा लगाना थोड़ा मुश्किल है। बरसों से उसमें कोई खास उतार-चढ़ाव देखने में नहीं आया। खिचड़ी बालों और झक सफेद बरौनियों-भौंहों वाली बेजी उम्र के बोझ से झुकी कमर तनिक सीधी करती, मोतियाबिन्द उतरी धुँधली आँखों से अगले को पहचानने का उपक्रम करती है तो मन ही मन हर आते-जाते के विगत-

अगत, पीर-पुरखों का लेखा-जोखा भी तैयार करने लगती। मिली-जुली हिन्दी-पंजाबी में शुरू होते उसके कई सवालों में पहला सवाल होता, "कित्थे जाणां पुत्तर?" फिर अनेक सवाल अपने आप यके-बेदीगरे होंठों से फूटने लगते, "ओय लाडो, तू सुक्खासिंह की कुड़ी है? तेरा बापू उधर गुजराँवाला में हमारे बापू से खेलने आता था, दोनों बेड़े विच खूब रोला पाते, शैतान थे खूब...।" और फिर आँखों में पहचान भर बेजी पोपले मुँह में चुभला-चुभलाकर आशीर्वचन बोलने लगती है, 'जीवे पुत्तर, सौ बरस जीवे, फूले-फले, नवी बहारां देखे...'

झुकी कमर पर हाथ दिए, पूरे मुहल्ले में इसकी खैर, उसकी खबर पूछना बेजी की दिनचर्या का अहम हिस्सा है। "अब इस सत्तो धींगड़ी को कोई समझाए कि आठवाँ लगा है सो जरा ध्यान से सीढ़ी उतरा करे। बेड़े में बड़ा अँधेरा रहता है उसके, एक लट्टू लगवा दे ज्यादा रोशनीवाला। चौखट-दहलीज लाँघते अब थोड़ा एहतियात तो बरतना ही चाहिए। अपने लिए न सही, पर वह जो कोख में पल रहा है उसी की खातिर।" ..."जुगिन्दर को जब देखो सिर खुजाता रहता है। प्रीतो को कोई बता दे कि खेलने-कूदने वाले छोकरों के केश ढंग से धोने चाहिए, धूल-मिट्टी झाड़ दे, काठ की कंघी से जूँ-लीख निकाल दे। ऐंवे ही उलटा-सीधा जूड़ा बाँध भगा देती है खेड़ने वास्ते" और "यह परकाश की बीवी अपनी जवान-जहान बेटी के देर-सवेर घर लौटने पर टोकती क्यों नहीं? इस्कूल-विस्कूल तो ठीक है, उसका भी कोई वक़्त हुआ करे, यों बेलगाम घोड़ी-सी फिरेगी तो लौंडे-लपाड़े पीछे लगने ही हुए। पैडी जवानी में पैर फिसलते देर भी क्या लगनी है?" ..."ओय अवतारा, इत्ते कड़क बोल निकालता है पापे के सामने? शरम कर, तेरा बापू है..."

अब बूढ़ी बेजी को कौन कहे कि वक़्त बदल रहा है, तुम क्यों बेकार दूसरों की फिक्र में घुली चली जा रही हो? पर कहे कौन? भला ओखली में सिर देना किसे भाता है? आप ही बोलो, चार बच्चे राह चलते 'धरमिन्दर स्टाइल' में ढिशुम-ढिशुम करने लगें, धौल-मुक्के आजमाने लगें तो आपको बिना वजह टाँग अड़ाने की क्या जरूरत? आप अपना काम देखिए। दुनिया जैसे चलती है चलने दीजिए, पर बेजी सामने हुई तो

ढीली-ढाली गर्दन पर टिका मटकी-सा सिर हिलाती, जो पहले ही न-न-न की मुद्रा में यों भी डोलता रहता है, हें-हें करती बच्चों के बीच घुसकर उन्हें रोकने की कोशिश करेगी। अब आज के छोकरे भी कम गुस्ताख नहीं, वक़्त का असर है। लिहाज़-मुरौवत में क्यों पड़ें? कई बार झिड़क भी देते हैं, "बूढ़ी बेजी! बीच में टाँग मत अड़ाया करो। कभी गलती से धक्का-मुक्का लगा तो बेकार में धूल चाटने लगोगी..."

लेकिन बूढ़ी बेजी इन मेढकियों की टर्र-टर्र से डरने वाली होती तो आज अपने बेड़े के किसी कोने में पड़े मंजे पर भिन्नाती मक्खियों के बीच अपने हाथ-गोड़ जुड़ाकर बैठ गई होती। वह बच्चों को हाथ से तो नहीं, पर जबान के कोड़ों से चार-छह लगाती धमकाने का धर्म निभा ही लेती है। आखिर बड़े-बूढ़ों का फ़र्ज़ जो बनता है निके-बालों को ऊँच-नीच सिखाना।

"दुर, फिटे मुँह तेरा, चार पसली का पिद्दी-सा छोकरा बूढ़ी बेजी से ज़बान लड़ाता है? करतारे का मुंडा है न तू? अभी तेरे बापू की घिग्घी बँध जाती है मेरे गुस्से के आगे, तू मुई मुर्गी का चूजा बेजी को धमकाता है? ...मच्छर की हड्डी, शैतान की आँत..." आदि विशेषण जोड़ने में वह सिद्धहस्त है। उसका विश्वास है कि नए छोकरों के बिगड़ने में उनके माँ-बाप का भी दोष है। सीख-सिखौवल भली न भी लगे बच्चों को, तब भी माँ-बाप को ऊँच-नीच समझाना पड़ता है। लड़के-बालों को छुट्टे साँडो की तरह खुला छोड़ दो तो बिगड़ना ही हुआ। एक तो कच्ची उम्र, दूसरे बिगाड़ने वाले भत्तेरे।

यों गाँव के बड़े-बूढ़े, बहू-बेटियाँ बेजी का लिहाज मानते हैं, उम्र का आदर तो है ही। उन्होंने वक़्त का उतार-चढ़ाव देखा है, चुनौतियाँ झेली हैं। इसके अलावा बेजी का स्वभाव, उनकी दूसरों के सुख-दुख में खैर-खबर लेने की आदत, सहलाने-बहलाने की भीतरी विवशता भी उस आदर का एक कारण है। लेकिन नई उम्र की यह नई फसल, जिसने फ़िल्मों और टी.वी. की दुनिया में आँखें खोली, अपने संस्कारों को जान नहीं पाई। उनके सामने बूढ़ी बेजी एक उम्र बीती बुढ़िया मात्र है जो बिना वजह दूसरों के मामलों में टाँग अड़ाती रहती है। उससे ज्यादा कुछ नहीं, सो मानेंगे क्या?

सतिन्दर की चाची, दीनदयाल की नानी और पास-पड़ोस की सयानियाँ जानती हैं बेजी के हौसले को, उसकी जद्दोजहद और जिजीविषा को। सर्दी में जलते अलाव या अँगीठी के इर्द-गिर्द बैठी चार हमउम्र जनानियाँ जब ओढ़नियों की बुक्कलें मार अपने हाथ-गोड़ गरमाती हैं तो अतीत की परतें उघाड़ अपने-अपने रंगों को खुरचने भी लगती हैं। स्मृतियों के झरोखों से वे खुद को लाहौर, गुजराँवाला या पिंडी के गली-कूचों में इतराती, लम्बी-लम्बी पराँदियाँ झुलातीं, महीन चुन्नट डाले मलमल की रंगीन चुनरियाँ ओढ़े देखती हैं; गुलाबी, मोतिया, केसरी रंगों की बहारें जगातीं वे तब सोहनियाँ और हीरें होती हैं, जिन्हें देख गबरू जवान आहें भरने लगते हैं। रस्सी-टप्पे-चिंआँ खेलतीं, धम्म-धम्म कोठे लाँघतीं वे कब बचपन की दहलीज लाँघ जवान होती हैं, कब लाल जोड़े पहन, बाँहों में गजरे-कलीरे, कानों में बालियाँ, गले में सतलड़िया हार और नाक में हीरे-मोती जड़ी नथें पहने वे यौवन के भार से झुकी डोली चढ़ती हैं और बाबुल का घर-आँगन सूना कर माहिया के घर आती हैं। उम्र की चहक और रचे-बसे घरों की महक से सजी वे नवेलियाँ सास-ननद की बोलियाँ-ठोलियाँ सुनतीं-सहतीं घरों की फुलवारियाँ सजाती हैं और अचानक लहलहाते खेतों पर बिजलियाँ गिरने लगती हैं। भाँगड़े और गिद्दे सियारों और गिद्धों की चीखों में बदलने लगते हैं। सभी दास्तानें, सभी किस्से एक-एक कर आँखों के आगे जीवित हो उठते हैं। हँसी मायूसियों में बदल जाती है, विषाद का सागर ज्यों लीलने लगता हो। वे नन्हे बच्चों को थामे, सीने से चिपकाए जंगल-जंगल, गाँव-गाँव भागती फिरती हैं, मौत का खूँखार जानवर जो उनकी हरी-भरी बस्ती में घुस आया है। वे हिसाब लगाती हैं—कितने साथी छूटे? कितने नन्हे-मुन्ने छातियों से छिटक गए? घर-द्वार, हवेलियाँ, साजो-सामान और उनके बीच कटी पड़ी लाशों के ढेर! छतों से कूदती, कुएँ में शरण लेती लाजवन्तियाँ, कतार में खड़े एक ही गोली से शिकार किए जाते दस-दस गबरू जवान! आँसू सूखे पर महीनों छातियों से बहती दूध की धारें कुर्तियाँ भिगोती रहीं। लाखों अफ़साने, हज़ारों दिल हिलानेवाली दास्तानें, जो यों तो भूल जानी चाहिए थीं अब तक, पर अभी भी गाहे-बगाहे यादों में शामिल हो जाती थीं।

उस दहशतज़दा माहौल को पार कर आए थे बूढ़ी बेजी, सतिन्दर की चाची, दीनदयाल की नानी और ढेर सारे लोग-लुगाइयाँ। लेकिन ये तीनों जनानियाँ एक साथ शरणार्थी कैम्पों में रहीं, एक ही गाँव में बस गईं और एक-दूसरे के अतीत की साक्षी बन गईं। एक-दूसरे के सुख-दुख की राज़दार ये उजड़े सुहाग वाली जनानियाँ दुबारा हरियाईं क्योंकि ये माँएँ थीं। बच्चों की खातिर जीने की तमाम जिल्लतों के बीच गुजरते इन्होंने सुहाग का गम भुला दिया। बेजी का बाबूलाल कोई चौदह-पन्द्रह वर्ष का खिलंदड़ा छोकरा था तब, सतिन्दर की चाची बारह और सात साल के दो बेटे-बेटियों और दीनदयाल की नानी दो बरस की बिटिया को लेकर एक ही काफ़िले में आ मिली थीं। बाबूलाल ने उस मरी चुहिया-सी बेजान बच्ची को काँधे से लगाए मीलों पार किए थे तो दीनदयाल की नानी को लगा था कि उसका खोया बेटा उसे मिल गया। विगत को ये कहानियाँ शायद वे लोग अब तक यादों की स्लेट से पोंछ-पाँछ चुकी होतीं, पर पिछले कई सालों से इनकी तकलीफ़देह यादें फिर से जिन्दा हो गई थीं, तमाम शिद्दतों से, जाने क्यों? चेतना की तहों में दबा कोई सोया वहम अपना हड़ियल सिर फिर उठाने लगा था। वजहें यों हवा में नासपीटी टिड्डियों-सी फैल रही थीं, पक्की फसलों को लीलने को आतुर। दूर पार की आवाज़ों, शहों पर गाँवों के सीधे-सादे, पसीने की रोटी खाते जट्ट अपनी जमीन की शिनाख्त भूलते जा रहे थे। नई उम्र बगावत करने लगी थी। लेकिन असली वजहों की जानकारी शायद उन्हें भी नहीं थी क्योंकि वे तो किन्हीं परदे के पीछे सक्रिय हाथों के मुहरे मात्र बन गए थे, और नशीली गोलियों व गर्द ने उनके दिमाग को सुन्न कर दिया था।

आए दिन खून-खराबा की दहशत जगाती खबरें किसी गाँव-घर से आने लगीं तो बूढ़ी बेजी चौकन्नी हो गई। शायद चालीस साल पीछे की कानफोड़ सदाएँ भी उसने सुनी हों। उसने काँपते हाथ आकाश की ओर उठाए और आँखों की बची-खुची तरावट से उस अदेखे को अर्घ्य चढ़ाते अनुनय की, "ओ रब्बा! ओ परमपिता परमात्मा, वाहे गुरु! रहम कर, अब दोबारा इस हरियाली धरती पर गाज न गिरा। मेरे जायों पर अपना साया कर।"

खबरें आती रहीं, दहशतें जगाती रहीं, पर जिन्दगी अपनी रफ़्तार से चलती रही। कुछ भी तो न रुका। सृष्टि का चक्का घुमाने वाले की तो यह खूबी है कि वह किसी भी दुनियावी वजह से अपना कार्यकलाप बन्द नहीं करता।

बूढ़ी बेजी की जान पाँचेक साल की गुड्डो के पिंजरे में बसती है। उसने इस चिन्नी-भिन्नी, गोल-मटोल बिटिया पर नज़रों के पहरे कड़े कर दिए। सूरज डूबने से पहले ही वह नन्ही पड़पोती को पास बिठा कहानियाँ सुनाती। कहानियों के माध्यम से ऊँच-नीच सिखाती, संस्कार विरासत में थमा देती। उन कहानियों में सजीले राजकुमार और रंग-बिरंगे पंखों वाली परियों के अलावा उस काले जिन्न का ज़िक्र भी अक्सर आता जो हरी-भरी वादियों पर अपना काला साया फैलाता, हँसते फूलों की हँसी चुराता, गिद्दों और भाँगड़ों के सुरीले तार नोचता। गुड्डो बेजी का घुटना हिलाती बार-बार टोकती, "फिर क्या हुआ बेजी, आगे क्या हुआ बेजी...बोलो न?"

"हाँऽऽ आगे...!" बेजी दिमाग पर जोर डालती, "आगे क्या होगा?" उसका बूढ़ा दिमाग चकरा जाता, ज्यादा सोच का वज़न उठा नहीं पाता। वह गुड्डो का सिर अपनी छातियों से टिकाती तसल्ली देती, "आगे-आगे सब ठीक होगा...उड़ने वाले घोड़ों पर सवार राजकुमार अपने लम्बे चाबुक मार उस काले जिन्न को भगा देगा, दूर-दूर...जहाँ से वह आया है..."

गुड्डो की माँ रानो और बाबूलाल की पत्नी सावित्री ने भी अब देर-सवेरे अहल्ले-मुहल्ले में जाना लगभग बन्द कर दिया है। रानो, जो चद्दर-तकिए काढ़ने और क्रोशिए के बूटेदार मेज़पोश बनाकर घर को सजाने-सँवारने की शौकीन रही है, आजकल बार-बार अपने पति किशना से कहती है, "अपने बापू को मना लो, मेरी सुनो, उधर पठानकोट की तरफ कोई छोटी-मोटी दुकान डाल देंगे। तुम्हारे हाथ में हुनर है, फिर मेरे मौसा भी उधर हैं। यहाँ रहकर क्यों बेमौत...?"

किशना ने गाँव से थोड़ी ही दूर राजमार्ग पर मैकेनिक की छोटी सी दुकान खोल रखी है, स्कूटर-गाड़ियों की छोटी-मोटी मरम्मत, ब्रेक-क्लच व टायरों के पंचर ठीक करने में वह उस्ताद है। पैसा भी ठीक-ठीक

मिलता है। यह तो आजकल शाम ढले इस तरफ गाड़ियों की रफ़्तार थम जाती है, नहीं तो रातोंरात ट्रकें चला करती थीं...किशना चौड़ी छाती और मजबूत पुट्ठे वाला निडर जवान है, मरने-मारने से इतना खौफ नहीं खाता, जितना अपनी लाडो रानी के कुम्हलाए चेहरे पर उड़ती हवाइयों से त्रस्त रहता है। वह बैंक से लोन लेकर पास-पड़ोस के किसी सुरक्षित शहर में जाकर मोटर पार्ट्स की दुकान खोलने की कोशिशें कर भी रहा है। परन्तु उसका पिता बाबूलाल गाँव-खेत छोड़कर जाने को राजी नहीं होता। उम्र के पाँचवें दशक में भी उसकी काठी मजबूत है, श्रम से गठा शरीर। वह सोच भी नहीं सकता कि लहलह करते सरसों और गेहूँ के खेतों को देखे बिना उसका दिन कैसे बीतेगा? हाथ अगर माटी को सहलाएँ, रोपें, गोड़ें नहीं, तो क्या उँगलियाँ जुड़ न जाएँगी? कोई पूछे तो इस बूढ़े होते जट्ट से कि पुरवैया जब गेहूँ की गदराई बालियों को छूती-छेड़ती खेतों से गुजरती है तो कैसे वे अल्हड़ किशोरियों-सी बेवजह खिलखिल हँसती हैं, एक-दूसरे के कानों से मुँह सटाए फुसफुसाती-कनबतियाँ करती हैं। बाबू, सतिन्दर, हंसराज और दूसरे अधबूढ़े दिलों के अन्दर बाँसुरी के मीठे सुर बजने लगते हैं और बाहर दर्पभरी सुहागन-सी इठलाती, खेतों-खलिहानों को सींचती-पोसती व्यास नदी की चाल में हीरों और सोहनियों के दुपट्टे लहराने लगते हैं। हवा की गूँज में राँझों और महिवालों की मोह सनी पुकारें बोल उठती हैं, आऽऽ जऽऽ आऽऽ जाऽऽ! लगता है कई-कई सोहनियाँ बोल सुनकर आसमान के शफ़्फ़ाफ़ कोने से धीरे-धीरे हंसिनियों-सी धरती पर उतर आएँगी और धरती प्यार के बोलों से रच जाएगी।

लेकिन बाबूलाल बदलते हालात से नावाक़िफ़ भी नहीं है। अब लोहड़ी, बैसाखी पर हरियाये खेतों की ओट, जलते अलावों के इर्द-गिर्द बैठे सयानों की गप्पबाजी, किस्से-कहानियाँ और झूमती फसलों के साथ चहकते युवाओं के भाँगड़े और गिद्दे मन्द पड़ गए हैं। धरती की कोख में अनाज के बीज ही नहीं, तस्करी के हथियार, गोला-बारूद भी खाद की बोरियों में भरकर छुपाए जाते हैं। आए दिन घरों में धमकियों भरे रुक्के आने लगे हैं, "चले जाओ, घर-द्वार छोड़कर जहाँ भी सींग समाए, चले जाओ...।" जिनका आसपास कहीं ठौर-ठिकाना है, वे चले

भी जाते हैं। पर सब लोग जाएँगे कहाँ? अपना घर-द्वार, हाड़-तोड़ श्रम से बनाया अपना आशियाना छोड़कर किस धरती पर आश्रय लेंगे? और क्यों? भागा तो दुश्मनों से जाता है। अपने सगों से भी भागना पड़ता है, यह बात बाबूलाल भी नहीं समझता जिसने उजड़ने की तकलीफ़ें सही हैं। अपनी बेकसूरी की सज़ाएँ कबूल करते गाँव वाले वक़्त की करवटें देख रहे हैं। कुछ मजबूरी से और कई हौसले से, गाँव की उदास फ़िज़ा से लड़ रहे हैं क्योंकि बकौल पंजाबी कवि 'पाश' जिसकी ज़ुबान हत्यारों ने अपनी धरती 'तलवंडी सलेम' में हाल में ही बन्द कर दी, वे जिन्दगी के टुकड़े चुनना चाहते हैं, वह जिन्दगी जो उन्होंने बिना धर्मों-दीनों में बँटे अपने लोगों के साथ जी है।

बेजी तो बस बौराई-सी घूमती है। डर क्या होता है, खौफ की परछाइयाँ कैसे अन्तरात्मा को घेर लेती हैं, मार-काट के आखिरी अंजाम कितने व्यर्थ और तोड़ने वाले होते हैं, वह लोगों को समझाना चाहती है। लेकिन इस बार का दुश्मन अपनों के दिलों में घुसकर वार करने लगा है। बेजी इस छिपकर वार करने वाले दुश्मन को पकड़ नहीं पाती। नई-नई खबरों, हत्याओं और लूटपाट के समाचारों पर वह टिप्पणी नहीं देती। बस दोनों हाथ आकाश की ओर उठा, सभी जाने-सीखे मंत्र-जाप पढ़ने लगती है, 'ओ मेरे रब्बा! मेरे जायों पर अपना साया कर!' यह उनकी आखिरी अरदास होती है।

लेकिन बेजी की तमाम अरदासों के बावजूद बेजी के गाँव की धरती पर जिन्न का साया फैलता जा रहा है—काला, खूँखार साया, जिसने आसपास के कई गाँवों-शहरों के उजास का गला मरोड़ दिया है।

सतिन्दर कहता है, "सीमा पर आज फिर तस्करों को पकड़ा गया। सोना, अफीम, खाद के बोरों में भरे हथियार, चीनी राइफलें, ए.के. 47, पाकिस्तानी मार्का बन्दूकें, एक हज़ार मीटर तक मार करने वाली मिसाइलें, एसाल्ट राइफलें...जाने कहाँ-कहाँ से भेजी जाती हैं। सब दुश्मनों की चालें हैं..." सतिन्दर की आवाज़ में अपना घर उजड़ने की पीड़ा होती है।

बेजी लड़कों से कुछ नहीं कहती। अपने आप से बुदबुदाती है, "मेरे गबरुओं को चुड़ैल की नज़र लग गई..."

तमाम सरकारी कार्रवाइयों के बाद भी चुड़ैलों के शिकंजे कसते गए। पहले-पहले कोई दयाला अपने निक्के-बिल्ले के लिए खिलौने-किताबें लिये घर लौटता हत्यारों का निशाना बना...फिर खेत गोड़ता, धरती सींचता कोई सीताराम-श्यामलाल। पहले इक्के-दुक्के समाचार, बटाला में बस दुर्घटना, फिर तरनतारन, गुरदासपुर, लालरू बस कांड, खुड्डा कांड... इतने मरे, इतने ज़ख्मी हुए...अलाँ बेटी के लिए दाज लेने गया था, फलाँ बीमार बच्चे के लिए दवाइयाँ लेने, कितनी बूढ़ी माँएँ, कितनी जवान बीवियाँ और कितने मासूम बच्चे इन्तज़ार करते पत्थर बन गए। गिनतियाँ करना मुश्किल हो गया या अर्थहीन भी। दिलों में दरारें पड़ीं और जिन्दगी बेरौनक हो गई। उजड़ी कोखवालियाँ, लुटे सुहागवालियाँ और सूने घरों में खोजती नज़रों से उम्र का मातम मनाती घरवालियाँ बेजान तसल्लियाँ सुनती रहीं। दान की हुई नगदी-जिन्सी थामती सूनी आँखों से अपने और बचे-खुचों के भविष्य पढ़ती रहीं और राजा के दरबार से नई-नई तसल्लियाँ रेडियो-दूरदर्शनों द्वारा प्रसारित होती रहीं।

हालात सुधरेंगे, इसी उम्मीद में जान हथेलियों पर रखे लोग सरेशाम खिड़कियाँ-द्वार मूँदे बैठे रहे, पर मौत बन्द दरवाज़ों से पलटती है कभी? इधर शेरसिंह के चार, उधर करतार सिंह के पाँच आदमी कटे पड़े मिले। हत्यारों ने बूढ़ों, बच्चों, जवानों किसी को भी न बख्शा।

सो बच्चे उम्र से पहले बुजुर्ग होते गए। उन्होंने बीच सड़क धौल-मुक्के खेलना बन्द कर दिया क्योंकि दिन-दहाड़े सड़कों पर गोलियाँ चलने लगी थीं।

किशना ने बापू से शायद आखिरी बार कहा, "बापू, कल परले खेत में बलवन्त की लाश मिली, आज जोधेपिंड में पूरे परिवार की हत्या हो गई। अब जवान लड़कियों को भी उठाने लगे हैं, अब भी वक़्त है, निकल चलेंगे कहीं..."

लेकिन बाबू के लिए 'निकल चलना' इतना आसान न था, "कहाँ चलें बेटे? सिर छिपाने का ठौर यहीं, रोजी-रोटी यहीं, संगी-साथी यहीं, किसके घर हाथ फैलाने जाएँगे?"

"वह सब छोड़ दो बापू! जिन्दगी रही तो मजूरी कर लेंगे, इधर क्यों बेमौत मरें..."

सतिन्दर, बलदेवा, सत्तो, परकाश ने सुना तो बाँहें खोल तसल्ली दी, "तेरे साथ हम हैं बाबूलाल! हमारे रहते तेरे दिल में गाँव-घर छोड़ने की बात कैसे आई?"

बाबू का सिर झुक गया, क्या कहता? मन में जो कुछ घट रहा था वह इतना अस्पष्ट और धुँधला था कि कोई उत्तर सूझ नहीं रहा था। एक तरफ प्यार, दोस्ती और सौहार्द का दरिया, दूसरी ओर हर पल सिर पर मँडराता मौत का आतंक!

लेकिन अपने दोस्त बलवन्त की मौत के बाद किशना का मन गाँव से उखड़ गया। बूढ़ी बेजी हालात देखती-सुनती भी अड़ी रही, "अब किधर जाणां पुत्तर?" उसकी आवाज़ में मौत का यख* अहसास था। अपनों से कटकर किस धरती पर ठौर मिलेगा? मिले भी तो वह क्या मौत से बदतर जिन्दगी न होगी?

"कहीं भी चलेंगे बेजी, दुनिया इतनी बड़ी है। ठौर की क्या कमी? जब तू गुजराँवाला से आई थी, तब क्या ठौर नहीं मिला था?"

बूढ़ी बेजी क्या समझाए नादान बेटे को? अरे, वह तो कहर था अंग्रेजों का ढाया हुआ, पर कम से कम दो भाई तो साथ थे उस दुःख की घड़ी में। अबकी अपनों से कटकर लहूलुहान हुए तो क्या वे ज़ख़्म कभी भर पाएँगे?

बेजी के साथ कोई तर्क काम नहीं कर रहा था। वह अड़ गई थी बुरी तरह से। उम्रभर का अनुभव होने के बाद भी वह बहुत कुछ नहीं जानती थी। उसके बूढ़े होते सारी दुनिया का चेहरा बदल गया था। दरअसल, बेजी अपने गाँव-घरों में होती अन्धाधुन्ध हत्याओं के पीछे का गणित नहीं जानती थी। खालिस्तान और खाड़कुओं के नाम भर उसने सुने थे, उनके मकसदों से वह वाक़िफ़ नहीं थी। उसने सुना था कि व्यास नदी के ऊपर बसे अमृतसर, गुरदासपुर वगैरह जिलों की तरफ रहते माझे जुझारू जवान रहे हैं, पर वे पटियाला, संगरूर, फरीदकोट जिलों की तरफ रहते मालवों से किन राजनैतिक स्वार्थों के कारण तने बैठे हैं और गैरों के बहकावे में आकर दोनों क्योंकर अपनी हरी-भरी जमीन और भोले-भाले मेहनतकश

* यख—बहुत ठंडा।

भाइयों की खुशियाँ दाँव पर लगा रहे हैं, यह बेजी नहीं समझती। बेजी तो यह भी नहीं बूझ पाती कि बँटवारे के बाद पाकिस्तानी अपने गाँव-घरों की खुशहाली पर ध्यान देने के बदले, हमारी सरहदों पर हथियारों की तस्करी क्यों करते हैं? तुम्हें जो चाहिए था मिल गया, अब हमारे घर में सेंध लगाकर हमारे बच्चों को बरगलाकर उनसे ही उनके घर क्यों उजड़वाते हो? हमारी धरती को खून से रँगकर तुम्हारी कौन सी मुश्किल हल होनी है?

लेकिन बेजी के बेटे, गाँव के पढ़े-लिखे सम्भ्रान्त, अनुभवी दानिशमन्द भी तो इतना ही जानते हैं कि वे हालात के शिकार हो गए हैं। वे दूर बैठे लोग हैं जिन्होंने हमारी हवाओं में ज़हर घोल दिया है और हम इसे फैलने से रोक नहीं पा रहे हैं।

यों रोकने की कोशिशें करनेवालों की भी कमी न थी। अपनी जानों को दाँव पर लगाते वे दिलों की दरारें भरते रहे। बेजी की कोशिशें भी आखीर तक जारी रहीं। वह सूनी सड़कें निहारती नवेलियों को काँधे लगाती रहीं, सुबकते बच्चों के आँसू पोंछती रहीं। घर-घर घूमती बदहवास बेजी को बाबूलाल ने भी समझाने की कोशिश की, "मत घूमा कर घर-घर बेजी! जाने कौन क्या समझ बैठे!" सभी की जान तो अलगाववादियों ने साँसत में डाल रखी थी। न चाहकर भी पास-पड़ोसी एक-दूसरे से कतराने लगे थे।

बेजी हैरान! "कोई क्या समझेगा? मेरे तो सभी पुत्रां वरगे, नाती-पोते जैसे!" वह घर-घर दुहराती रही, "यह रोटी-बेटी का नाता, यह नख और उँगली का रिश्ता, कैसे बँटेंगे एक माई के दो लाल?" लेकिन यह रोज की मारकाट, यह फ़िज़ाओं में फैलता ज़हर? यह सुनसान होते गाँव-घर? बेजी सुरसा के मुँह-सा फैलता आतंक महसूसती रही और प्रार्थनाएँ करती रही, तसल्लियाँ देती रही, "रब्ब, खैर करेगा! हौसला रखो, उसके राज में देर है, अन्धेर नहीं..." लेकिन अब उसकी बूढ़ी आवाज़ में थकान भरने लगी थी। उसकी अरदास में मायूसी थी, "वाहे गुरु! तू कहाँ है? तेरे गुमराह बच्चों के सीने से किस जिन्न ने दिल चुरा लिया? ये तेरे रसभरे गन्ने के खेतों में सरकंडे कैसे उग आए?"

इन्हीं ऊहापोह भरे दिनों में आखिर एक दिन बूढ़ी बेजी के घर भी रुक्का आ गया। वही रुक्का जो कई घरों में पहले ही आ गया था, रातोंरात गाँव छोड़कर जाने का हुक्मनामा।

सावित्री ने पुर्जा देखा, किशना ने पढ़ा, बाबू ने समझा और बेजी सहित सभी घरवालों ने मौत का साक्षात्कार कर लिया। "अऽऽब?" एक अबोला प्रश्न सामने खड़ा हो गया।

"सतिन्दर से बात कर बाबू!" बेजी ने आखिरी कोशिश की।

"वो बेचारा क्या करेगा बेजी? हमें रोकेगा तो अपनी जान गँवाएगा। न, मैं उसे मुसीबत में नहीं डालूँगा।"

अब हिन्दू-सिख का प्रश्न नहीं था। इनसानियत की हत्या होने लगी थी। हिन्दू-सिख दोनों कई गाँवों से पलायन करने लगे थे।

अगली सुबह बाबू का परिवार मुँहअँधेरे गाँव छोड़कर जाने का इरादा कर चुका था। कोई विकल्प नहीं बचा था। काँपते हाथों और रोते दिलों से जितना कुछ समेटा जा सकता था, उन्होंने समेट लिया। बेजी रातभर घुटनों में सिर दिए बैठी रही, नन्ही गुड्डो को पास में लिटाकर।

रात के सन्नाटे में आँगन में कुछ चापें आईं, कुछ पत्ते खड़के। घर के भीतर के लोग भय से सुन्न हो गए। उन्होंने बल्लम, भाले, गँड़ासे, जो भी हथियार पास था, हाथों में सँभाल लिये थे, फिर भी डर उन पर हावी था। बेजी ने खिड़की की संध से देखा, कुत्ता था। नींद में चौंककर कुरलाया था। अप्रत्याशित आगत को सूँघकर वह आकाश की ओर मुँह उठाकर भौंका—भौंऽऽ भौंऽऽ! और एक लम्बी चीख हवा में गूँज उठी—कूऽऽ उ-उ ऊऽऽ! दर्द भरी पुकार।

रात में खेतों से होकर निकलना भी निरापद न था। जरा सा भी अँधेरा छँट जाए तो वे रब्ब का नाम लेकर निकल जाएँ। तभी वह घड़ी आ गई, जिसे वे टालना चाहते थे। दरवाज़े पर थापें पड़ीं—ठक-ठक और फिर गोलियाँ बन्द दरवाज़े को पार कर दीवारें छलनी कर गईं। फिर किसी ने कोई हिसाब न रखा कि कितनी गोलियाँ चलीं, कितना खून बहा, किस-किस की चीखें रात के उस दूसरे पहर में फरियाद बनकर गूँज उठीं। सुबह के हल्के उजास में आसमान हल्का गुलाबी था पर

बेजी के घर की धरती खून से नहा उठी थी। लाल जवान खून धारों में बहकर जगह-जगह जम गया था। बाबू, सावित्री, किशना, रानो और दरवाज़े के बाहर बेड़े में औंधा पड़ा सतिन्दर...आश्चर्य! यह सतिन्दर यहाँ कब और कैसे आ गया? कहीं बेजी ने उसे घर आए रुक्के की बात तो नहीं कही थी?

सब खत्म हो गया, सारी ऊहापोह! बाबू ने सतिन्दर को मुसीबत से बचाना चाहा पर गोलियों की आवाज़ सुनकर वह घर के भीतर दुबकने वाला दोस्त नहीं था। उसके हाथ में खून सनी कृपाण थी, एकाध हत्यारे को ज़ख़्मी भी कर गया था वह, बेजी ने देखा था।

बेजी गुड्डो को बाँहों में दबाए इस हत्याकांड की गवाह थी। उसे किसी ने न छुआ। उसने अँधेरे में आए मौत के दूतों के हाथ-पैर पकड़े थे, वाहे गुरु का वास्ता दिया था। अपना घर न उजाड़ो—फरियाद की थी, लेकिन उन्होंने बेजी को बन्दूक के कुन्दे से परे धकेल दिया था और बेजी की सभी प्रार्थनाओं का उत्तर उनकी आयातित ए.के. 47 ने दिया था, जिसका न धरती से कोई सम्बन्ध था और न खून से कोई रिश्ता।

बेजी पथराई-सी सहमी-सिकुड़ी गुड्डो को लेकर बैठी रही। गाँव भर के लोग इकट्ठा हो गए। पुलिस आई, तहकीकातें हुईं। बेजी चुपचाप देखती रही, बेशुमार मृतकों में कुछ नाम और जुड़ गए। दूरदर्शन पर ताज़ा समाचारों के लिए कुछ ताज़ा फोटो खिंचे। सरकार की तरफ से बेजी को 'मदद' का आश्वासन मिला, लेकिन बेजी ने कुछ भी न सुना। लोगों ने चाहा बेजी को तसल्ली दें, पर वह तो सदा से दूसरों को दिलासे देती रही है। सतिन्दर की चाची बेजी के कन्धे पर सिर रखकर बूढ़ी आँखों की आख़िरी तरावट बहाने लगी। बेजी के होंठ काँपे, आवाज़ गहरे कुएँ से निकली, "मौत भी जुदा न कर सकी साड्डे लालों को भैण।"

परकाश ने दोनों माँओं को अलग किया, "अब इधर नहीं रहना है बेजी हम भी चलेंगे तुम्हारे साथ, उधर बाबा जयमल सिंह के डेरे में। उधर दोनों को आश्रय मिलता है..."

बूढ़ी बेजी के मुर्दा चेहरे पर थोड़ी सी हरकत हुई। हलक में अटकी साँस निकालते उसने कमजोर आवाज़ में आखिरी प्रश्न किया, "हुण कित्थे जाणां पुत्तर?" उम्रभर की घनीभूत पीड़ा से सजा प्रश्न!

क्षमा करना, मैंने पहले नहीं बताया। यही सामने उनका घर है! बेजी का घर है जिसकी दीवारों पर गोलियों के निशान नज़र आते हैं। वह रही परली तरफ तोरी-कुम्हड़े की मुरझाई बेल और वे गोभी के फूल। आप पहचान तो गए ही होंगे!

हाँ, बेजी भी नहीं रही। दूसरी बार उखड़ना उसे मंजूर न था। तन तो शायद अभी भी चलता पर मन छलनी हो गया था। आखिरी चोट भारी पड़ी। परकाश चाची और गुड्डो को लेकर कहीं चला गया। लेकिन बेजी जाने से पहले अपना आखिरी सवाल जट्टों की धरती पर खोद गई, क्यूँ वेडिस? आखिर तुम कहाँ जा रहे हो?

क्या बेजी के इस प्रश्न का उत्तर कोई राजनैतिक या धार्मिक नेता, या आप स्वयं दे सकेंगे?

रात में सागर

वे अब लौट रहे हैं, श्रेया और धीरेन्द्र। सिंगापुर एयरलाइंस बोइंग सेवन नॉट सेवन से। एक मास पहले इसी विमान से वे भारत से लॉस एंजिल्स आए थे, माँ से मिलने। तब हवा में कलाबाज़ियों के बीच आकाश मार्ग की ऊँचाइयाँ और धरती से मीलों-मील दूरियाँ थीं। लौटते में अब सागर की गर्जन भी साथ चल रही है।

बेअन्त समुद्र, जिसकी ऊपरी सतह पर सूर्य किरणों की झिलमिलाहट है, कहीं झाग भरी, कहीं शान्त पारदर्शी। भीतर रहस्य भरे अँधेरे में गोता लगाते भयावह जल-जीव, मगर, शार्क, व्हेल। शायद कहीं समुद्र तल के महल-दुमहले, जगर-मगर करती मरमेडें भी हों। तट पर तो बालू में

फिंके शंख-सीपियाँ और ढेरों-ढेर घोंघे हैं। अतल में डुबकी लगाना कहाँ मुमकिन है?

पूरा महीना बीत गया, लगता है अभी कल ही तो आए थे। तब आशंकित उत्सुकता थी, कैसे रहती होंगी परायों के बीच? खान-पान, रहन-सहन और ज़बान भी तो अजनबी! गोकि वीरेन्द्र और प्रेया की आश्वस्त करती सूचनाएँ, सब सही-सलामत वाले कलामों से लबरेज़ थीं।

"माँ जिन्दगी नये सिरे से जी रही हैं, भाभी! बेहद खुश। कमाल का एडजस्टमेंट है। नहीं-नहीं, उनके लिए साड़ी-वाड़ी नहीं लाना। अब तो वे ट्रैक सूट और हाउस गाउन ही पहनती हैं...। खाना? अरे भाभी, चिकन विद मशरूम उन्हें खास पसन्द है, तभी तो कहती हूँ कमाल का एडजस्टमेंट है उनमें...।"

माँ से सीधी बात नहीं हो पाती थी। इधर वह ऊँचा सुनने लगी हैं। हाँ, उनकी बातों के कैसेट जरूर उन तक पहुँचते, जिनमें सबका हालचाल, ख़ैर-ख़बर, अपनी कुशल के अलावा कभी-कभी दो-चार वाक्य चौंका देते—"बहोत अच्छी हूँ धीरजी! कोई फ़िक्र मत करना। वीरजी-प्रेया दोनों लगभग रोज देखने आते हैं। इतवार को घर से मेरे लिए खाना ले आते हैं। नर्सें खूब ख़याल रखती हैं। डाक्टर 'आई लव यू' बोलती हैं।"

"बरामदे में बैठी हूँ। आसमान काले बादलों से अटा पड़ा है। हवा में उमस है। उफ़, कैसा शामियाना-सा तना है सिर के ऊपर। बारिश आती तो कुछ हल्का सा लगता। मगर नहीं आएगी, यों ही घुमड़न होती रहेगी..." कट। शायद वीरजी अगली बातें काट देता हो। पंचानबे की उम्र। बात करते-करते काफी कुछ अनर्गल बोलने लगती हैं माँ!

घर लौटते वक़्त आज माँ के कई-कई वाक्य श्रेया के कानों में गूँज रहे हैं। क्या वे भी अनर्गल हैं?

"मेरी माँ बीमार थी, सेनेटोरियम में रखा था। मरने-मरने को थी, पर उसने प्राण जैसे मुट्ठी में बन्द कर रखे थे। कष्ट बहुत था, पर कहती थी, जब तक घर नहीं ले जाओगे, प्राण नहीं त्यागूँगी। और जब घर ले आए तो ऐसी गाढ़ी नींद सोयी कि दूसरे दिन उठी ही नहीं।"

और विदा वेला में कहा गया उनका आखिरी वाक्य—"अब ये दूरियाँ सही नहीं जातीं।"

पता नहीं कैसा लावा-सा फूटा था। या लबालब भरा घड़ा छलक आया था। या सागर का उफ़ान छाती के ऊपर से गुजर गया था। पता नहीं कैसे यह उद्वेलित सागर श्रेया के भीतर समा गया, शायद धीरेन्द्र के भी! शब्दों से परे की, कई-कई अर्थों में खुलती झागल हरहराहट।

श्रेया-धीरेन्द्र इसे समझने की कोशिश कर रहे हैं। इस अथाह मंथन का कहीं कोई कोर-किनारा नहीं तो कौन से सूत्र खोज इसे समझने की मुहिम उठाई जाए? क्या सफर की शुरुआत से ही शुरू करें? या इस धरती के हिस्से पर पाँव रखने से?

एक मास पहले, लॉस एंजिल्स एयरपोर्ट पर वीरजी और प्रेया उन्हें रिसीव करने आए थे। गले मिलकर खैर-खबर पूछने के बाद ही श्रेया ने पहले माँ से मिलने की इच्छा जाहिर की थी। भावहीन चेहरा लिये वीरजी ने गाड़ी सेंटर की ओर मोड़ दी थी। दो वर्ष पहले माँ का एक्सीडेंट हो गया था, तब से वे रिकवरी सेंटर में ही रह रही हैं।

गाड़ी तारकोली सड़क पर पालदार नाव-सी बह रही थी। दाएँ-बाएँ खड़ी पाइन और ओक की हरियल कतारें, सड़क के हाथ थामे साथ-साथ दौड़ रही थीं। कोई बोल नहीं रहा था, भीतर से भरे होने के बावजूद। साँस रोके बैठी चुप्पी तभी शायद असहज लग रही थी।

अचानक वीरजी के शब्द मेढक से उछल आए, "माँ को जितनी केयर, जितनी सुविधाएँ यहाँ मिलती हैं, मैं तो अपने लिए उससे आधी की भी उम्मीद नहीं रख सकता।"

बिना भूमिका बाँधे कहा गया यह वाक्य धीरेन्द्र को कुछ अटपटा सा लगा, "कैसी बातें सोचते हो?"

उन्हें एकाएक समझ न आया कि क्या कहें।

"पचपन पार कर रहा हूँ। शरीर में अभी से झोल पड़ने लगे हैं। क्या पता कल क्या हो?" वीरजी के हाथ स्टेयरिंग पर कस गए।

"इधर रहकर आगे के लिए सोचना ही पड़ता है भैया जी!... यहाँ तो 'टु ईच हिज़ ओन' वाली पॉलिसी चलती है। कोई नाते-रिश्तेदार तो

होते नहीं जो मुसीबत में मदद करें...। बच्चों की अपनी ज़िन्दगियाँ हैं, वे आगे देखें कि पीछे?" प्रेया प्रैक्टिकल बातें करती है। बीस साल विदेश में रहना कुछ कम तो नहीं होता सीखने के लिए।

इधर-उधर के फ़र्क़ पर किसी ने टिप्पणी नहीं की। आगत के लिए सोचना कहीं भी जरूरी है। नाते-रिश्तेदारों की मदद पर इसलिए नहीं बोला गया कि आप अगर कुछ रिश्तों से दूर हो जाते हो तो रिश्ते आपको ढूँढ़ते हुए तो नहीं आएँगे। सोचा जरूर, पर कहा किसी ने कुछ नहीं। धीरेन्द्र यों भी संवादों पर विश्वास खोने लगे हैं। जब दूसरा हर हाल में अपनी बात मनवाना चाहे तो संवाद फालतू बहस बन जाते हैं।

श्रेया अभी भी शीशे की पारदर्शी खिड़की से बाहर देखे जा रही थी। दूर से सिर जोड़े दिखाई देते पेड़ पास आते ही कैसे छिटक जाते हैं। बीच की जुड़ी-जुड़ी सी दिखती सड़क करीब आते ही दो घनिष्ठों को दूर करती फासले बनाती है। दरअसल श्रेया माँ की नब्बे पार यात्रा के पड़ावों-मोड़ों के छोटे-बड़े हादसों-हविशों के बारे में सोचती पिछले गलियारों में भटक रही थी। कितने कुछ की तो साक्षी है वह!

क्या पता अब किस हाल में होंगी? क्या सोचती होंगी? बाहर के सुख की बानगी तो प्रेया कुछ उदाहरणों से दे चुकी थी, लेकिन भीतर की मर-मर कर भी जी उठनेवाली उम्मीदें, स्वप्न, योजनाएँ? अजनबी माहौल, अजनबी भाषा और आहों-कराहों से अटे माहौल में, भीड़ में खोए बच्चे सी निस्सहाय कैसे जी रही होंगी? हमेशा की बातूनी माँ, बिना बोले कैसे रहती होंगी?

प्रेया नर्सों की कर्तव्यनिष्ठा से गद्गद थी। डाक्टरों का सेवा भाव! माँ सचमुच भाग्यशाली है। "कमाल का डेडिकेशन है यहाँ की नर्सों में! मैं तो हैरान होती हूँ देखकर। हर तरह के बीमार, मनोरोगी, पागल...।" वह थोड़ा रुक गई, "आई मीन, हर तरह के बीमारों की तीमारदारी करना, उन्हें धोना-पोंछना, उनका चिड़चिड़ापन और तुनकमिज़ाजी सहना! यू नो, बीमारी में कितना डिमांडिंग हो जाता है आदमी! कोई कितना भी अपना हो, कभी थक-ऊब तो जाता ही है सेवा करनेवाला।"

प्रेया के स्वर में कोई झोल नहीं। वह संतुष्ट थी। अपनी तरफ से तो उसने कोई कसर नहीं छोड़ी। तीनेक मास माँ को घर पर रखकर

सेवा की। ग्राउंड फ्लोर में ही बाथरूम-लैट्रिन का इन्तज़ाम किया, कमरों की तोड़-फोड़ करके। माँ अपाहिज हो गई थीं। व्हील चेयर से सीढ़ियाँ चढ़ना सम्भव नहीं था, पर उनकी शिकायतें खत्म होने को नहीं आ रही थीं।

"हम तो संतुष्ट हैं कि माँ को अन्तिम पड़ाव पर मन मुआफ़िक़ इलाज, सेवा और सुविधाएँ मिलीं। चौबीस घंटे नर्सें और डाक्टरों के नियमित चेकअप्स। घर में यह सब मुमकिन कहाँ होता?" यानी सुविधाएँ खरीदनी पड़ती हैं, खरीद-फरोख्त की सीमाएँ हैं। सच में डाक्टरों की भारी फीस, दवाइयों और नर्सों का खर्चा उठाना आसान नहीं था। प्रेया की नौकरी थी। पीछे से माँ को कुछ हो गया तो? हमेशा टेंस रहती थी।

प्रेया माँ की बातें करती है। "माँ का जवाब नहीं, हमेशा शिखर पर बैठेंगी, बैठी रही हैं। अपनी जगह से एक इंच नीचे नहीं आना चाहतीं।" यानी कि अब उन्हें स्थितियाँ स्वीकारनी चाहिए। तीन-तीन पीढ़ियों के सुख-दुःख, तीज-त्योहारों के बीच गुजरती माँ ने समय के बदलते तेवर देखे। जो महत्त्वपूर्ण था, वह फ़ालतू हो गया। सच्चे-झूठे, साड़ी-सलवार के फ़र्क़ों से बाहर आकर माँ ने बच्चों की सुविधाएँ भी देखी ही होंगी। बाबूजी तो माँ के रास्तों पर मखमल भले न बिछा पाए हों, हाथों से रास्ते बुहार पत्नी को कील-काँटों से बचा जरूर लेते थे। बच्चे कहते, "बाबूजी के प्राण माँ के पिंजरे में बन्द हैं।" माँ हँसती! माँ रोती, "तुम्हारे बाबूजी दगा दे गए, मेरे प्राणों का पिंजरा यहीं छोड़कर चल दिए।"

श्रेया तमाम रास्ते वह सोने का पिंजरा देखती रही, जिसमें एक आहत मैना अपने ज़ख़्मों पर फाहे लगा रही थी, फिर खुरंड उचेड़ती, फिर फाहे लगाती। बार-बार! बार-बार!

वीरजी के भीतर कुछ खदबदा रहा था, जो प्रेशर से ढक्कन फेंक बाहर छलक आया। "सोचता हूँ, बाबूजी को इससे आधी सुविधाएँ मिली होतीं, तो...।"

'तो?' श्रेया ने उबलती धार को तन पर महसूस किया। ... तो क्या एक बेहतर मौत पाते? कहना चाहा, पर कहा नहीं। वह यहाँ कुछ दिनों

के लिए आई है। लम्बी यात्रा, भारी खर्चा उठाकर, जो न अब उसका शरीर और न जेब ही बर्दाश्त कर पाते हैं। लेकिन माँ को देखे बिना वह छटपटा रही थी।

धीरेन्द्र ने समझाया था, "वहाँ जाकर हम ऐसा क्या करेंगे जो वीरजी-प्रेया नहीं कर रहे हैं? यहाँ आने लायक तो वे अब हैं नहीं...।" प्रैक्टिकल बातें।

उसे कोई भोथरी कटार चुभ गई थी। "कल अगर मुझे कुछ हो गया और मेरे बच्चे भी ऐसी ही भाषा बोलें, तो? आखिर दोनों एक साथ तो जाएँगे नहीं?"

काफी कहने के बाद भी बहुत अनकहा रह जाता है।

वीरजी ने बाबूजी का ज़िक्र छेड़ा। उसे भाई-भाभी से कोई शिकायत नहीं थी। फिर क्यों? उन्होंने तो अपनी जिम्मेदारियाँ निभाई थीं। शायद एक तुलनात्मक प्रसंग उठा, माँ को मुहैया की गई सुविधाओं को असरदार बताकर उन्हें ज्यादा भाग्यशाली साबित करना चाहा, या शायद अपने भीतर बैठी किसी हीन ग्रन्थि को धकेलने की कोशिश की हो, कि तुमने आखिरी वक़्त माँ को घर-निकाला दे दिया?

श्रेया के भीतर उथल-पुथल मच गई। धीरेन्द्र दाएँ-बाएँ गुजरते शॉपिंग सेंटर, ईटिंग ज्वाइंट्स और हरे लॉनों के बीच फूलों के रंगदार गुच्छे देखते रहे।

श्रेया जैसे खुद से बतिया रही हो, "बाबूजी कई मायनों में भाग्यशाली रहे। ज्यादा देर बिस्तर पर पड़े नहीं, और उनका साथी आखिरी साँस तक उनके सिरहाने रहा...।"

"हम तो थे ही," नहीं कहा। यह भी नहीं कि तुम्हारी माँ को दी गई सुविधाओं से अलग, उनके आसपास घर की खट-खट, खुट-खुट और रिश्तों की सौंध थी। बिस्तर पर पड़े बाबूजी वे आवाज़ें सुनकर चौकन्ने हो जाते, "कहीं जाना है क्या हमें?", "वीरजी आया है क्या?", "चिक्कू की आवाज़ नहीं सुनाई पड़ती।"

घर में गरम भात और रोटियों की सोंधी महक उनके साथ थी। चौके से उठती हींग-जीरे-मेथी की गंध और घी का तड़का सूँघकर बताते, "आज

मेथी पनीर बनाई है? शलजम-नदरू कहाँ से ले आए? क्या नाथजी के घर से आए हैं?"

खुले हॉल से नीचे की सदाएँ ऊपर उनके कमरे तक आतीं। वे जान जाते कौन है। दफ़्तर के लोग हैं, रिश्तेदार होते तो उनसे मिलने ऊपर चले आते।

वीरजी के चेहरे पर कई रंग एक साथ आए-गए। सपाट स्वरों का दंश भी दूर तक मार करता है कभी-कभी।

"तुमने माँ को सुविधाओं के नाम पर वनवास दे दिया।"

धीरेन्द्र ने बात बढ़ने से पहले विराम लगा दिया, "इधर की जैसी सहूलियतें हमारे यहाँ कहाँ हैं?"

श्रेया को बात अखर गई। अगले का सिर तना रखने के लिए खुद को छोटा करना क्यों जरूरी है?

बाबूजी के पास रात-दिन डाक्टर-नर्स नहीं थे। धीरेन्द्र खुद डाक्टर बन गए थे। बाबूजी को कैथेटर लगा था। रात-बिरात पाइप निकलता तो डाक्टर तक पहुँचते हैरान हो जाते। धीरेन्द्र ने खुद कैथेटर लगाना सीख लिया। बाबूजी पाइप लगाते देख धीरेन्द्र की बाँह थाम लेते—"तुम्हारे हाथ से दर्द बिलकुल नहीं होता।" हाथ देर तक छोड़ते नहीं। बेटे का स्पर्श आत्मा तक उतारने का सुख उनके चेहरे पर छा जाता। वह सुख, जो तमाम जल्दबाज़ स्पर्शों, सुविधाओं के बावजूद माँ के हिस्से में नहीं है। समय किसके पास है?

सेंटर का भवन शानदार था। हरे लॉन और लम्बे पेड़ों के बीच वीतराग भंगिमा में खड़ा, जाने क्यों श्रेया को उदास-उदास नज़र आया। वे लिफ्ट से छठे माले पर रुके और लम्बे कॉरिडोर से होते चौकोर हॉल में, मेज पर झुकी दो-तीन परिचारिकाओं-रिसेप्शनिस्टों से हाय-हेलो करते बाईं विंग की ओर मुड़े। ठीक सामने से लम्बी, दिल दहलाने वाली चीख ने उनका स्वागत किया। सुर्ख बालोंवाली औरत झुर्रियल हाथों से माथा पीट-पीट चिल्ला रही थी। तीखी कौंचवाला रुदन श्रेया को थर्रा गया।

"जेनी है। कभी-कभी इस पर दौरे पड़ते हैं।" प्रेया ने जानकारी दी।

एक सफेद बालोंवाली सजी-धजी महिला, हाथों को खोलते-बन्द करते अपने आप से बतिया रही थी। दूसरी व्हील चेयर की बाँह पर सिर लटकाए, टी.वी. पर नज़रें गड़ाए कोई फ़िल्म देख रही थी। स्क्रीन पर प्रेमी प्रेमिका का गहरा चुम्बन ले रहा था। व्हील चेयरवाली औरत के टेढ़े मुँह से लार बह रही थी, वह अपने मुड़े हाथों से उसे पोंछने की कोशिश कर रही थी। शायद पैरेलिसिस पेशेंट थी।

कमरा नम्बर सात के बाएँ दरवाज़े पर फूलों के हार के बीच माँ का नाम लिखा था—सत्यवती रैना।

कमरे से बाहर आती नर्स आदतन मुस्कुराई। प्रेया ने अभिवादन करके पूछा, "मॉम गेव ऐनी ट्रबल?"

"दैट्स ऑल राइट।" वह जल्दी में थी। जैसे कहा, रोज की बात है।

श्रेया ने देवरानी की तरफ देखा।

"आप जानती हैं माँ जी का स्वभाव। हमेशा अपनी मनमर्जी। सुबह देर तक सोएँगी। टाइम पर नहाने के लिए उठेंगी नहीं। अब इन बेचारियों को तो दसियों पेशेंट देखने होते हैं, पर माँ जी इनसे बहू-बेटियों की फरमाबरदारी की उम्मीद करती हैं। यहाँ अनुशासन में रहना होता है, पर माँ समझती नहीं। क्या करें? मुझे रोज-रोज इनकी शिकायतें सुननी पड़ती हैं।"

माँ के कमरे में धुँधलका था। एक तरफ मुँह-नाक में नलियाँ लगाए एक मोटी काली औरत जोर-जोर से साँस ले रही थी। शायद अस्थमा की मरीज़ हो। बाईं ओर, तीन तरफ लम्बे पर्दों से घिरे पलंग पर लेटी काया ने आहट सुन हरकत की। वीरजी ने हल्के हाथ से डुलाया, "देखो, कौन आया है?"

अब तक चारों माँ की चारपाई के पैताने इकट्ठे हो गए थे। माँ ने आँखें मुलमुलाकर देखा, "कौन?" धीरेन्द्र-श्रेया ने हाथ जोड़े—"अरे, तुम? मुझे बताया नहीं किसी ने। रुको, रुको...जरा ऐनक तो लगा लूँ।" माँ ने साइड टेबल पर रखी ऐनक उठाई, हड़बड़ाहट में बाँहें खोलीं, और धीरेन्द्र-श्रेया ने उनकी हड्डियल काया को बाँहों से घेर लिया।

"कैसा लगा सरप्राइज़?" वीरजी चुहल के मूड में आ गए।

माँ उन्हें साथ-साथ सटाये बड़बड़ाती रहीं, कुछ स्पष्ट कुछ अस्पष्ट बोल, कुछ प्रश्न और करीब आकर साथ बैठने का आग्रह।

"इधर, इधर बैठो मेरे पास। बिस्तर साफ़ है, रोज बदलते हैं। अच्छा, अच्छा सुनाओ कैसे हो? कितने कमज़ोर लग रहे हो। सब ठीक तो है न? रहोगे न कुछ दिन? आए कब? मुझे तो बताया नहीं किसी ने...।" माँ उत्तेजना से भर गई थी।

वीरजी ने टोका, "महीना भर रहेंगे। खूब बातें करना। अभी-अभी सीधे हवाई अड्डे से ही आ रहे हैं।"

"हाँ हाँ, रास्ते की थकान होगी। कितना पीला पड़ा है चेहरा। ठीक है, अभी जाकर आराम करो, कुछ खा-पी लो, कल आना...।"

माँ धीरेन्द्र की पीठ पर हाथ फिराती रही। कभी बालों पर, कभी चेहरे पर। नज़रों से सहलाती-दुलारती रही।

"अपनी आँखों पर भरोसा नहीं हो रहा है, सचमुच तुम्हें देख रही हूँ?" वर्षों की दूरियों ने माँ की आँखें पथरा दी थीं। कैसे विश्वास आता कि उसका बड़ा बेटा, पिंडकर्ता दूरियाँ लाँघ उस तक पहुँच आया है। दोनों बेटों-बहुओं से बतियाते उसने बाद में कहा था, "आज बहुत अच्छा लग रहा है। सचमुच आज मरने को जी करता है।"

डिनर टाइम हो गया था। नर्स व्हील चेयर पर बिठाकर डाइनिंग हॉल में ले जाने आई थी। माँ आज्ञाकारिणी बच्ची बन गई। श्रेया ने पहले एक, फिर दूसरी टाँग बिस्तरे से उतार बगल में हाथ देकर उठाया और खुद ही डाइनिंग हॉल की ओर ले चली। नर्स मुस्कुराई...

"आज मेहमान आए हैं? मॉम खुश हैं।"

"बेटा-बहू हैं, इंडिया से आए हैं।" प्रेया ने जानकारी दी।

"ओ, दैट इज़ वंडरफुल। इंडिया इज़ ग्रेट कंट्री।"

माँ तनकर व्हील चेयर पर बैठी, आश्वस्त, कुछ-कुछ गर्व भरी। डाइनिंग टेबल पर माँ के सामने बेहद मोटा नीग्रो लड़का बैठा था। माँ ने 'माय सन, इंडिया' कहकर इशारों से बेटे का परिचय दिया।

"माँ एक्साइटेड हैं," प्रिया ने कहा।

मेज के आगे बिठा प्रेया ने माँ के गले में ऐप्रन बाँधा। एक गोरी

लड़की ट्रे में डिनर रख गई। माँ ने उसे भी इशारों से बताया, "मेरे बेटा-बहू हैं, दूर इंडिया से आए हैं।"

श्रेया हल्का सा हँसी। माँ हाथों से ज़बान का काम लेती हैं। उन्हें भाषा की जरूरत ही नहीं पड़ती।

ट्रे में सूप, उबले आलू, चिकन, कुछ उबली सब्जियाँ, जूस, पॉरिज वगैरह रखे थे। माँ ने दो-चार चम्मच सूप लिया। फोर्क से सब्जियाँ कुरेदकर देखीं, जूस पीकर, पॉरिज नीग्रो लड़के की ओर सरकाया।

"बस्स!" माँ के भीतर अजीब सी बेचैनी और सुख का मिला-जुला भावसंवेग उसे असंयत बना रहा था—"खाना खा लो माँ, अभी हम बैठे हैं।" श्रेया ने कंधे से घेरा। चम्मच से दो-चार कौर खुद माँ को खिलाए।

वीरजी ने चेताया, "सुबह तक कुछ नहीं मिलेगा। भूखे पेट नींद नहीं आएगी। खा लो, आराम से, और इस शुगर पेशेंट को मीठी चीज़ें मत दिया करो। पहले ही इसकी टाँगों में गैंगरीन हो गया है। बेचारा मौत से पहले ही मर जाएगा...।"

'कुछ नहीं होता' वाले भाव से माँ ने हाथ हिलाया, या होगा भी तो मुक्ति मिलेगी।

नीग्रो लड़का खिसिया गया।

वीरजी ने विवशता दर्शाई, "माँ कभी किसी की बात सुनती है? चलो लॉन में बैठकर बात करते हैं।"

प्रेया माँ को व्हील चेयर पर लिफ्ट से नीचे ले आई। पेड़ों के साये में कुछ कुर्सियाँ और बेंच लगे थे। चार-छह मुलाकाती अपने-अपने पेशेंट के साथ नीचे हॉल में बतिया रहे थे। कुछ हिदायतें, कुछ उम्मीदें, कुछ आश्वासन... टुकड़ों में सुनाई दे रहे थे।

"नहीं आ पाई पिछले वीकेंड पर, सॉरी मॉम! छुट्टी नहीं मिली।" जींस-जैकेट में एक युवा लड़की माँ को मना रही थी।

एक दाढ़ीवाला, कूबड़ निकला बूढ़ा पेड़ों की हिलती पत्तियाँ देखने में मसरूफ़ था। उसकी नातिन उसके झुके कंधों पर हाथ रखे कुछ समझा रही थी, जिसे बुजुर्ग समझ नहीं पा रहा था। वह बराबर पेड़ों की ओर टकटकी लगाए बैठा था।

"एमनीशिया का पेशेंट है। यह लड़की आती है कभी-कभार नाना से मिलने, पर वह पहचानता भी नहीं। घरवालों ने तो आना ही छोड़ दिया है। पहले बीवी आती थी, अब वह भी गुजर गई। पता नहीं कब तक जिएगा बेचारा।" वीरजी बीमारों का परिचय दे रहे थे। एक तीस वर्षीया, सुनहरे बालों वाली लड़की से वीरजी गले मिले। हाल पूछा। श्रेया की ओर मुड़कर कहा, "ये लड़की जिएगी नहीं ज्यादा दिन। कैंसर पेशेंट है। इसकी माँ नहीं जानती। इसने बताया भी नहीं। हर दूसरे दिन माँ को देखने आती है। इसकी माँ को एक्यूट हार्ट प्रॉब्लम है। मुझे तो लगता है माँ से पहले बेटी ही चली जाएगी। ओ गॉड! इट्स क्रूअल।"

प्रेया माँ को मेपल के नीचे ले आई। उन लोगों ने कुछ बातें कीं। श्रेया लार टपकाते, चीखते-रोते, हाँफते-काँपते और अपने में गुम पेशेंटों को देख आहत थी। इस बीमार माहौल में माँ कैसे रहती होंगी? यह प्रश्न अभी भी दिमाग को कोंच रहा था। वह स्थिति को नार्मल बनाने की कोशिश में माँ को अतीत के कुछ सुनहरे पल याद दिलाती रही। वह मानसबल झील, वे पिकनिकें, शादियाँ, बाबूजी के दिए दमदार भाषण, छब्बीस जनवरी पर स्कूल में हुए समारोह पर श्रेया का तैयार किया स्किट, जिसे आर्मी ऑफ़िसरों ने दो बार देखने की इच्छा प्रकट की थी...।

माँ हाँ-हूँ करती रही। उसने न झीलों-झरनों का नाम लिया, न बाबूजी का। सिर्फ धीरेन्द्र को देखती रही। बच्चों का हालचाल, नाते-रिश्तेदारों की खबरें पूछती रही। कौन मरा, कौन जन्मा! कितना कुछ तो जानता था उन्हें!

माँ को वापस कमरे में लाकर प्रेया ने उनके कपड़े बदले। गाउन पहनाया। श्रेया को माँ की टाँगें नज़र आईं। खूब सूजी हुई, हाथी की टाँगें। पैर लाल भभूका। उसका जी धँस गया। धीमे से माँ के पैरों पर हाथ फिराया। कितना लाड़ करती रही है माँ अपने शरीर का। ग्लिसरीन-नीबू पैरों पर मलना रोज का नियम ही था। वे दुबली-पतली टाँगें, मुलायम चूजों जैसे पैर! कहाँ गए?

माँ ने अचानक ही कहा, "अब पहले से ठीक हैं टाँगें। पैर भी। दर्द नहीं होता। डाक्टर कहते हैं जल्दी ठीक हो जाऊँगी। यह देखो, कितनी

दवाइयाँ दी हैं!" उन्होंने टेबल पर रखी दवाइयाँ दिखाईं। वहाँ कुछ विटामिन की गोलियाँ, कैप्सूल, कुछ क्रीम की शीशियाँ वगैरह थीं।

"बड़ी डॉक्टर मेरा ख़ास ख़याल रखती हैं।" माँ ने तकिये के नीचे रखी डाक्टर की वह चिट्ठी भी दिखाई जो दूसरे सेंटर पर जाने से पहले पेशेंटों को दी गई थी, जिसमें उनके लिए ठीक होने की दुआएँ थीं, नर्सों को हिदायतें भी कि बीमारों का ठीक से ख़याल रखें।

माँ को विश्वास था कि वह चिट्ठी सिर्फ उन्हीं के लिए थी। माँ का हमेशा शीर्ष पर रहना छूटा नहीं, सेंटर के माहौल में भी, जहाँ जानेवाले शायद ही घर वापस लौटते हों। धीरेन्द्र बोले, "माँ संतुष्ट लगती है। तुम बेकार दुखी हो रही थीं।"

घर आकर भी माँ ही बातों का केन्द्र बनी रही। माँ की आदतें, माँ का गुस्सा, माँ का ऊँचा सिंहासन, और मनमानी! भाषा नहीं जानती पर गुस्से में दो बार नर्सों की बाँह झटक दी। मनमर्जी ऐसी कि जब मन हो जागो, जब मन हो नहा लो। अब तो सोचना चाहिए कि वे खुद कुछ कर नहीं पाएँगी। दूसरों की मुहताज हैं...।

वीरजी कुछ परेशान लगे, "समझाता हूँ बार-बार। इनके साथ ज़िद मत करो। ये यहाँ से निकाल बाहर करेंगी। फिर से ऐशो-आराम, ये सुविधाएँ, ये चेकअप्स कहाँ मिलेंगे? मैं कोई करोड़पति तो हूँ नहीं कि घर पर ये सुविधाएँ जुटा सकूँ।"

कितनी कोशिशों के बाद प्रवेश मिला था माँ को इस रिकवरी सेंटर में। "दो सौ पचास डॉलर प्रतिदिन का खर्चा आता है एक-एक पेशेंट पर, माँ समझती नहीं। वह तो यहाँ भी खुद को मालकिन समझ बैठी हैं।"

"माँ नहीं जानती कि ताउम्र वह अपनी टाँगों से चल नहीं पाएँगी, उन्हें अभी भी उम्मीद है।" प्रेया यह बात माँ को कैसे समझाए? आखिर बच्ची तो नहीं हैं वे।

"गुस्सा तो नाक पर बैठा रहता है, चलो वो भी सह ले आदमी। पर हर ऐरे-गैरे के सामने जो अपने बच्चों की शिकायत करने की आदत है, इससे हमारा बहुत ही नुकसान हुआ है। अब क्या कहूँ भैया, मेरा बीस साल पुराना दोस्त माँ की वजह से ही छूट गया। प्रेया जान देती है माँ

के लिए, पर उन्हें संतुष्ट करना किसके बस में है। आप तो जानते हो, आपके पास थीं तो हम अच्छे, आप बुरे थे। अब हम बुरे और आप अच्छे हो गए हैं...।"

श्रेया ने बड़े होने का फ़र्ज़ निभाया, "उनकी आदत रही है ऐसी, क्या करें। यों वह हम सबको प्यार करती हैं। याद है सबको कहती थीं, मेरे पास तीन लालों (हीरों) की मटकियाँ हैं—मेरे बच्चे।"

"वो सब तो ठीक है, पर हमें यहाँ रहना है। हमारे दोस्त समझते हैं कि हम माँ को दु:ख देते हैं। इसी से हमें माँ को सेंटर में रखना पड़ा। वहाँ सब सुविधाएँ हैं। हम भी लगभग रोज जाते हैं, पर मैं दोस्तों को वहाँ नहीं जाने देता। एक बात जरूर कभी खलती है कि इमोशनली थोड़ी स्टार्व्ड रहती हैं। पर क्या करें? विकल्प क्या है?"

वीरजी ने कुछ वीडियो कैसेट दिखाए। किसी पार्टी में माँ शामिल थीं, व्हील चेयर पर बैठी माँ, मेहमानों के बीच घूमती, हाथ उठा-उठा नाच रही लड़कियों का साथ देती खूब खुश नज़र आईं।

"घर में पार्टी थी। मैं डाक्टर से अनुमति लेकर दो-तीन घंटों के लिए ले आया। ऐसे में लोगों से भी मिलना हो ही जाता है।"

पहरेदारी में वार्तालाप। लेकिन वीरजी माँ को घर ले आया था एक बार। शायद वह भूल नहीं पा रहा कि माँ की भीतरी जरूरतें सेंटर में पूरी नहीं हो सकतीं। वे लोग दूसरे-तीसरे दिन माँ को देखने न जाएँ तो शायद माँ बोलना ही भूल जाए। इमोशनल स्टारवेशन। कहीं कोई अपराधबोध है, जो वीरजी के व्यवहार में प्रकट हो जाता है। अक्सर अकारण चिड़चिड़ापन उसे अस्थिर कर देता है।

"अरे! ऐसा क्या अपराधबोध, ही इज़ डूइंग हिज़ बेस्ट।" धीरेन्द्र वीरजी की सराहना करते हैं। लेकिन कुछ तो कहीं कचोटता है वीरजी को। क्या है वह? दूर का अतीत?

क्या कभी खामोश रातों में, माँ उसके थके पैरों पर मालिश करती नज़र आती हैं? बीमार भी तो अक्सर रहता था वह।

रात-रातभर जागकर बीमार बेटे के सिर की पट्टियाँ बदलती माँ उनींदी, ऊँघती, हर आहट पर चौंककर पूछती है—"तुमने कुछ कहा?

ठंड लग रही है? कुछ चाहिए तो मुझे पुकार लेना। मरी नींद भी मुझ पर हावी हो जाती है, क्या करूँ।"

देखा जाए तो इसमें नया क्या है? चिड़िया भी तो अपने बच्चों को पंखों तले समेटती है। कुतिया देखते हो न, पिल्लों को दूध पिलाते कितनी चौकन्नी रहती है। उनकी कुशल के लिए?

लेकिन बच्चे उड़ना सीखते हैं तो चिड़िया माँ पीछे छूट जाती है। पिल्ले चलना सीखते हैं तो माँ को पहचानना छोड़ देते हैं। आदमी के साथ ही यह भावात्मक दिक्कतें हैं। उनके तो उम्रभर ऋण ही नहीं चुकते। कितनी भी कोशिशें करो, फिर भी। प्रेया को इसका राज़ समझ में नहीं आता, या समझना जरूरी नहीं लगता।

पता नहीं माँ को समझ आता है या नहीं। उन्होंने जीवनानन्द दास को नहीं पढ़ा कि कोई किसी के साथ सदा नहीं बना रहता। यही व्यथा सहने के लिए मनुष्य संसार में आया है। लम्बी उम्र में उन्होंने फुरसतें कम होती देखती हैं। पहले अपने बच्चों की, फिर उनके बच्चों की। फुरसतें, एक-दूसरे की जरूरतें। आगे दौड़ते, पीछे मुड़कर देखना कहाँ हो पाता है? इस उम्र तक आकर उन्हें किसी किताब से यह जानना जरूरी नहीं है कि कोई किसी के पास सदा नहीं बना रहता। ऐसा होता तो उनके प्रेमिल पति सत्यव्रत जी ही उन्हें अन्त समय अकेले क्यों छोड़ देते?

वीरजी अमेरिका में बस गया। उमा-धीरेन्द्र भारत में ही रहे, दिल्ली-बंगलौर आना-जाना लगा रहता। घर टूटने का दु:ख माँ ने धीरे-धीरे भुला दिया, भूलना चाहा। लेकिन तब तक सत्यव्रत जी साथ थे, घर होने का सुकून था और यदा-कदा बच्चों के साथ रहने का सुख भी।

अब उम्र की सन्ध्या में यह रिकवरी सेंटर। माँ बेटे से मिलने आई थीं दो-चार मास के लिए, कि एक दिन सोफे पर बैठते वक़्त नीचे कार्पेट पर गिर गईं, जरा सी ऊँचाई से कि उठ ही नहीं पाईं। फिर ऑपरेशन और उम्रभर को अपाहिजपन।

माँ गूँगी-बहरी, नर्सों के आदेश पालने की कोशिश करती हैं। बच्चों से डरने लगी हैं। नर्सें बेटे-बहू से शिकायत करती हैं तो बेटा दुखी हो

जाता है—"तुम अनुशासन में न रहोगी तो तुम्हें यहाँ से निकाल देंगे। फिर क्या होगा सोचो...?"

सोचती हैं सत्यवती रैना। अब यही उनका घर है। सोचने की कोशिश करती हैं। बच्चे भी तो आते हैं देखने। कुछ बीमारों के तो महीनों कोई नहीं आता। यहाँ भी वे भाग्यशाली हैं। बात नहीं तो क्या, इशारों से समझाती हैं अपनी जरूरतें।

शाम तकिये पर सिर रखते ही सुबह का इन्तज़ार शुरू होता है। परदों से घिरा, कमरे का यह कोना अंधी सुरंग बन जाता है। माँ का दम घुटने लगता है, सीने पर बोझ सा महसूस होता है। कम्बल हटा देती हैं, तो ठंड लगती है। बटन दबाकर नर्स को बुलाती हैं। इशारे से समझाती हैं, कम्बल ओढ़ा दो, ठंड लगती है। नर्स कम्बल ओढ़ा देती है। कभी सुनती है, कभी नहीं सुनती। माँ गुड़ी-मुड़ी होकर तकिये में सिर धँसा सोने की कोशिश करती हैं। नींद में लाशों से पटा मैदान नज़र आता है। वह आँखें खोल देती है। चारपाई के तीन तरफ के परदे भूतों की शक्ल में उसे घूरने लगते हैं। परदे के पीछे अस्थमा की मरीज़ जोर-जोर से साँसें खींचती गों-गों की आवाज़ों में छटपटाने लगती है, माँ उठना चाहती हैं पर उठ नहीं पातीं। माँ आँख, कान बन्द कर फिर सोने की कोशिश करती हैं। लेकिन कहाँ? ये जो हुंकारता सागर दबे पैर आकर सिरहाने बैठता है, इसका क्या करे माँ? सुबह अलसाई सी ऊँघ आते ही नर्स जगा देती है। माँ रबर के बबुए-सी आँखें खोल देती हैं। उठेंगी नहीं तो नर्स बेटे से शिकायत करेगी। और माँ बेटे को समझा नहीं पाएगी कि कभी-कभी एक का होना ही दूसरे की परेशानियों का कारण बन जाता है। वह जब तक है, शिकायतें भी रहेंगी, तुम शिकायतों से दुखी क्यों होते हो?

महीना-भर श्रेया-धीरेन्द्र माँ के पास रोज घंटा-दो घंटा आकर बतियाते। माँ की याददाश्त में कोई फ़र्क़ नहीं। वे दूर पार के रिश्तेदारों के बारे में जानने को उत्सुक थीं, लेकिन न उसने सत्यव्रत जी की कोई बात की, न वीर-प्रेया की कोई शिकायत ही। जबकि वीरजी श्रेया को माँ के पास छोड़कर एकान्त देने की कोशिश करते, "वो तुमसे बातें करना चाहेगी...।" यानी कि हमारे सामने संकोच होगा। वीरजी की अपनी ही

कोई ग्रन्थि उन्हें भीतर से तोड़ रही थी। माँ सिर्फ छिटपुट चीज़ें सँजोती, बटोरती एक-दो बार जरूर बोलीं कि "इधर उसकी चीज़ें बराबर गायब होती जा रही हैं। पता नहीं कौन उठाकर ले जाता है।" सब कुछ खो जाने का अहसास माँ के भीतर जम गया था।

"अरे, यहाँ कौन चोर-उचक्का घुस सकता है?" धीरेन्द्र हँसे, यह नहीं कहा कि तुम्हारे पास चुराने लायक क्या है।

"सच कह रही हूँ। कोई मेरी चीज़ें एक-एक कर गायब कर रहा है। शायद वीरजी ड्रायर साफ करते फेंक देता हो, उसे सफाई की ख़ब्त है न!"

श्रेया चुप हो गई। वीरजी ने कहा था, "ढेर सा अल्लम-गल्लम इकट्ठा करके रखती हैं। अब इन्हें जरूरत भी क्या है सँजोकर रखने की? पर ये हैं कि समझतीं नहीं। यों सब कुछ रखा है ऊपर इनके कमरे में...।"

उम्रभर का सँजोया-बटोरा माँ के हाथ से चला गया था। शायद तभी छोटे-छोटे उपहार, यहाँ तक कि शुगर फ्री के छोटे पैकेट भी वे सँजोकर रखने लगी थीं।

"लो न, ये मेरी अपनी चीज़ें हैं। ये चप्पल पहन लो। मेरी निशानी समझो इसे। अब यहाँ मेरे पास क्या है कि उठाकर अपने बच्चों के हाथ पर रख दूँ। रुपया-पैसा तो यहाँ रखने की इजाजत नहीं है।" माँ बच्चों के हाथ पर कुछ रखना चाहती थी। वही, अपने ऊँचे आसन पर बैठने की आदत! मैं हूँ! अपाहिज ही सही, पर अभी ज़िन्दा हूँ। घर की बड़ी होने का गर्व, भले वह अहसास अपनी आब खो चुका हो।

श्रेया का गला भर आया, "सब कुछ तो आपका ही है माँ जी।"

माँ ने प्रसंग बदला, "कहीं घूमने-फिरने गए कि नहीं? वो...कई अच्छे पार्क हैं इधर 'बीच' पर जरूर जाना। हम गए थे न, जब मैं ठीक थी। जा तो अब भी सकती हूँ पर व्हील चेयर पर...अब कौन झंझट उठाए। छोड़ो, तुम लोग जरूर जाना...।"

श्रेया कुछ कपड़े लाई थी। माँ को बन्द गले का स्वेटर पसन्द आया। दो दिन बदन से उतारा नहीं। उन्नाबी रंग का स्वेटर, छाती पर कढ़े हुए फूलों का गुच्छा। माँ बार-बार छूकर फूल-पत्तियों को महसूस करती रहीं,

जैसे नन्हे बच्चे को छूकर दुलार कर रही हों। धीरेन्द्र इंडियन स्टोर से कुछ भुजिया, चिप्स ले आए। माँ के चेहरे पर कई भाव आए-गए।

"याद रहा तुम्हें माँ को चटपटी भुजिया पसन्द है? अब तो मुँह का स्वाद ही भूल गई हूँ...।" उसने फिर बात बदल दी—"यहाँ खूब पौष्टिक खाना मिलता है। मिर्च-मसालेदार नहीं।" उन्होंने पैकेट ड्रायर में रख दिए। शायद कुछ भूले स्वाद याद करें कभी।

प्रेया हँसी, "मैंने कहा न, माँ अब किसी प्रसंग को देर तक याद नहीं रखतीं। बहुत जल्दी भूल जाती हैं।"

तभी उसने बात-बात में अपनी माँ को याद करते कहा, "मेरी माँ ने कहा था, तब तक मरूँगी नहीं, जब तक घर नहीं ले चलोगे...।"

क्या माँ जानती है कि उसके अपनों को भी उसके जाने का इन्तज़ार है? "जातस्य हि ध्रुवो मृत्यु...।" एक दिन तो जाना है। उम्र कितनी लम्बी हो सकती है! उसने श्रेया-धीरेन्द्र और प्रेया-वीर को इकट्ठे अपने पास देखकर कहा भी था, 'आज बहुत अच्छा लग रहा है। मरने को जी करता है।'

"छोड़ो यह बातें, जो आता है उसे जाना ही है। हम क्या यहीं रहेंगे?" वीरजी की बात पर माँ एकदम चुप हो गईं। सिर्फ मुँह उठाकर बेटे को गहरी नज़र से देख-भर लिया।

शायद सोचा हो कुछ! बहुत मुश्किल होता है, बहुत अपनों को अपनी बात समझाना। अपने स्वप्न, अपनी इच्छाएँ। कैसे जाने बेटा माँ की आखिरी ख्वाहिश? अपनों के बीच मरने का सुख? कहने से बात कितनी उथली हो जाएगी।

अगले दिन माँ व्हील चेयर पर बैठी बरामदे में नज़र आईं। आते ही सूचना दी, "वह छह नम्बर वाली गई।"

"डिस्चार्ज हो गई?" श्रेया समझी, ठीक होकर घर चली गई होगी।

"ऊँहूँ!" माँ ने हाथों से समझाया, "चली गई।" मर गई, नहीं कहा। कोई नहीं आया उसका। ले जाएँगे। कब तक इन्तज़ार करेंगे! पता नहीं कोई बच्चा-वच्चा होगा...।"

प्रेया माँ को कमरे में ले गई—"आए हैं बच्चे, नीचे हैं। आप चलिए कमरे में। हम एक सरप्राइज़ लाए हैं आपके लिए।"

पता नहीं माँ बहल गई या नहीं, कुछ कहा नहीं। श्रेया-धीरेन्द्र के घर लौटने का वक़्त आया तो माँ की नींद चली गई। श्रेया से कहा, "सारी रात मेरे सिरहाने सागर गरजता रहा। मैं समुद्र तल के महल ढूँढ़ती रही, परियाँ और हीरे की मटकियाँ। पर वहाँ कुछ नहीं था। सिर्फ एक राक्षस हुँकारता रहा। ऐसा क्यों हुआ बहू? दिन में सागर मुझे खूब अच्छा लगता है, वहीं रात को इतना स्याह, इतना डरावना क्यों हो जाता है?"

विदा वेला में धीरेन्द्र-श्रेया भी भावुक हो उठे। माँ खूब कसकर गले मिलीं। तभी बेटे को चिपकाये उसके गले से आर्त पुकार लोरी की तरह फूट पड़ी, "मेरे लाल! अब मुझसे यह दूरियाँ सही नहीं जातीं! नहीं सही जातीं।"

महीना भर भीतर रोका गुबार, मुश्किल से साधा गया अनुशासन, गीत की उस लड़खड़ाती कड़ी में अर्राकर ढह आया। माँ हिलककर रोने लगीं। उनके धारासार आँसुओं में उनकी अनकही अन्त:कथाओं के पन्ने खुल गए जिन्हें बाँचना उनके बच्चों के लिए कुछ-कुछ वैसा ही त्रासद होगा, जैसे माँ का रात के अँधेरे में स्याह समन्दर का अनवरत शोर सुनना।

अलकटराज़ देखा?

रात बाहर है या भीतर?

भीतर स्याह अँधेरा है, बाहर रोशनी का आलम!

खूबसूरत परदों से ढके-मुँदे बेडरूम में झिर्री भर जगह नहीं कि हवा का नन्हा झोंका भी भीतर घुसने की हिम्मत करे। रवि को ज़रा भी संध दिखे तो सेलोटेप से उसे बन्द कर देता है। चौतरफा अँधेरा ओढ़कर सोता है वह। नाइट लैम्प भी उसे पसन्द नहीं।

छवि को बन्द कमरे में नींद नहीं आती। साँसें रुकने लगती हैं। उनींदी आँखें करकती रहती हैं। घर में खिड़कियाँ खोलकर सोने की आदत रही है। जाली के पार तारों जड़े आसमान में टहलते-टहलते नींद पलकें बन्द

कर देती और वह उजास भरे सपने देखती। सपने, जिन्हें सच में बदलने का दम था उसमें।

अब वे सपने नहीं आते। वे चाँद-तारे घर के आसमान में ही टँगे रह गए। हकीकत में यहाँ घुटन भरा अँधेरा है, ऑक्सीजन की कमी लगती है। अजीब सी छटपटाहट है। रवि से कहा था एकाधिक बार, तो उसने थर्मोस्टेट से ए.सी. का टेम्प्रेचर रेग्युलेट कर दिया। लीवर एडजस्ट कर समझाया कि अब बाहर की ताजी हवा काफी मात्रा में भीतर आती है, अब चैन से सो जाओ।

लेकिन चैन कहाँ है छवि को? एक दंश है, जो सालता रहा है। एक तिलमिलाहट, जो भीतरी रसायन में खलबली मचा उसे बेकरार करती रहती है। जिसने दंश दिए, वह मस्त नींद में खर्राटे भर रहा है।

वह धीरे से उठकर खिड़की का परदा सरका देती है। काँच की पारदर्शी दीवार के बाहर, दूर सागर किनारे बैठा सैन फ्रांसिस्को शहर कई-कई मंजिला इमारतों, सड़कों के जाल और हरहराते पानी के विस्तार पर रोशनी की जादुई छड़ी घुमा रहा है।

यहाँ से नज़र की ओट, सागर के बीच, अलकटराज़ का द्वीप है, उम्रकैदियों की अन्तिम रिहायश, जहाँ चौबीस घंटे काली रात आवाजाही करती रहती है। वहाँ अभेद्य अँधेरा है। अँधेरे में ख़ौफ़ के मेख ठुके बूटों की थप-थप है, जो सीने पर हथौड़ों-सी पड़ती है। घुटी-घुटी हवा में आतंक की जकड़ है। ज़ंग लगी बेड़ियों की कर्कश खनक और गोड़-घुटनों पर उनके दिए नासूर बने ज़ख़्म हैं। छवि गई थी मिसेज सन्धू के साथ अलकटराज़ की जेल देखने। सीलन भरी तंग कोठरियों में अँधेरा इतना घना कि उसे छू सकते थे। रिकॉर्ड की गई कैदियों की आवाज़ें, हलचल, चीख-पुकार उन्होंने इयरफोन से सुनी और दहल गए थे। छवि ने महसूस किया था वह पीड़ा का पारावार, जो उन गँधाती कोठरियों में लावे सा बहता रहा होगा। एक डाइनिंग हॉल था, जिसकी पारदर्शी शीशे की दीवार के पार सैन फ्रांसिस्को शहर आज़ाद हवाओं में चहक रहा था। कैसा लगता होगा उन मौत का इन्तज़ार करते जवानों को, जब वे शीशे की दीवार के पार, जगर-मगर करती उछाह भरी रोशनियों में जिन्दगी का रक्स देखते होंगे?

मिसेज सन्धू ने कहा था, "जो यहाँ आदमी की शक्ल में आए थे, वक़्त ने उन्हें चौपाया बना दिया। भीतर मृत उम्मीदों के स्यापे, बाहर आसमान तौलने की ख्वाहिशें! बीच में फैले पानियों में वे बर्फ के ढेले होकर गल गए, या राख-मिट्टी के बेहिस लोंदों में तब्दील होते गए। कई खूँखार उन्मादी दिमागी संतुलन खोकर रोते-हँसते गुजर गए।"

छवि को लगता है, वह सैन फ्रांसिस्को शहर के खूबसूरत बँगले में नहीं, अलकटराज़ के टापू पर उम्रकैद काट रही है। कैसा होगा उसका अन्त?

माँ-पापा खुश हैं। संतुष्ट! शॉलों, धुस्सों की खुशनुमा तसल्लीबख्श नरमाई में लिपटे हुए कि बेटी खुशकिस्मत है, रवि जैसा साथी मिला है उसे। क्या नहीं है उसमें?

"छह फुटा हैंडसम जवान। होनहार, सुलझा हुआ। अपनी कम्पनी है वहाँ सैन फ्रांसिस्को में, वेंचरकैपिटलिस्ट है रवि, कौन नहीं जानता उसे? रश्क करते हैं लोग उससे! हमने एक से नहीं, कइयों से पता करवाया है।...और संस्कारी भी। दानधर्म में कर्ण समझो। उधर गुरुद्वारा बनवाया है। विदेश में भी अपने संस्कार नहीं छोड़े।" महीप कह रहा था।

"घर! परीमहल समझो, लम्बा-चौड़ा स्वीमिंग पूल। रंगारंग फूलों से सजा लॉन और बैकयार्ड में फलों के पेड़...।" जैसे माँ देख आई हो।

यानी कि दुनिया भर की नियामतें छवि की झोली में आ गिरी हैं। सुख के जो भी मापदंड हैं, उसे नसीब हैं, यानी झपट लो रिश्ता।

माँ की आशंकाएँ रवि से रिश्ता तय होते ही हवा में उड़ गई थीं। पापा ने अपने तजुर्बे से हालात का जायजा लिया और निष्कर्ष निकाले, "भूल जाएगी, देख लेना। अमेरिका की जमीन पर पाँव धरते ही पीछे मुड़कर देखना भूल जाएगी। उस पोनीटेल वाले कवि की कविताई भी। रवि उसे रानी बनाकर रखेगा। रघू उसके पासंग में भी नहीं बैठता, समझ जाएगी।"

माँ ने ऊपरवाले से अरदास की, "ऐसा ही हो!"

अपनी बेटी पर गुमान था उन्हें। यूनिवर्सिटी में 'बेस्ट गर्ल' का खिताब पाई लड़की, ए ग्रेड होल्डर! सुन्दर-स्मार्ट। और एक्स्ट्रा करिक्यूलर एक्टीविटीज़? ड्रामा, डिबेट, खेल के मैदान में, कहाँ नहीं थी वह?

यहीं तो गड़बड़ हुई। स्टेज पर छवि शकुन्तला बनी और दुष्यन्त बना वह लम्बे बालों वाला रघू। वहीं से तो आपसी मेल-मुलाकातें बढ़ीं, कॉलेज से घर और घर से बाहर रेस्तराँ, पार्क, सिनेमा...। देर शाम घर लौटना! क्या चाहती है लड़की? माँ-बाप ने अन्दाज़े लगाए।

तमाम आधुनिकताबोध के बावजूद वे बेटी को वक़्त की बाढ़ में बहता न देख पाए। प्रेम-व्रेम का चक्कर तो नहीं? वह भी रघू से? सलाह-मशविरा हुआ, कुछ करना होगा। यह रघू छवि को क्या देगा? कविताई या मास्टरी से जिन्दगी में क्या हासिल कर पाएगा? पापा ने बेटी के लिए बड़े सपने देखे थे।

छवि ने उतनी दूर तक नहीं सोचा। रघू का साथ अच्छा लगा था। अपने में मगन और मुग्ध, बिन्दास छवि, चाहना भरी नज़रों की आदी थी। 'मैं कुछ हूँ' वाला अहसास साथ लेकर चलनेवाली लड़की, इश्क-विश्क के चक्कर में पड़कर अपना फ्यूचर दाँव पर लगानेवाली नहीं थी। रघू कैसे उसका दोस्त बन गया, यह उसके घरवालों के लिए ही नहीं, सहपाठियों के लिए भी आश्चर्य की बात थी।

कहीं कोई खाली कोना तो रहा होगा, जहाँ रघू ने अपने लिए थोड़ी जगह बना ली। छवि ने उसे तरजीह दी। यूनिवर्सिटी में आगे-पीछे घूमनेवाले उन तमाम हाई-फाई लड़कों से, जो ब्रांड के पीछे दीवाने थे। टी-शर्ट, शॉर्ट्स शूज़ से लेकर लेटेस्ट ब्रांड की घड़ियाँ। उनके संवाद अक्सर नए स्टाइलों और नई खोजों से जुड़े होते। फास्ट फूड, फास्ट म्यूजिक और फास्ट लाइफ के दीवाने वे लड़के मैकडोनाल्ड में पीज़ा, बर्गर, चिकन नगेट खाते और आती-जाती लड़कियों पर फब्तियाँ कसते। उनके कई शौकों में एक शौक कपड़ों की तरह प्रेमिकाएँ बदलना था।

रघू उनसे अलग था, एकदम उलट! सीधा-सच्चा, नो-नॉनसेंस टाइप। छवि को उसमें अपना दोस्त नज़र आया। वह किसी भी विषय पर बात कर सकता था। छवि के सिवा किसी दूसरी लड़की के साथ न पिक्चर देखने जाता, न रेस्तराँ। लड़के उसे चिढ़ाते, पर वह जवाब में हँस देता। छवि को वह थोड़ा विचित्र, पर अच्छा लगा। क्योंकि छवि की तारीफ़ करने का उसका ढंग कुछ पुराना सा था, पर अनूठा था। गुदगुदानेवाला!

'सुकुमार गात, कामरूप का जादू'। छवि हँसते-हँसते बेहाल हो जाती। रघू को कविजी कहकर बुलाती। रघू झट से उसे सुधार लेता, 'मैं नहीं, फिराक गोरखपुरी'।

जाहिर है, बात-बात में कविताई करनेवाला रघू न माँ को पसन्द आया, न पापा को। बच्चों के लिए आई.आई.टी., आई.आई.एम. से लेकर कॉरपोरेट जगत में नाम व अर्थ कमाने की हसरत लिये माँ-पापा रघू को पसन्द भी कैसे कर सकते थे? देखने में ठीक-ठाक, बातचीत में संस्कारी होना तो अच्छी बात थी, पर वह अध्यापन जगत में जाकर नई पीढ़ी को सुधारना-सँवारना चाहता था। ठीक तो था उसका सोचना, पर पहले अपनी जिन्दगी को तो सँवारे लड़का! यह पापा ने कहा था, जो बेटी को एम.बी.ए. कराने के लिए अमेरिका भेजना चाहते थे और शादी की उम्र तो हो गई थी छवि की! सो एक पंथ दो काज! नहीं?

छवि ने इस बारे में ज्यादा नहीं सोचा। वह तब 'सब कुछ सम्भव' वाली उम्र के दौर से गुजरती, उत्साह से भरी थी। इकोनॉमिक्स में एम.ए. करते ही वह जीवन में इकोनॉमिक्स का महत्त्व समझ चुकी थी। इस इकोनॉमिक्स के ऊँचे वितान के नीचे रघू बहुत छोटा नज़र आता था। खाली वक़्त को भरने वाला दोस्त भर! इसके आगे सोचने से छवि बचना चाहती थी, क्योंकि गहरे उतरकर मोती-माणिक पाने की ख़्वाहिश में घोंघों-केकड़ों से ही नहीं, शार्क मछलियों से भी कहीं सामना हो सकता था। छवि उस तवालत से बचना ही फिलहाल ठीक समझती थी।

रघू पीएच.डी. के लिए दिल्ली चला गया और छवि को उसकी खाली जगह का सूनापन महसूस होने से पहले ही मंच पर रवि का अवतरण हो गया। छवि जान गई, परीक्षाएँ समाप्त होने पर रवि का प्रकट होना संयोग मात्र नहीं है। यों माँ-पापा से रवि के रुतबे, खानदान-वानदान का जिक्र उसने पहले भी कई बार सुना था। रघू को देखते ही उन्हें रवि की खूबियाँ याद आतीं और वे उस जैसा दामाद पाने के लिए व्याकुल हो उठते। पर छवि को तो फिलहाल एम.बी.ए. करना था। शादी तो बाद में देखी जाएगी।

"वही तो! उसी के लिए तो तुम्हें एक नायाब मौका मिल रहा है," अब पापा ने शादी के नेक इरादे से बेटी को वा़किफ कराया, साफ शब्दों में!

"पर मेरा कॅरियर? शादी करके क्या खाक पढ़ाई करूँगी!" छवि को गुस्सा आया।

"हमने रवि से बात की है। वह पढ़ाई करने से तुम्हें रोकेगा नहीं।"

"आपने बात की? कब? मुझसे पूछा भी नहीं!" छवि को लगा माँ-पापा ने उसे कपड़े की गुड़िया समझ रखा है या खूँटे बँधी गाय, एक खूँटे से खोलकर दूसरे से बाँध दो। ज़बान तो उसके है नहीं, बोलेगी क्या? वह तड़प उठी।

"माँ, आप किस जमाने में रह रही हैं? मैंने तो उसे ठीक से देखा भी नहीं है, उसे जानती नहीं हूँ। आपने कैसे सोचा उससे शादी करूँगी?"

माँ-पापा ने बेटी के तेवर देखे, पर निराश नहीं हुए। बेटी को प्यार से समझाया, "मिलने में क्या हर्ज़ है? अभी रहेगा दस-पन्द्रह दिन, उसकी बहन की शादी है। उसकी मौसी ने हमें भी न्योता दिया है—जाना तो पड़ेगा न?"

रवि की मौसी माँ की सहेली है। पास के मुहल्ले में रहती है, लेडीज़-क्लब की सदस्य हैं दोनों! जाने कब से खिचड़ी पक रही है छवि-रवि को लेकर! जैसे छवि मान ही लेगी उनका राम-सीता मार्का फैसला। छवि शादी में नहीं गई, पर पापा के इसरार पर रवि से मिली। पहले थोड़ा गुस्से में, बाद में कुछ संजीदगी से। शायद यह होनी ही थी जो दोनों को पास ले आई। छवि तो इनकार के इरादे से ही मिलने गई थी।

भूमिकाएँ तो उधर रवि की मौसी, इधर छवि के माँ-पापा ने पहले ही बनाई थीं। अब आपसी रजामन्दी बाकी थी। इक्कीसवीं सदी में बीसवीं सदी के पारम्परिक ढंग से शुरू हुई इस विवाह-वार्ता का परिणाम बड़ों के सोचे सुखद हुआ। कुछेक मुलाकातों के बाद छवि को भी रवि की बातें अनौपचारिक लगीं। उसने कहा भी कि वह औपचारिकता में विश्वास नहीं करता। "मुझे तुम अच्छी लगी हो, मेरे माँ-पापा तो तुम पर फिदा ही हैं! तुम मेरे बारे में क्या सोचती हो?" उसने पूछा।

उसने तो यह भी कहा कि शादी एक कॉन्ट्रैक्ट है उसके लिए, एक आपसी समझौता। सप्तपदियों के अर्थ उसकी समझ से परे हैं। एक पल के लिए खटका-सा जरूर लगा था छवि को, कि शुरुआत से पहले ही कॉन्ट्रैक्ट की बात कहना जरूरी क्यों था?

"तुम्हें कोई एतराज?" रवि ने सीधे आँखों में देखकर पूछा था। हर बात में मीन-मेख निकालने की आदत नहीं है छवि की। साफ़गोई उसे भी पसन्द है। रघू के भावुक रवैये पर हँसने वाली छवि तो हमेशा ठोस धरती पर खड़ी रही है। रवि ने यह भी तो कहा था कि वहाँ औरत-मर्द दोनों के हक बराबर हैं, वह चाहे तो आगे पढ़ाई करे या जॉब करे, उसकी मर्जी। रवि उसमें दख़ल नहीं देगा। दोनों का अपना स्पेस रहेगा।

'ठीक है' वाले भाव से छवि ने स्वीकृति दी। छोटे से गेट-टुगेदर में छवि-रवि के माँ-पापा मिले, जल्दी सगाई और जल्दी शादी हो गई। तर्क था कि बार-बार काम छोड़कर सात समन्दर लाँघकर आना कहाँ हो पाता है? छवि की माँ तो 'शुभस्य शीघ्रम्' में विश्वास करती हैं ही।

रवि के साथ यात्रा के दौरान नई दुनिया और नई जिन्दगी से जुड़ी उत्सुकताओं-आशंकाओं के धौले-सुरमई रंग छवि के मन-मस्तिष्क पर छाए रहे। लगभग अनजान आदमी के साथ एक अपरिचित दुनिया में कदम रखते वह अकेलेपन की कौंच महसूस करती रही। बेस्ट गर्ल का गुमान थोड़ा तो डगमगा गया ही, जब पास बैठा रवि लैपटॉप पर आँखें गड़ाए अँगुलियाँ चलाता रहा। जाने क्यों रघू के शब्द याद आए—'सुकुमार गात, कामरूप का जादू!' आँखें भर आईं। रघू! तुमने वह सब भावुकता में कहा था। हकीकत यह है कि रवि इस नवेली में कोई जादू महसूस नहीं करता। जादुई नगरी में रहता है न? वहाँ जादू की क्या कमी?

छवि को बार-बार आँखें पोंछते देख रवि ने लैपटॉप बन्द कर दिया, "क्या बात है? माँ-पापा की याद आ रही है?" आवाज़ में अपनापन था, छवि ने खुद को बहने से रोक लिया।

"होता है, पहले-पहले। सबके साथ होता है। माँ-पापा से पहली बार ही अलग हो रही हो। आई कैन अंडरस्टैंड!" क्या सचमुच वह छवि को समझ गया था?

कंधे पर रवि के आत्मीय स्पर्श ने जैसे छवि को आश्वस्त कर दिया... धीरे-धीरे सब ठीक हो जाएगा। वे दोनों एक-दूसरे के करीब आएँगे।

सिंगापुर एयरपोर्ट पर आठ घंटे रुकना था। रवि ने थोड़ी शॉपिंग कराई। छवि के लिए सब कुछ नया था, चकित करनेवाला। साफ-सुथरा

एयरपोर्ट, कंक्रीट पर फूल-पत्तों से उगाया हरियाली का आलम, और नई जानकारियाँ देता रवि, जिसके साथ वह जिन्दगी का नया अध्याय शुरू करने जा रही थी। कौन जाने कहाँ पहुँचाएगा यह नया सफर?

रवि थोड़ा खुल गया था, शायद उसकी उदासी उसे छू गई हो। छवि को साइंस म्यूज़ियम ले गया। बोलने वाले पेड़ के करिश्मे दिखाए। आदमकद शीशे के आगे खड़ा कर दिया, तो अपनी गर्दन धड़ से अलग नज़र आई। छवि की चीख निकल गई। बाँह पकड़ रवि ने शीशे के सामने से हटाया तो सिर को छूकर पूछा, "अब तो साबूत हो न? भई, नज़र का धोखा है यह! और कुछ नहीं।"

मेज पर शीशे की कटोरी में प्रकाश बिखेरते हीरे के पास ले जाकर रवि ने ज्यों चुनौती दी, "इस हीरे को उठाओ तो मानूँगा तुम्हें।"

छवि को हँसी आई, कौन सी बड़ी बात है? हाथ बढ़ाकर कटोरी को छुआ भर कि हीरा उछलने लगा। दो-तीन बार उसे पकड़ने की कोशिश की, पर हीरा हाथ नहीं आया। "आप कोशिश करो न!" उसने हार मान ली। "सब कुछ सम्भव नहीं होता।" किसी ने कान में कहा।

"मैं क्या, कोई हातिमताई भी इसे पा नहीं सकता। अमूल्य सोलिटेयर डायमंड है। किसी के भी हाथ कैसे लग सकता है?"

छवि की माँ ने कहा था—रवि हीरा है, छवि खुशकिस्मत है कि उसे वह मिला। तब सोचा नहीं कि हीरा पाना आसान नहीं होता।

आगे सिओल से होते सैन फ्रांसिस्को के बीच समय तेजी से बदलता रहा। भारतीय समय ही पीछे नहीं छूटा, भारत की धरती, वहाँ की आबोहवा और वहाँ रहते अपने लोग! मन में हौल सा उठा। आँखें बन्द कर लीं।

सैन फ्रांसिस्को शहर अनूठा था। ऊँची-नीची पहाड़ियों पर फैला, रोलरकोस्टर सी सड़कों के संजाल से गुजरता, सागर के गहरे पानियों को बुद्ध सा देखता शहर! छवि ने सस्पेंशन पुलों और पानी के फैलाव को काटती सर्पीली सड़क को चकित होकर देखा। हवा से सागर में थिरकती जल-लहरें बेशुमार नियॉन रोशनियों में ख़िलखिलाती नज़र आईं, लेकिन पींगें लेती सड़कें जब आसमान की ओर लपककर धरती पर नीचे

और नीचे फिसलने लगीं, तो ब्याहता का संकोच छोड़ छवि ने रवि को कसकर जकड़ लिया।

"डर गईं।"

"नहीं, पर सोचो कभी किसी गाड़ी का ब्रेक फेल हो जाए तो आगे-पीछे की कतार दर कतार फिसलती-दौड़ती गाड़ियों का क्या हश्र होगा?"

"डरो मत, यहाँ गाड़ियाँ इन ऊँची-नीची सड़कों को ध्यान में रखकर ही बनती हैं। इधर लोग आदी हो गए हैं इन रास्तों के। फिर मैं हूँ न? तुम्हें खरोंच तक आने नहीं दूँगा। तुम बे-एरिया की खूबसूरती देखो। ट्रस्ट मी।" तब रवि के न शब्दों में, और न मन में कोई दुविधा लगी। छवि खुश थी।

पन्द्रह दिन! पन्द्रह दिन रवि उसे शहर दर शहर घुमाता रहा। लम्बा हनीमून था उनका। वे दिन हवा के पंखों पर सवार थे। छवि भीड़ में खोई बच्ची थी और रवि उसका साथी, प्रेमी, अभिभावक, सब कुछ बन गया था। छवि जिन्दगी से और क्या माँग सकती थी?

"आज ऑबर्न चलेंगे, रिवर वाटर रैफटिंग के लिए।" वह हिचकिचाती, झील में तैरना उसे अच्छा लगता था, पर ढोक-चट्टानों से टकराते, उछाल मारते फेनिल बहाव में बोट उलट जाए तो वह अपने को बचा नहीं पाएगी। "नहीं बाबा! मैं यह रिस्क नहीं ले सकती।"

रवि हँसा, "तुम चुनौतियों से बचती हो, यही है क्या यूनिवर्सिटी की बेस्ट-गर्ल!"

रवि खुद उसकी लाइफ जैकेट कस देता। दूसरे लेवल पर ही जाता। अमरीकन रिवर की कहीं शान्त, कहीं झालदार लहरों बीच बोट ऊँची-नीची उछालें मारती तो रवि उसे बाँहों में घेर लेता। छवि ने किनारों की रेत में कितने तो नीले, गुलाबी, बुंदकियों वाले, सुनहरी झालरों और चाँदी के चूर्ण से सजे नन्हे पत्थर इकट्ठा किए। छवि उन्हें अपने सपनों के घर में सजाएगी। बेशकीमती दिनों की यादगार! काश, जिन्दगी उसी हनीमूनी अन्दाज़ से चलती।

आज ग्रेट अमेरिका पार्क, कल स्टैनफोर्ड में 'मेकिंग ऑफ़ महात्मा' फ़िल्म। शहर में जितने रेस्तराँ थे, रवि वहाँ ले गया। "मैक्सिकन फूड

पसन्द है, चिली सॉस के साथ? मेडिटेरियन? आज ग्रीक चिकन-राइस और लेमन सूप ट्राई करो। तुम्हें जरूर अच्छा लगेगा।"

पन्द्रह दिन का जीवन! सुख से सराबोर दिन और तन-मन को हिलोरती रागों-तरंगों की रातें! देह-मन की प्यास जगाते रवि के स्पर्श!

सच भी अचानक झूठ हो जाता है, यह छवि ने कहाँ जाना था? पहले हल्की सी आशंका हुई, छवि ने खुद को डाँटा। कभी-कभी आँखों देखा भी भ्रम होता है। रवि एक खुशमिजाज दोस्त है, दोस्ती में क्या कोई हदें होती हैं? छवि तो अमेरिका आकर रवि पर पूरी तरह निर्भर हो गई है। हनीमून बीता भी नहीं कि उसके भीतर नई हलचलें जन्म लेने लगीं। इतनी जल्दी? क्या कहे माँ से? कॅरियर के सपने लेकर विदेश आई लड़की पलक झपकते गृहस्थन की भूमिका में आ गई?

रवि ने बधाई दी, "लेट अस सेलिब्रेट! हम मम्मा-डैडी बननेवाले हैं?"

"अरे! अभी तो ठीक से चेकअप भी नहीं कराया, इतनी उतावली क्यों?" रवि नहीं माना, जैसे अरसे से पिता बनने के लिए बेताब रहा हो। एक छोटा सा गेट-टुगेदर रखा घर में। चार जोड़ी करीबी दोस्तों को बुलाया। उस दिन छवि ने पहली बार घर में खाना बनाया। रवि किचन में घुसा, कभी सब्जियाँ काटता, कभी सलाद बनाता। छवि के बरजने पर आँखें तरेरता—"यहाँ दोनों मिलकर घर का काम करते हैं, कहा है न मैंने।"

दोस्तों ने बधाइयाँ दीं। छवि शर्म से सिमट गई। यह सब इतनी जल्दी हुआ और रवि को अभी से अनाउंस करने की क्या सूझी? परमजीत और मिसेज सन्धू ने छवि की खूब तारीफ़ें कीं।

"खुशकिस्मत हो रवि, तुम्हें छवि जैसी सुन्दर-सुघड़ बीवी मिली है, और कमल जैसा खास दोस्त। कहाँ है कमल, नज़र नहीं आ रहा?"

खास दोस्त? कैसा दोस्त, जो उसकी खास पार्टी में शरीक नहीं हुआ? खास शब्द पर कुछ ज्यादा वज़न दिया गया था, जिसे रवि ने महसूस किया और नाराज़ होकर परमजीत को देखा।

"अपने भी कुछ जरूरी काम होते हैं लोगों के। आप जानती हैं, उसके पापा की हार्ट सर्जरी थी, तीन हफ़्ते के लिए गया है घर। वरना आपको पूछना न पड़ता।"

तब भी कुछ जरूरी पूछताछ हुई। फिर छवि की कुकिंग की तारीफ़ें हुईं। कुछ गप्पें लड़ाई गईं। नई जोड़ी की टाँग खिंचाई। कहाँ-कहाँ घूमे, क्या देखा! गोल्डेन गेट, फिशरमैन्स वार्फ?

बातचीत के दौरान परमजीत ने पूछा, "अलकटराज़ देखा?"

मिसेज सन्धू ने एतराज जताया, "परमजीत, सबसे पहले जेल के ही दर्शन कराएगा? इधर क्या और कुछ नहीं है देखने को? आर्ट गैलरी में आर्टिस्टों के नायाब चित्र हैं, वान गॉग, माने की लाखों-करोड़ों की पेंटिंग्स! छवि को, सुना है पेंटिंग्स का खास शौक है।"

वहीं मालूम पड़ा, मिसेज सन्धू का हिन्दुस्तानी दोस्त मयंक पत्नी के कत्ल के इल्ज़ाम में अलकटराज़ जेल भेजा गया था। उम्रकैद!

पार्टी खत्म हुई, पर अलकटराज़ में मयंक और पार्टी में अनुपस्थित खास दोस्त कमल, छवि के दिमाग पर दस्तक देते रहे। एक ने पत्नी की हत्या की, दूसरा खास दोस्त की खुशी में शरीक नहीं हुआ। क्या कारण रहे होंगे? रात रवि से पूछा, "कमल कौन है, आपने जिक्र नहीं किया उसका? सभी उसे पूछ रहे थे?"

"मेरा दोस्त है, बिज़नेस पार्टनर। और क्या? कुछ लोगों की आदत होती है अन्दाज़े लगाने की। सो जाओ, थक गई हो।" रवि ने बात खत्म की।

कुछ ही दिन बाद कमल से मुलाकात हो गई। दुबला जिस्म, लड़कीनुमा गोरा-शर्मीला सा चेहरा। बहुत कम बातें हुईं, वह भी उसके पिता के स्वास्थ्य के बारे में। छवि को यह अट्ठाईस-तीस उम्र का घुन्ना सा लड़का कुछ खास नहीं लगा। यहाँ के खुले-खुले समाज में आँखें मिलाकर बात नहीं करता। इसकी क्या समस्या है? मन में प्रश्न उठा।

जब भी आता, कभी माही-माही फिश, कभी थाई खाना, कभी चिकन पास्ता पैक कराके ले आता और सीधे किचन में जाकर रख आता। कमल हर कमरे में बेरोक-टोक आवाजाही करता, जो छवि को पसन्द नहीं आया। उसने बड़ी शालीनता से यह बात कमल तक पहुँचा भी दी।

"अब मैं आई हूँ तो घर में खाना बनता है। आप भी कभी-कभी आकर हमारे साथ घर का खाना खाइए। घर की यादें ताजा हो जाएँगी। अच्छा लगेगा।"

रवि ने टोका, "करने दो न जो करता है, तुम्हारे लिए ही तो पसन्दीदा पकवान ले आता है। अकेला रहता है, वरना हमें अपने घर बुलाता।"

रवि और कमल की आँखें मिलीं, तो छवि को इलहाम सा हुआ। बहुत कुछ छिपा है उन नज़रों में। हल्की-भूरी आँखों का चुम्बक, रवि उनमें उलझकर पलक झपकाना भूल जाता है। बिना बोले भी उनकी आँखें बहुत कुछ कहती हैं, भीतर तक टटोलती हैं, वहाँ शिकायतें हैं, मनुहार है और अपनी एक अन्तरंग दुनिया, जिसमें दूसरों का दख़ल नहीं हो सकता।

मिसेज सन्धू ने कमल के बारे में ज्यादा जानकारियाँ दीं।

"शादी की, पर इंजीनियर पत्नी से बनी नहीं। दोनों अलग रहते हैं। यों तो रवि भी शादी नहीं करना चाहता था, पर माँ-पापा की ज़िद के आगे झुक गया। कमल-रवि दोनों एक-दूसरे के साथ खुश हैं। एनीवे, आल इज़ वेल दैट एंड्स वेल!"

पर सब कुछ क्या, कहीं कुछ ठीक नहीं था। कमल के आने से रवि में अजीब सी तब्दीलियाँ आने लगीं। छवि से दूरी बढ़ने लगी। फिर तो घर में हर जगह कमल नज़र आने लगा। ऑफ़िस रूम में रात देर तक रवि-कमल व्यस्त रहते। डिनर पर कमल सलाद बनाता, रवि को ड्रिंक सर्व करता और छवि कुढ़ती रहती। रवि कहता, "वह उसे आराम देना चाहता है। करने दो न कमल को थोड़ी मदद, उसे आदत है।"

छवि रवि को रंग बदलते देखती रही। हरे पत्तों बीच हरा और भूरी धरती पर भूरा-भूरा रंग बदलता गिरगिट। कभी इस डाल, कभी उस डाल। दोस्तों में छवि का प्रेमी पति, अकेले में बिज़नेसमैन, व्यस्त! शायद त्रस्त भी।

"ऑफ़िस का काम ऑफ़िस में नहीं हो सकता?" छवि ने सख़्ती से एतराज किया।

"तुम नहीं समझती। कई काम अर्जेंट होते हैं, हमारी कम्पनी की कई प्रॉब्लम्स हैं। तुम आराम करो, इन झंझटों में मत पड़ो। हालात थोड़े ठीक हो जाएँ तो तुम और मैं कहीं घूमने जाएँगे, एक-दो हफ्ते के लिए। ठीक, अभी एक नन्ही जान पल रही है तुम्हारे भीतर, ज्यादा सोचो मत।"

लेकिन ठीक कुछ हुआ नहीं। न भीतर न बाहर। बाहर अँधेरे में मेपल की पत्तियाँ हवा से सरसरातीं। पानी की बौछारों में झुकी छतें चुपचाप

भीगती रहतीं। रवि दूसरे कमरे में कमल के साथ समस्याएँ सुलझाता रहता। अकेले कमरे का सूनापन छवि के भीतर काँपता रहता। पीछे छूटे अपने याद आते और आँखें बरस पड़तीं। किस चक्रव्यूह में फँस गई छवि? जहाँ भीतर प्रवेश करना आसान था और बाहर निकलना कठिन! क्या करे छवि, भीतर एक नन्ही जान साँस ले रही है, उसने चक्रव्यूह के चक्रों को और भी अभेद्य बना दिया है। वापस लौटना भी मुश्किल।

परमजीत ने समझाया, "रवि अच्छा आदमी है। बहुत उदार, सफल बिज़नेसमैन, पर कमल उसकी कमजोरी है। तुम्हें उसकी आदत डालनी होगी।"

छवि का माथा ठनका, "मतलब? आई मीन, फिर मुझसे शादी क्यों की?"

"छवि, यह सैन फ्रांसिस्को शहर है, ए फ्री कंटी। यहाँ सभी रिश्ते स्वीकृत हैं। कुछ भी गलत नहीं। रही शादी की बात, तो शायद रवि एक्सपेरिमेंट करना चाहता हो कि शादी के बाद वह गृहस्थ जीवन जीना पसन्द करे या शायद पिता बनना चाहता हो। है तो मेल शॉविनिस्ट ही। पुरुष की प्रकृति को समझना, भई! मुझे तो आसान नहीं लगता। पर यह मान लो, वह कमल को छोड़ नहीं सकता।"

शब्दों के पार के अर्थ समझते देर नहीं लगी छवि को। उसके भीतर तूफान उठा। तो रवि ने उसे गिनीपिग बनाया है? एक्सपेरिमेंट! पिता होने का प्रमाण पाने के लिए। उसका प्रयोग सफल हुआ तो और कौन-सा रिश्ता बचा उन दो के बीच? छवि बाहरी जन यों ही नहीं हो गई रवि-कमल की दुनिया में! क्या सच में वह गिनीपिग ही है?

उसने प्रश्न किए, झगड़े किए, कभी तर्क देकर, कभी आँसू बहाकर उत्तर चाहे, पर रवि चुप रहा... माथे की नसें तड़कने लगीं। छवि की सहनशक्ति जवाब दे गई—"मुझे मेरे प्रश्नों का उत्तर नहीं मिलेगा, तो मैं तुम्हारे पिता बनने का सपना पूरा नहीं होने दूँगी। मान लो कि मैं गिनीपिग नहीं हूँ। इतनी निरीह नहीं, जितना तुम मानते हो।" छवि की लरजती आवाज़ में जाने कैसी चुनौती थी कि रवि ने खुद को अपराधी महसूस किया। छवि का यह रूप वह पहली बार ही देख रहा था। उसे गुस्सा

आना चाहिए था। पर वह निहायत दयनीय स्वर में बोला, "मुझे माफ करना छवि। मैं सचमुच नॉर्मल जिन्दगी जीना चाहता था तुम्हारे साथ, मैंने कोशिश भी की, पर मैं कमल के बिना रह नहीं पाया। दरअसल मेरी रुचि लड़कियों में कभी नहीं रही। तुम मुझे बीमार कहो, पर मैं तुम्हारी पूरी जिम्मेदारी लेने को तैयार हूँ। बच्चा तो हम दोनों को चाहिए। प्लीज़, ऐसा कोई कदम न उठाना कि बाद में उम्रभर पछताती रहो, हम दोनों एक-दूसरे के निजी स्पेस में दख़ल नहीं देंगे, मैं तुमसे वादा करता हूँ। तुम चाहो तो कोई छोटा-मोटा कोर्स शुरू कर सकती हो फिलहाल, आगे एम.बी.ए. भी कर लोगी। फैसला तुम्हारा होगा, जैसे चाहो रहो, जियो।"

छवि की देह-आत्मा जैसे नि:संज्ञ हो गई। अब पछताने के सिवा बचा ही क्या था! रवि का स्पर्श अब ज़हर लगने लगा। अँधेरे बन्द कमरे में रवि की खर्राटों भरी नींद उसकी असहाय अवस्था का मजाक उड़ाती। रवि का कोई आश्वासन उस तक पहुँचता ही नहीं। एक उम्रकैद दी गई थी उसे, जिसमें उसे अनचाहे समझौते करने थे, जो छवि नहीं करेगी।

उसने परमजीत के साथ 'एस्केप फ्रॉम अलकटराज़' फ़िल्म देखी थी। वह हैरान थी उस उम्रकैदी की जीवनेच्छा और साहस पर, जो जेल से भागकर हहराते यख़ पानी के शार्क, मगरमच्छों और ज़हरीले जलजीवों से टकराता हुआ, पेसिफिक के पानियों को पछाड़ता दूसरे किनारे तक पहुँच गया था। हालाँकि गहरे ज़ख़्म, बहते लहू और हड्डियाँ पिराने वाली पीर के साथ। लेकिन मुक्ति का अहसास उम्रकैद की यातना से छुटकारा देनेवाला था। उस भयावह सागर को पार करने की हिम्मत जुटाना ही एक अचम्भा था, पर उसने तो चुनौती स्वीकारी थी। सफल होगा या अधबीच ही सागर की खुराक बनेगा, यह सोचा भी नहीं था।

छवि ने उसी दिन अपने आपसे एक निर्णय लिया था। फिलहाल कोख में पलते नन्हे जीवन को जन्म देने के लिए इन्तज़ार करना था। वह चाहे रवि के कारण उसके गर्भ में आया हो, वह उसका अपना अंश था। वह नए अछूते अनुभवों से गुजरती दिन-घड़ियाँ गिनने लगी।

छवि माँ बन गई। माँ-पापा और रवि के मम्मा-डैडी बच्चे को देखने आए। पार्टियाँ हुईं, दोस्तों ने बधाइयाँ दीं। भेंटों-उपहारों से रवि का घर

भर गया। विजेता का तमगा पाकर रवि कुछ देर के लिए छवि के पास लौट आया। कमल कुछ दिनों के लिए छुट्टी लेकर दृश्य से अदृश्य हो गया। पर छवि, रवि की दुनिया में नहीं लौटी।

नन्ही बिटिया कोयल को छूकर छवि की छाती में हिलोर उठी। बच्ची ने होंठों से छुआ, तो अन्तस से झरना फूटा। माँ ने कोयल को पितृमुखी कन्या कहा, उसे गोद में लेते, एक तरल द्रव्य-सा रवि के भीतर भी उमग आया। क्या वह मात्र विजेता का अनुभव था? उसे क्यों लगा कि इस नन्हे पिंजरे में उसकी जान कैद हो गई है? ऐसा तो उसने सोचा भी न था।

महीना भर रवि नन्ही बेटी के आसपास बना रहा था। उसकी नैपी बदलने से लेकर, एहतियात से हाथों में लेकर नहलाना, नरम गुदाज कपड़ों में लपेट उसे क्रिब में लिटाना और मुँदी पलकों को एकटक निहारते रहना, उसका रोज का नियम हो गया था।

छवि के माँ-पापा और रवि के मम्मा-डैडी, जो बारी-बारी से रवि के बच्चे को देखने आए थे, तीनेक मास बाद लौट गए, संतुष्ट और प्रसन्न।

अकेले में छवि ने रवि से बात की, "तुम्हें याद होगा, तुमने शादी से पहले मुझसे कहा था, शादी तुम्हारे लिए एक कॉन्ट्रैक्ट है। आज इस कॉन्ट्रैक्ट को खत्म कर मैं तुम्हें आजाद कर रही हूँ।"

रवि का चेहरा स्याह हो गया, "लेकिन बच्ची? इसमें तो मेरी जान है, तुम ऐसा कैसे कर सकती हो? आई मीन, इस तरह रिश्ता तोड़ना?"

"कर सकती हूँ, मेरे पास कारण है। तुमने मुझे गिनीपिग बनाकर प्रयोग किया, तुम कामयाब भी हुए, पर क्या तुमने उस बेजुबान छोटे से जीव की पीड़ा महसूस की, जिसे वक़्त-वक़्त पर सुइयों, इंजेक्शनों से छलनी कर तुमने अपना मकसद पूरा किया? रवि, वह तकलीफ़ मेरी रग-रग में ज़हर बनकर बह रही है। अब किसी रिश्ते की हमारे बीच कोई गुंजाइश नहीं, बेहतर होगा कि हम अपना-अपना जीवन अपने ढंग से जी लें।"

माँ-पापा ने सुना तो आहत हुए, बहुत नाराज़ भी। अलग होने की वजह पूछी तो छवि ने इतना ही कहा कि हम एक-दूसरे के लिए बने ही नहीं हैं। आप मेरे बारे में चिन्ता मत करो। अपनी बिन्दास बेटी पर भरोसा

रखो। थोड़ी देर के लिए वह गलत रास्ते पर धकेल दी गई थी। अब अपने आप में लौट आई है। अपने लिए सही-गलत वह समझने लगी है।

आगे किस्सा यह, कि छवि-रवि का तलाक हो गया। पहल छवि ने की। शर्तें-नियम तय किए गए। कोर्ट ने बच्ची माँ को दी, रवि उसे नियत किए गए दिनों में देख सकता था। थोड़ी बड़ी होने पर वह सप्ताह में तीन दिन पिता के पास रह सकती है। रवि ने बिना बहस किए कोर्ट का फैसला मान लिया। अपने बचाव के लिए उसके पास कोई तर्क नहीं था। एलीमनी में अपना बँगला छवि को दिया, बच्ची के लिए जो भी खर्च लगे, उसे देना स्वीकार किया।

कॉन्ट्रैक्ट खत्म हुआ और रवि-छवि अलग रास्तों पर चल पड़े। कौन कितना टूटा, कितना मुक्त हुआ, कहना कठिन है। हम तो इतना जानते हैं कि रवि बच्ची से मिलने के दिन, तय किए गए समय से बहुत पहले घर के सामने खड़ा रहता है, छवि के दरवाजा खोलने के इन्तज़ार में।

और छवि अब बेडरूम की खिड़कियाँ खोलकर सागर की, ज्वार-भाटों में, तट को छूती और अपने भीतर उतरती लहरों को देखना पसन्द करती है। एक तरफ ऊँची उठी गोल्डन गेट की मीनार और रोशनी में नहाता शहर, दूसरी तरफ अलकटराज़ का द्वीप। अब अलकटराज़ उसे डराता नहीं, क्योंकि अब वहाँ कोई कैदी नहीं रहता।

थोड़ा सा स्पेस अपने लिए

यह ईशा और वरुण की कहानी है। कहानी क्या, कहानी के दो एपिसोड हैं। टी.वी. सीरियलों के एपिसोड जैसे एपिसोड नहीं, जहाँ घटनाएँ कछुवा-चाल चलती एक स्थिति से दूसरी तक पहुँचने में इतना फुटेज लेती हैं कि दर्शक वक़्त की बर्बादी पर या तो खीजकर रिमोट का बटन बन्द कर ले या सीरियल बनानेवालों की टी.आर.पी. बढ़ाने की लाभमूलक बचकानी कोशिशों को कोसता हुआ एक चैनल से दूसरा चैनल बदलता रहे।

लेकिन यह कहानी है, सीरियल नहीं। ईशा-वरुण की कहानी, जो कहीं हॉरिजेंटल लाइन पर चलती है तो कहीं वर्टिकल लाइन पर। चल तो ठीक-ठाक ही रही थी। बीच में यह छोटा-मोटा पहाड़ सा स्पीड ब्रेकर न आता, तो कहानी यों बीच सड़क पर खामख्वाह अटक न जाती।

ऐसा नहीं है कि उनकी गाड़ी हमेशा लिश्कारे मारती तारकोली हाइवे पर, पानी पर बहती नाव सी बेरोक दौड़ती रही है। कहीं-कहीं रोड़ी-बजरी के ढूहों, कीचड़ के डबरों और छोटे-बड़े खड्डों से गुजरते, धचके खाते बीहड़ रास्ते भी उन्होंने पार किए हैं। मुम्बई आने तक तो वे खासे मेच्योर हो गए हैं। अपनी नई दुनिया के ऊँचे कंगूरों पर नज़रें टिकाए जब वे मैरीन ड्राइव से लगी खुली सड़कों से गुजरते हैं, तो मर्सिडीज़, बी.एम. डब्ल्यू. और सी-फेस्ड पॉश अपार्टमेंट की बातें करते भी यह नहीं भूलते कि यहीं आसपास, तंग गलियारों, सड़े फलों-सब्जियों, कचरे के ढेरों के पड़ोस में चालों-झुग्गियों में रहनेवाले लोग भी हैं, जो शायद उनकी तरह ही खुशहाल जिन्दगी के सपने देखते होंगे। उन्हें देखकर कुछ देर के लिए उनका मूड ऑफ हो जाता, पर वे प्रैक्टिकल युवा हैं। जानते हैं, जहाँ पाँच सितारा, सात सितारा होटल और मल्टीनेशनल कम्पनियाँ होंगी, वहाँ धारावी की बस्तियाँ रहेंगी ही रहेंगी।

ऐसे में उनकी गाड़ी की रफ़्तार कुछ कम भले हो जाती, पर रुकती-अटकती नहीं। दरअसल रुकने-अटकने का न तो वक़्त उनके पास है, न ही कोई इरादा। उन्हें बहुत दूर जाना था। अब यह किसे मालूम था कि अचानक यह माथाफोड़ पहाड़ सा गतिरोधक बीच राह अड़ जाएगा।

पहले वरुण ने कोशिश की गाड़ी को आगे खींच निकालने की, फिर ईशा ने। वरुण ने रुक-रुककर इंजन चालू किया, गियर दाएँ-बाएँ, आगे-पीछे कर क्लच दबाया। कोशिश की, बहला-फुसलाकर गाड़ी आगे बढ़ा दे, पर गाड़ी जो अटक गई सो ढीठता की हदें पार कर स्पीड ब्रेकर से चिपकी रही। ईशा को गुस्सा आया। वह माननेवाली नहीं। वरुण तो गाड़ी छोड़कर पैदल-पाँव गतिरोधक पार कर गया। ईशा ने खूब जोर लगाकर क्लच दबाया, इंजन पर जोर मारा, गाड़ी आक्रोश से उछली और जबरदस्ती से क्रीक-क्रेंच कर चीखी और मुँह फुलाकर धप्प से बैठ गई।

ईशा ने तय किया कि किसी दूसरे से मदद लेकर गाड़ी आगे बढ़ाई जाए। एक-दो बन्दे मिलें तो धक्का मारकर मैकेनिक की दुकान तक पहुँचाना होगा, ज़ोर-ज़बर से कहीं एक्सेल-वेक्सल न टूट गया हो।

यहाँ तोता-मैना की यह जोड़ी दो दिशाओं में मुड़ गई। तोता-मैना की यह जोड़ी आई.आई.टी., आई.आई.एम. के धाँसू लेबलों से लैस, कॉरपोरेट कम्पनियों में अच्छे पदों पर काम कर रही है, यानी अच्छे पे-पैकेज वाले जिम्मेदार पदों पर। वरुण बैंकिंग में चला गया है। कुछेक माह ही एनेलिस्ट रहा, फिर एसोसिएट हो गया। काम को गम्भीरता से लेता है। जल्दी ही वी.पी. बनने के चांसेज़ हैं। ईशा की किस्मत भी कम अच्छी नहीं। उसने आई.टी. कम्पनी ज्वॉइन की। इन्फोसिस में सॉफ्टवेयर इंजीनियर की नौकरी मिली, एकाध साल में ही टीम लीडर बन गई।

दरअसल दोनों का सेलेक्शन कैम्पस में ही हुआ था। बाद में तो इंटरव्यू औपचारिक ही था। अपनी-अपनी कम्पनियों की तरफ से दोनों ट्रेनिंग के लिए विदेश भेजे गए। एक न्यूयॉर्क, दूसरा जर्मनी। दूरियों के बावजूद वहाँ भी दोनों ने एकाध वीकेंड साथ मनाया। मैं यह बताना भूल गई कि दोनों की दोस्ती दसेक वर्ष पुरानी है। शुरुआत तो 'तू सोलह मैं सत्रहवाली' स्कूली उम्र से ही हुई थी, जिसे पहले-पहल इन्फैचुएशन भले ही मानें, स्टडी दोस्ती के चलते वह 'प्यार' में बदल ही जाती है।

तब पढ़ाई के दौरान स्कूल में साथ रहने पर भी, घर जाकर आधी-आधी रात तक मोबाइल पर गुटरगूँ होती रहती। मध्यवर्गीय परिवारों में, महानगरों की रिहायशों में बच्चों को अलग-अलग बेडरूम की सुविधा भले न हो, पर छोटे-बड़े ड्राइंग-रूम, कॉरिडोर, गैलरी-वैलरी तो रहते ही हैं। आधी रात, जहाँ गुपचुप अँधेरा लेटा रहता हो, वहाँ सुगबुगाहटों भरी रोशनियाँ दिख जाएँ तो बच्चों के मम्मी-डैडी चौंक से जाते हैं। तब थोड़ी ताक-झाँक और थोड़ी पूछताछ भी होती। मध्यवर्गीय मानसिकता के डर और शंकाएँ बड़ों को चैन भी कहाँ लेने देती हैं? कहीं गलत सोहबत में तो नहीं पड़े बच्चे?

लेकिन बच्चे अब बड़े होने की दहलीज पर खड़े थे। उनके पास हर शंका का समाधान था। वे बड़े भोलेपन से घरवालों को आश्वस्त कर

देते कि सब सही-सलामत है। कभी परीक्षाएँ निकट होतीं तो एक-दूसरे से समस्याएँ डिस्कस होतीं, हल निकाले जाते। नए जमाने की पढ़ाई सत्तर के दशकवाले इंजीनियर-वैज्ञानिक क्या जानें। सो कम्प्यूटर युग के बच्चों के नए ज्ञान से प्रभावित मम्मी-डैडी 'सही है' की मुद्रा में सिर हिलाकर खामोश हो जाते।

बेचारे बच्चे! आधी-आधी रात तक मोबाइल कान से चिपकाए प्रॉब्लम्ज़ सॉल्व करने की कोशिश में हलकान होते रहते हैं। उन्हें फिक्र होती। सबसे बड़ी प्रॉब्लम थी कि ईशा को देर रात तक वरुण के कानों में 'स्वीट नथिंग्स' गुनगुनाए बिना नींद ही न आती थी। तब वरुण उसे बहला-फुसलाकर याद दिलाता कि अगली सुबह साढ़े सात की बस से स्कूल पहुँचना जरूरी है। तब उनींदी रात भी उनके साथ सो जाती और मम्मी-डैडी भी।

आगे की पढ़ाई के लिए एक दिल्ली में रह गया, दूसरा कलकत्ता चला गया। लेकिन मोबाइल का चूहा तो उँगली छूते ही दुनिया भर की जासूसी कर सकता है। फिर कम्प्यूटर युग में ई-मेल, इंटरनेट। चैटिंग के अनेक जरिये! दोनों का फोन बिल बढ़ता जाता, मम्मी-डैडी जेबखर्च बढ़ा देते। छुट्टियों में दूरियाँ पाट दी जातीं। ऊँची पढ़ाई, जाहिर है खर्चे भी ऊँचे होते जाते।

उनके प्यार का इज़हार करने के निजी तरीके थे। पता नहीं पुरानी पीढ़ी के प्रेमियों की तरह उन्होंने किताबों में खत, गुलाब या पेपर्स रखे या नहीं, पर नए चलन के मुताबिक वैलेंटाइन वीक मनाना वे भूले नहीं। वहाँ प्रपोज़ डे, चॉकलेट डे, प्रॉमिस डे, किस डे वगैरह पूरे जोशोखरोश से मनाए जाते। यों तकनीकी संस्थानों की ऊँची पढ़ाई तक पहुँचते, उन्होंने जुदाई की व्यथा भी सही। पर एक-दूसरे को मिस करने के बावजूद पढ़ाई को दूसरे पायदान पर गिरने नहीं दिया। बड़े लोग हैरान थे कि तमाम मस्तियों और वक़्त की बर्बादी के बाद भी दोनों बच्चे अच्छे पॉइंट्स ले आए। पता नहीं कैसे?

अब जब वे मल्टीनेशनल कम्पनियों में लगभग सेटल होते नज़र आए, नौकरी में दो सालों में दो जम्प भी मिले, तो अचानक वैलेंटाइन

वीक का 'ब्रेकअप डे' कैसे आ गया। यह बात न उनकी समझ में आई और न उनके मम्मी-डैडी के। यों भी उनके मम्मी-डैडी काफी कुछ समझने का माद्दा रखने के बावजूद बच्चों की कई बातें समझकर भी समझ नहीं पा रहे थे।

वरुण को कैम्पस सेलेक्शन में अमेरिका की कम्पनी का जॉब ऑफर आया, पर उसने मुम्बई की कम्पनी ज्वॉइन की। उसके मम्मी-डैडी थोड़े चकित हुए कि आज तो लड़के होश सँभालते ही अमेरिका के सपने देखने लगते हैं। परीक्षा के नतीजे निकलने से पहले ही ऐंट्रेंस एग्ज़ाम की तैयारियाँ करते हैं। इसकी तो बड़े पैकेजवाली नौकरी झोली में आ गिरी, पर लड़के ने संजीदा चेहरा बनाए हुए कहा, "मम्मा! वहाँ ठंड ज्यादा है, मेरे दोस्त भी यहीं हैं। मैंने जो कम्पनी ज्वॉइन की, वहाँ हर दूसरे महीने अमेरिका, यूरोप का ट्रिप लगता है। तुम तो जानती हो, हम अब ग्लोबल हो गए हैं। अमेरिका जाने के लिए वहाँ बसना अब जरूरी नहीं।"

डैडी आश्वस्त नहीं हुए, "तुम इंडिया में ही रहो, यह तो हम भी चाहते हैं, पर कुछेक साल वहाँ के अनुभव तुम्हें फायदा ही पहुँचाते।"

वरुण दोस्त बनाने में माहिर है। जहाँ जाता है, दोस्त बनाता है। वहाँ भी दोस्त बना सकता है। ठंड? वहाँ तो घर-दफ़्तर, कारों-मॉलों में सभी जगह ठंड भगाने के इन्तज़ाम हैं। वरुण के कारण डैडी को जमे नहीं, तजुर्बेकार हैं, कोई वजह तो है, सूँघ गए, पर समझदारी और वक़्त की नज़ाकत जानकर चुप रहे, आशीर्वाद दिया, 'जो ठीक समझो करो, हम तुम्हारे साथ हैं' का आश्वासन भी।

ईशा को जरूर लगा, उसे भी अमेरिका में नौकरी का ऑफर आता तो दोनों साथ ही चले जाते। वह वरुण को मनाती, पर उसे तो पहले ही मुम्बई में अच्छी नौकरी मिल गई थी। शायद वरुण के मुम्बई में नौकरी करने की एक वजह यह भी हो। यों वह कहता है कॅरियर के बीच लड़की आ जाए, उसे मंजूर नहीं। वरुण मम्मा से कोई बात छिपाता नहीं, अच्छा रैपो है दोनों के बीच।

इसी रैपो के चलते वरुण ने मम्मा को इत्तला दी कि उसने एक सी-फेसिंग अपार्टमेंट किराए पर लिया है। "थ्री बेडरूम का खूबसूरत फ़्लैट

है, तुम देखोगी तो बहुत अच्छा लगेगा। शाम को जब डूबते सूरज की किरणें समुद्र पर पड़ती हैं, तो तुम्हें वह पोएट याद आएगा जिसने कहा था—वाटर सॉ इट्स लॉर्ड एंड ब्लश्ड।" (पानी ने अपना प्रिय देखा और शरमाकर लाल हो गया)

वरुण की मम्मा अंग्रेजी साहित्य पढ़ाती हैं। बचपन में कभी जिक्र किया होगा बेटे से, जो उसे सी-फेसिंग अपार्टमेंट से समुद्र में सूरज की ललाई देखकर याद आया। मम्मा ने फोन पर खनक भरी मीठी हँसी सुनी, लगा, बेटा कुछ ज्यादा ही रोमांटिक हो गया है।

"किराया बहुत होगा। अभी तो नई नौकरी है।"

"हम शेयर करेंगे मम्मा। चिन्ता न करो।"

बेटा समझदार है, फिजूलखर्ची नहीं करेगा। शौकीन तबीयत है। दो-तीन लड़के साथ रहेंगे तो जरूरत के वक़्त एक-दूसरे का सहारा भी बनेंगे। मॉडर्न मम्मा के भीतर बैठी थीं पुरानी माँ की चिन्ताएँ।

महीना भर बाद वरुण घर आया। खूब खुशी से मम्मा से कहा, "मम्मा! मैं ईशा के साथ फ़्लैट शेयर कर रहा हूँ।" मम्मा इस बेतकल्लुफ सूचना के लिए तैयार नहीं थी। उसका आधुनिकताबोध बेटे की भूचाली सूचना से हिल गया।

"ईशा के मम्मी-डैडी? यानी कि उन्होंने बेटी को तुम्हारे साथ रहने की इजाजत दी?"

"मम्मा! किस जमाने में रह रही हो? ईशा मेरे बराबर ही पढ़ी-लिखी है, बराबर वेतन पाती है। माँ-बाप को भारी चेक्स भेजती है। उसे तो हक है अपने फैसले अपने आप लेने का।"

"सो तो है, लेकिन यह लिव-इन रिलेशनशिप? हमारे यहाँ तो यह कभी नहीं हुआ!"

"मम्मा! जो आज हो रहा है, वह क्या पहले कभी होता था? आज तुम्हारी बाई के पास भी सेलफोन है। हम आज कम्प्यूटर क्रान्ति के युग में जी रहे हैं, ग्लोबल वर्ल्ड में। मम्मा! मैंने कभी नहीं सोचा था कि तुम अभी भी पुरानी लीक पीटोगी।"

सँभलते-सँभलते मम्मा ने पूछा, "क्या शादी करोगे?"

"नहीं मम्मा! अभी क्या शादी-वादी का चक्कर? इस बारे में सोचा भी नहीं।"

"वरुण बेटा!"

"मम्मा! इन बातों पर ज्यादा मत सोचो। जानती हो, हम स्कूल-फ्रेंड्स रहे हैं। एक-दूसरे को समझते हैं। अभी हमारे सामने कई चैलेंजेज़ हैं। शादी का खटराग पालने की उम्र नहीं है। मैंने तुम्हें बताना ठीक समझा। मैं नहीं चाहता कोई दूसरा तुम्हें मेरे बारे में ऐसा कुछ कहे, जो मैं तुमसे शेयर न करूँ।"

वरुण की बात मम्मा के माध्यम से डैडीजी तक पहुँची, तो वे आगबबूला हो गए। पैर पटके, जमाने की ऐसी-तैसी की। एकाध पैग ज्यादा लिया, फिर दोनों ने मिलकर शान्त मन से सोचा कि बेटे के निर्णय पर कुछ भी सोचने का मतलब अब कुछ नहीं। अच्छा है, उसके लिए मंगलकामनाएँ करो!

डैडी ने भारी मन से माना कि बेटे को अब पिता के भारी चेकों की जरूरत नहीं। अब उसकी रेबॉक शू, पार्कर पेन, टैग शर्ट्स, जिवो, बनाना रिपब्लिक, राल्फ लोरेन, जेफरी बेन और जाने कौन-कौन से ब्रांड खरीदने की हैसियत बन गई है।

"तुम इस तरह क्यों सोचते हो? बेटा है हमारा। महीने-दो महीने में मिलने तो आता है न हमसे। अच्छे कीमती उपहार क्या हमारे लिए नहीं लाता?" वरुण की माँ वक़्त की रफ़्तार और नज़ाकत समझकर पति को भी समझा-बहला लेती है। अपना और पतिदेव का ब्लड प्रेशर नॉर्मल रखने की कोशिश करती है।

"हाँ! अब जन्मदिन और नए साल पर उपहार देना ही रिश्ता निभाना हो गया है।"

"बेटा अब बड़ा हो गया है, जमाने का चलन समझता है।"

ऐसे समझौतावादी संवाद यदा-कदा उनके बीच होते रहते हैं।

ईशा के मम्मी-डैडी ने पहले-पहल तो बेटी को खूब समझाया, ऊँच-नीच सिखाई, यह भी कहा कि जमाना कितना भी बदल जाए, इतना जान लो कि हर सही-गलत का खमियाजा लड़के को नहीं, लड़की को ही भुगतना पड़ता है।

ईशा बचपन से ही जिद्दी रही है। तीन बहनों में सबसे छोटी होने के कारण लाड़ थोड़ा ज्यादा मिला हो शायद, पर उसकी ज़िद चलने की वजह उसका ज़हीन होना भी है। पढ़ाई में हमेशा तेज रही है। आई.आई.टी. में वह 'फाइव प्वॉइंट समवन' न रहकर नाइन प्वॉइंटर रही है। मम्मी-डैडी और बहनों पर उसका खासा दबदबा है। शक्ल-सूरत से भी अच्छी-खासी इस लड़की को किशोरावस्था से ही संजीदा और संवेदनशील वरुण की दोस्ती मिली। दोस्ती में, वीकेंड्स में साथ रहना, रेस्तराँ, शॉपिंग, पिक्चर-विक्चर देखना तो चलता ही रहता था। डैड ज्यादा बिज़नेस टूर पर रहते, मम्मा ने एकाधिक बार चेताया कि देर रात घर लौटना अच्छी बात नहीं, आखिर हम एक समाज में रहते हैं। लोग क्या कहेंगे, वगैरह।

ईशा ने पहले-पहल खामोश नकार से उत्तर दिया। बाद में डंके की चोट पर ऐलान किया कि वह अपना भला-बुरा समझती है। वह जिस युवा समाज में रहती है, उसकी रीति-नीतियों से वाक़िफ़ है। आपके समाज से उसका कोई लेना-देना नहीं है। आप अभी उन्नीसवीं सदी में जी रहे हैं।

बाद में उसने मम्मा को प्यार से चेताया कि मिडिल क्लास में जन्म लेना तो उसकी मजबूरी थी, पर मिडिल क्लास मेंटैलिटी से उसे सख़्त नफ़रत है।

"लेकिन बेटी, हमें जीना तो इसी मिडिल क्लास की मान्यताओं के हिसाब से है।"

"नहीं मम्मा! मैं अपना क्लास आप बनाऊँगी। आप मेरे लिए परेशान न हों। जो भी सही-गलत मेरे साथ होगा, मैं खुद ही उसकी जिम्मेदार हूँगी।"

मम्मा-बेटी के बीच जो भी संवाद हुए हों, निष्कर्ष स्वरूप मम्मा ने मुँह सी लिया। ज्यादा ज़ोर-ज़बर से बेटी घर के बर्तन-भाँड़े न पटकने लगे, जैसे बचपन में ज़िद पर आने से पटकती थी, सो जो 'ठीक समझो करो' की स्वीकारोक्ति से बेटी को अभयदान दे दिया। उसको दो बड़ी बेटियों की भी चिन्ता करनी थी। वे न ईशा जैसी ज़हीन थीं और न ज़िद्दी, सो उन्हें समझाना-सिखाना थोड़ा आसान भी था।

ईशा के डैडी ने जब ईशा-वरुण के साथ रहने की बात सुनी तो बेटी की ज़िद को मद्देनज़र रखकर एक ही बात कही, वरुण को शादी के लिए राज़ी करो।

ईशा-वरुण एक नई दुनिया में प्रवेश कर चुके थे। वहाँ सब कुछ उनकी अपनी पसन्द का था। घर की भीतरी सज्जा से लेकर बाहरी व्यापार तक, उसमें किसी का दख़ल उन्हें मंजूर नहीं था।

अच्छा ही चल रहा था सब कुछ। तीनेक महीने दोनों ने हवा के पंखों पर सवार होकर गुजारे। देर शाम तक ऑफ़िस, बचा समय साझा!

वरुण के मम्मा-डैडी और ईशा की मम्मा (डैडी नहीं) बारी-बारी से बच्चों का घर देखने आए। वरुण की मम्मा तो अभिभूत थीं। खिड़की से बाहर सागर पर सूरज के अक्स, पानी में पिघला सोना घोल देते। हवाएँ तन-मन की थकान भुला देतीं। भीतर शौक से खरीदा घर का सामान। फ़्लैट स्क्रीन टी.वी., माइक्रोवेव से वॉशिंग मशीन तक। मॉडर्न किचन! गृहस्थी की शुरुआत? डैडी ने नोट किया, तीन बेडरूम में से एक ही बेडरूम इस्तेमाल होता है।

वरुण-ईशा दोनों देर रात घर लौटते। बड़ी कम्पनियों में फुर्सत कहाँ? आज इस क्लाइंट से मीटिंग, कल उससे। नई जिम्मेदारियाँ।

ठीक है, सब ठीक ही है। जैसे बच्चे खुश रहें, उसी में माँ-बाप भी खुश। वरुण के डैडी भी अब नरम पड़ गए, आगामी बहू के लिए गिफ्ट्स खरीदने लगे, भावी योजनाएँ बनने लगीं। तब वरुण ने चेताया, नहीं, यह सब अभी नहीं।

चार महीने भी न हुए कि वरुण मम्मी-डैडी के पास वीकेंड में आकर बोला, "आयम गेटिंग बोर्ड, मम्मा!"

"बोर? किससे? काम से? ऑफ़िस के माहौल से?" मम्मा ने जानना चाहा।

"नहीं, मम्मा! काम तो ठीक है।"

मम्मा ने काम से बोर होने की सूची में शामिल सभी कारणों की जानकारी बेटे से ली। उनमें कोई भी कारण वरुण की बोरियत की वजह नहीं थी।

वरुण की तनख्वाह अच्छी है, उसकी योग्यता के अनुरूप! बॉस से अच्छा रैपो है। देर शाम तक काम करना तो अच्छे पैकेज की शर्त ही है और नई चुनौतियाँ उसे ताक़त देती हैं। फिर?

"मैं खुद भी समझ नहीं पा रहा हूँ। उलझ-सा गया हूँ।"

समझदार, ज़हीन, मेहनती और प्रेमिल बेटे की उलझन ने मम्मा की भी नींद उड़ा दी। बच्चों की खुशी-फिक्रों और उलझनों में इन्वॉल्व होने की सनातन आदतें तमाम आधुनिकबोध के बावजूद गई नहीं। सलाह-मशविरा देने की आदत भी।

"थोड़े दिन कहीं घूम आओ बेटा। काम का प्रेशर भी थकाता है कभी-कभी।"

"हूँ...नहीं, ऐसा कुछ नहीं।" बेटे ने गोलमोल जवाब दिया।

जल्दी ही दूसरे छोर से वरुण की मम्मा को नया इलहाम हो आया।

"आंटी! व्हाई डोंट यू मेक वरुण अंडरस्टैंड? ही हैज़ डिच्ड मी।" (आप वरुण को क्यों नहीं समझातीं, उसने मुझे छोड़ दिया है।)

यह ईशा थी।

कभी-कभी हैलो-हाय! कैसी हैं आंटी? की औपचारिकता के बाद अचानक ईशा वरुण की माँ के इतने करीब कैसे आई कि अपनी बनाई हदों से बाहर न सिर्फ आप निकल आई, बल्कि वरुण की माँ को भी भीतर खींच लाई।

वरुण की माँ को ईशा की सहमी-भीगी आवाज़ छू गई। घर आने पर पूछा बेटे से, "क्या बात हुई है तुम दोनों के बीच?...कोई समस्या?"

"आई वांट माई स्पेस मम्मा!" मोबाइल फोन पर पज़ल सॉल्व करते वरुण बोला। मम्मा हैरान थी, बेटे के स्पेस में कौन दखलंदाज़ी कर रहा है?

वरुण मुम्बई लौट गया, मम्मी-डैडी को असमंजस में छोड़कर।

ईशा हर दूसरे दिन वरुण की मम्मी को फोन करने लगी।

—आंटी! प्लीज़ वरुण को समझाइए। ही इज़ बीइंग मीन टू मी!

—आंटी! वरुण मुझे शिफ़्ट करने को कह रहा है।

—आंटी! वह मेरे साथ ऐसा कैसे कर सकता है?

वरुण की माँ इस स्थिति में फँस जाएगी, ऐसा तो उसने दूर तक न सोचा था। उनकी नितान्त निजी दुनिया, अपने फैसले, उसमें उनके पाँव धरने की भी जगह न थी। न राय, न मशविरा, सिर्फ सूचना भर देने की औपचारिकता! अब उनकी जरूरत क्यों आन पड़ी? बड़ी-बड़ी कम्पनियों को सलाह-मशविरा देनेवाले, तेजतर्रार युवाद्वय के भीतर यह कमजोर कोना कहाँ छिपा रह गया, जहाँ उनके अपने फैसले बेआब होकर उन्हें चौराहे पर छोड़ गए? या नजदीकियों ने प्यार की हवाई उड़ान को धरती दिखाई?

वरुण की खींची लक्ष्मण-रेखा को पार कर मम्मा बेटे से रू-ब-रू हुईं। उसके फैसलों, विश्वासों की याद दिलाई, जिन्हें उसने चाहने न चाहने के बावजूद स्वीकार किया था। अब अचानक अलग होने के पीछे कुछ खास वजह तो होनी चाहिए। इस तरह सोच-समझकर साथ रहने के बाद एकदम अलग होने की बात करना?

वरुण ने सभी प्रश्नों का एक ही उत्तर दिया—"हाँ मम्मा! मैंने उसे अलग रहने को कहा है। वह शिफ्ट नहीं करेगी तो मैं ही दूसरी जगह चला जाऊँगा।"

"लेकिन फ़्लैट का भारी किराया? यह क्या ईशा के साथ ज़्यादती नहीं?"

"वह सब मैं दूँगा। उसे कोई परेशानी नहीं होगी। मैं बस अकेले रहना चाहता हूँ।"

"लेकिन बेटे, ईशा मुझे बार-बार फोन करती है, उससे क्या कहूँ?"

"प्लीज़ मम्मा! आगे से उसका फोन मत उठाइए। वह बहुत इम्मेच्योर है। इस समस्या को मैं खुद सुलझा लूँगा। आप चिन्ता न करें।"

लेकिन मम्मा को चिन्ता से छुटकारा मिल भी जाता, अगर ईशा बार-बार फोन पर रुँधे गले से उसे वरुण को समझाने का इसरार नहीं करती। ईशा के साथ सहानुभूति होने के बावजूद मम्मी को सोच से छुटकारा नहीं।

ग्यारहवीं कक्षा में शुरू हुई इस प्रेमकथा के इम्मेच्योर से मेच्योर होने की प्रक्रिया के बीच जो कुछ गुजरा होगा, वह ईशा-वरुण जानते होंगे। साथ रहने पर जो उल्लास और आत्मीय उत्कर्ष उनकी रग-रग से फूट आता था, उसे तो वरुण की मम्मा ने गहराई से महसूस किया था। तभी

शायद उनके साथ रहने को उसने स्वीकृति दी या देनी पड़ी थी। वह प्रेम घुटन कैसे बन गया?

अब अचानक तेज गति से दौड़ती उनकी गाड़ी बीच सड़क के किस स्पीड ब्रेकर पर रुक गई, इसका क्यों-क्या जानना लगभग असम्भव था। क्योंकि वरुण ने मम्मा के फोन रिसीव करना बन्द कर दिया। जाहिर है, मम्मा-डैडी को खुले सोच के लिए आज़ाद छोड़ दिया वरुण ने। ईशा ने फोन कम कर दिए, पर जो भी किए विस्फोटक साबित हुए।

—आंटी! आज वरुण की कार प्रभादेवी में रिता के अपार्टमेंट के बाहर देखी गई।

—आंटी! रात वह अपने अपार्टमेंट भी नहीं लौटा था। मैंने उसका बेड देखा था।

—आंटी! वह रिता से मेलजोल बढ़ा रहा है। वह बिलकुल अच्छी लड़की नहीं है। वह फास्ट है, ड्रिंक करती है। वह यह करती है...वह करती है।

रिता कौन है, यह मम्मा ईशा से जान गई। यह भी जान गई कि ईशा अपनी किसी सहेली के साथ रहने लगी है। अपनी नौकरी भी करती है और वरुण की जासूसी भी।

हैरानी की बात! सुबह से रात तक काम करनेवालों को जासूसी करने का वक़्त कैसे मिलता है?

लेकिन हैरानी की बात बिलकुल नहीं। जासूस हायर किए जा सकते हैं। फिर वह यू.टी.वी. बिन्दास चैनल है न, इमोशनल अत्याचार को भुनानेवाला। ईशा के पास कमरे की डुप्लीकेट चाबी है ही। हिडन कैमरा फिट करवा सकती है।

टेंशन से वरुण की तबीयत खराब हो गई। छुट्टी लेकर घर आना पड़ा। कई दिन बुखार नहीं उतरा। मम्मा ने ईशा से अलग होने की बात नहीं की, जैसे कुछ हुआ नहीं। लौटते वक़्त वरुण गुमसुम था। मम्मा गले मिली। "खुश रहा करो। रिश्तों में कई मोड़ आते हैं।"

"लाइफ़ इज़ सैड मम्मा।" वरुण के भीतर जाने कितने भँवर घुमड़ रहे थे। मम्मा का कलेजा चिर गया। इस पहाड़ लाँघनेवाली उम्र में ऐसी हताशा!

"क्या बात है? ईशा के जासूस परेशान कर रहे हैं?"

"वह अच्छी लड़की है। मुझसे अलग नहीं होना चाहती।"

"तुम?"

"मैं नहीं जानता मम्मा! मुझे लगा कुछ देर हमें अलग रहना चाहिए। दरअसल वह मुझे पल भर भी अकेला नहीं छोड़ती। बैचलर्स पार्टी में जाऊँ तो नाराज़ हो जाती है। किसी दोस्त के साथ डिनर पर जाऊँ तो हंगामा खड़ा करती है—मेरे बिना क्यों जाते हो? ऑफ़िस में भी देर हो जाए तो फोन पर फोन करती है। उसके इस व्यवहार से मुझे घुटन होने लगी है। मम्मा! एक-दूसरे पर हावी होना ही प्यार है क्या? अभी से यह हाल है तो अगर उससे शादी करूँ, तो मेरा साँस लेना भी मुश्किल हो जाएगा।"

"उसे समझा दो, समझ जाएगी।"

"नहीं समझती है। न्यूरोटिक हो जाती है।"

"अब तो सहेली के साथ रहती है।"

"हाँ, पर मुझे अकेला कहाँ छोड़ती है? इमोशनली ब्लैकमेल करती है।"

"यह रिता कौन है?"

वरुण मुस्कुराया। बादल छँट गया। "उसी ने बताया होगा। वह तो मेरी पूरी जासूसी करती है। फेसबुक पर कोई नई दोस्त तो नहीं है? मम्मा, रिता मेरी कलीग है। कभी-कभी लंच साथ ले लेते हैं, दोस्ती है बस और कुछ नहीं।"

"प्यार में दूसरे को बर्दाश्त करना थोड़ा कठिन होता है। वह तुम्हें बहुत चाहती है। वरना चली गई होती तुम्हें छोड़कर। सुन्दर है, अच्छी नौकरी है। क्या दोस्त नहीं बना सकती?"

वरुण के चेहरे पर झाईं सी डोली—"मैंने तो कह दिया, गो एहेड विद योर लाइफ़। पर जानता हूँ उसका कोई ब्वॉयफ्रेंड नहीं। मुझ पर पूरा अधिकार चाहती है। डिमांडिंग बीवी की तरह पेश आती है। मेरी भी तो कोई निजी जिन्दगी है, मम्मा! पता नहीं कैसे निभाती है ऑफ़िस के चैलेंजेज़? उसे तो यह भी समझ नहीं आता कि हर रिश्ते में थोड़ी संध तो छोड़नी ही पड़ती है।"

"लेकिन यह आज़ाद रिश्ता तुम दोनों का साझा फैसला था। तब नहीं सोचा?"

"मैंने तो सोचा था, हमारा यह रिश्ता जिन्दगी को बेहतर शक्ल देगा। यहाँ न गैरजरूरी बन्धन होंगे, न सामाजिक दबाव। हमारा रिश्ता हमें करीब लाकर भी मुक्त रखेगा।"

"दबाव तो भावात्मक भी होते हैं, वरुण! मुक्ति कहाँ सम्भव है?"

"जानता हूँ। पर उन्हें हम आपस में मिल-बैठकर सुलझा सकते हैं। पर वह मानती ही नहीं, एक ही रट लगाए बैठी है, 'मेरे पापा तुम्हें अपना दामाद मानते हैं।' मैंने कभी कोई वादा नहीं किया शादी का। यहाँ अजीब जबरदस्ती है। एक तो काम का दबाव। ऊपर से ईशा का दमघोंटू तनाव। वही मिडिल क्लास मेंटैलिटी, चाहे वह माने न माने।"

"और तुम रिता के साथ खुश हो? ...कोई नई शुरुआत?"

"प्लीज़ मम्मा! अब तुम ईशा की तरह बात मत करो। कहा न, वह मेरी कलीग है। पुरुष दोस्त भी हैं, कभी-कभार लंच लेता हूँ उसके साथ। सच मानो तो ईशा मेरे ज़ेहन पर भी कुछ इस कदर हावी हो गई है कि किसी लड़की से जरा भी आत्मीय हो जाऊँ, तो उसका चेहरा बीच में आ जाता है। उसकी आँख बराबर मेरे एकान्त में खलल डालती है। मैं परेशान हो जाता हूँ। मैं भी उसे भूलना नहीं चाहता। बस अपने वजूद को बचाए रखना चाहता हूँ। ...काश मम्मा! वह इतनी सी बात समझ लेती।"

वरुण की भूरी पुतलियों में अवसाद की परछाइयाँ बताती हैं कि वह अपने ही बनाए जाल में उलझ गया है। न वह ईशा को भुलाना चाहता है और न ही उसे समझा पाता है कि उसका सर्वग्राही प्यार उसे जकड़ने लगा है, जबकि वह उसे अपनी मुक्ति बनाना चाहता था।

विदा में हाथ हिलाते मम्मा के भीतरी रसायन में भापीली हिलोर उठती है।

"लाइफ़ इज़ सैड मम्मा!"

वह चाहती है स्पीड ब्रेकर पर रुकी ईशा-वरुण की गाड़ी आगे-पीछे निकल ले। शायद दोनों धक्का मारकर उसे बाहर निकाल भी दें। क्या कहा जा सकता है? अगले पल के बारे में कुछ भी तो अनुमान नहीं

लगाया जा सकता। सिर्फ उम्मीद की जा सकती है कि 'ओपन' रिश्तों का अन्त भी ओपन हो सकता है।

चुप्पी की धुन

वह रहने नहीं आया था, लौटना तो उसे था ही, पर इस आने और जाने, मिलने और बिछड़ने के बीच, कभी वह देश-विदेश में भटकता, प्रतीक्षा के लम्बे दौरों से गुजरता और कभी रुक-रुककर, 'मैं यहीं हूँ' की दस्तकें देता रहा।

उसके अचानक दिखने और पलक झपकते गायब होने के आँखमिचौनी खेल में, एक दिन वह इस तरह अदृश्य हो गया कि लगा अब वह अपने नाम और उस नाम के अर्थ के साथ हमेशा के लिए चला गया। लेकिन ताज्जुब कि वह कहीं नहीं गया, चेतना की गहराई में उतर, हमेशा के लिए वहीं बस गया। चुप और अडोल!

दरअसल उन दोनों को सागर से बड़ा लगाव था। जुड़ने और अलग होने के बीच वह सागर, जिसे सजल ने कैनवस पर उतारा था, उनके साथ-साथ, अपने ज्वार-भाटों के संग साँसें लेता रहा। कभी लहरों के उद्दाम आवेगों में उन्हें लपेट लेता, कभी शान्त सतह पर बिछलते सुनहरे जादू से रोमांचित कर देता। वहाँ खुद को खुद से अलग कर, चाहने और होने के रहस्य को परत दर परत खुलते देखने का आतंक भरा सुख था।

लेकिन यह सब तो बाद की बातें हैं। पहली मुलाकात में तो किसी जुड़ाव की दूर-दूर तक कोई सम्भावना नज़र नहीं आई थी। न युवा धड़कनों में कोई हलचल हुई, न ही कोई तिलिस्म घटा, बल्कि उनका मिलना ही गैर-रूमानी ढंग से हुआ था।

उस दूर पार के महानगर में पापा के तबादले के कारण स्वाति को अपनी अच्छी-भली नौकरी छूट जाने का दबा-दबा गुस्सा था। माँ के साइटिका-गठिए के कारण, नए शहर में उनकी नई तकलीफ़ों-परेशानियों

की सम्भावना से डरकर वह परिवार के साथ तो हो ली, पर मन कहीं रम नहीं रहा था। महानगर की आपाधापी, दोस्तों-साथियों का छूट जाना, ऊपर से दिन भर घर में बैठकर पढ़ाई-लिखाई के व्यर्थ होने का मर्सिया पढ़ना।

उन्हीं ऊँघते दिनों में पापा के मित्र मिश्रा जी ने उबारा, "किसी दिन ऑफ़िस आ जाओ, प्रिंसिपल के नाम पत्र दूँगा, मेरे परिचित हैं। फिलहाल, दो महीने का लीव चांस है, इस बीच कहीं और भी कोशिश कर सकते हैं। तुम्हारे पास क्वालिफिकेशंस हैं।" वगैरह! मौका पाते ही फोन पर मिलने का समय-स्थान तय कर स्वाति दफ़्तर पहुँच गई थी।

मिश्रा जी का दफ़्तर खँडहर होने को तैयार बैठे हवेलीनुमा मकान की ऊपरली मंजिल पर था। स्वामी उन रंग उड़ी जालीदार बारादरियों-बालकनियों से सजी हवेली की निचली मंजिल में दाखिल हुई, जहाँ दाईं तरफ बड़ा सा हॉलनुमा कमरा था। सफेद चद्दरों, गावतकियों से सजे उस कमरे में कई छोटे-छोटे सन्दूकचियों-डेस्कों के सामने कुछ सेठ, कुछ मुंशीनुमा सूरतें बहियाँ खोले शायद हिसाब-किताब देखने में मसरूफ़ थे। स्वाति उन व्यापारीनुमा सेठों के सामने खड़ी उजबक-सी सोचती रही कि यहाँ किस तरह का ऑफ़िस हो सकता है? लेकिन जब फ़िल्मी मुंशी जैसे दुबले-पतले व्यक्ति ने ऐनक के नीचे से घूरते हुए उससे वहाँ खड़े होने का कारण पूछा तो वह थोड़ा हड़बड़ाई, "जी, वह मिश्रा जी से मिलना था। यही पता दिया है।"

"ऊपर जाइए," उसने सीढ़ी की तरफ उँगली उठाकर कहा। कई जोड़ी आँखों ने जैसे पूछा, "मिश्रा जी को जवान लड़कियों से क्या काम हो सकता है?"

सीढ़ियों पर अँधेरा था। एहतियात से कदम रखते ऊपर पहुँची, कतार में खड़े कमरों के बीच गलियारे से गुजरते उसने एक अधखुले दरवाज़े में मुँह घुसा मिश्रा जी का कमरा पूछा।

"सीधे सामने की तरफ जाइए, आगे हॉल मिलेगा, वहीं बैठते हैं मिश्रा जी। अभी आए नहीं हैं शायद! आप इन्तज़ार कर सकती हैं।"

वे धोती-कुर्ताधारी भव्य से दिखते सज्जन थे। शायद मालिक होगा। स्वाति को थोड़ी आश्वस्ति सी हुई। सभ्य लोग भी रहते हैं यहाँ।

कई पार्टिशनों में बँटे हॉल के तीन-चार मनुष्य रहित मेज-कुर्सियों-अलमारियों और तमाम अंगड़-खंगड़ सामान से अटे कैबिनों को लाँघ जब वह आखिरी कैबिन के पास पहुँची, तो नीम अँधेरे में मेज पर फैले काग़ज़ों में मसरूफ़ एक धुँधले से आकार पर नज़र पड़ी। उस वक़्त जाने क्यों, नानी से सुनी उस अँधेरी गुफा की कहानी दिमाग में कौंध गई, जिसमें जंगल में भटकी हुई एक लड़की आश्रय की उम्मीद से घुस गई थी, जहाँ गुफा में घूमते-घूमते उसे एक दयालु शेर मिला था।

नीम अँधेरा, सुनसान सा कैबिन, एक अकेला बन्दा सामने बैठा! शेर हमेशा दयालु नहीं होता। फिर यह जंगल नहीं शहर था, आदमखोर जानवरों से अँटा पड़ा। एक युवा लड़की का नरम मांस मिलेगा, तो छोड़ेगा क्या?

पहली प्रतिक्रिया हुई कि जहाँ से आई है, वहीं लौट चले। वह शायद मुड़ी भी, पर पार्टिशन की दीवार से टकराकर जो हल्की सी धप्प की आवाज़ हुई, कुर्सी पर बैठे आकार ने हरकत की, "कौन?"

"मैं स्वाति, स्वाति कुमार। मिश्रा जी से मिलने आई हूँ। उन्होंने बुलाया है।" स्वाति ने हड़बड़ाहट में अपना नाम-काम एक ही साँस में उगल दिया।

"बैठ जाइए," एक दमदार आवाज़ कैबिन में गूँजी, "एक मिनट लूँगा।"

आवाज़ का जादू था या अदब का तकाज़ा, स्वाति सामनेवाली कुर्सी पर बैठ गई। चौकन्नी आँखों ने अँधेरे के अभ्यस्त होते ही आसपास पड़ी दो कुर्सियों, किताबों से ठुसी पड़ी अलमारी और मेज पर फैले काग़ज़ों के ऊपर झुकी उस काया को देख लिया, जो कुर्सी पर बैठी हुई भी खड़ी लग रही थी, क्योंकि सामने पड़े फर्नीचर का हर हिस्सा उसके सामने बौना लग रहा था।

उड़ती नज़र से देखा, उम्र कोई पच्चीस से तीस के बीच हो सकती है। जरूर किसी सरकारी दफ़्तर का बाबू होगा, जो काम कम और अगले के सामने फालतू में व्यस्त दिखने का नाटक कर रहा है। इधर सही, उधर एक स्ट्रोक जैसा कुछ करनेवाला बन्दा क्या कोई चित्रकार है? मिश्रा जी तो वह नहीं हो सकता। जो भी हो, आदमखोर नहीं लग रहा, यही क्या कम है?

स्वाति खामोश कमरे में आवाज़ों की टोह लेती, चौतरफा मुआयना करने लगी। नीचे हलचल होने के बावजूद ऊपर के कमरे खास चुप थे। बाईं तरफ काँच जड़ी लम्बी सी खिड़की थी, जिस पर धूल-मैल की बेहिसाब परतों की पृष्ठभूमि में कबूतरों की बीट ने पोल्का-डॉट वाली पेंटिंग बना दी थी। स्वाति के भीतर हँसी फूट रही थी। इस चित्रकारी माहौल में बेचारी सूर्य किरणें अभेद्य शीशों से माथा पीटकर लौट जाने के सिवा कर भी क्या सकती हैं?

खिड़की के ऊपर खिड़की जैसा ही धुँधला रोशनदान था, जिसकी जरा सी खुली झिर्री में चिड़ियों ने ढेर सारे तिनके घुसा दिए थे। एक नन्ही गौरैया चोंच में तिनका लिये बार-बार काँच से टकरा रही थी। शायद घोंसला बनाने की फिराक में थी।

स्वाति को चिन्ता सी हुई, कहीं यह नन्ही जान ज़ख़्मी न हो जाए? इस बीच कुर्सी पर बैठा व्यक्ति काग़ज़-पेंसिल समेट स्वाति से मुखातिब हुआ। "आप शायद यहाँ पहली बार आई हैं।" उसकी आवाज़ से सोया कमरा जाग उठा लगा, उसने यह आवाज़ कहीं सुनी है।

"जी, मिश्रा जी ने बुलाया था," उसने एक बार फिर दोहराया।

"मैं समझ गया, लेकिन मिश्रा जी दो दिन की छुट्टी पर गए हैं, उन्हें अचानक ही जाना पड़ा। आप दूर से आई लगती हैं, इसी से आपको रोका।"

पुरुष ने बेल बजाकर पानी मँगाया। अपना नाम सजल शर्मा बताया। सजल! क्या सजल नाम था उसका? पता नहीं, शायद नहीं—"मैंने आपके काम में बाधा डाल दी। आयम वेरी सॉरी।" वह बैग कंधे पर सँभालती उठने लगी तो उसने आग्रह किया, "बैठिए दो मिनट, चाय पी लेते हैं, मुझे भी तलब लगी है। अब तो आपने काम में बाधा डाल ही दी।" सजल मुस्कुराया, स्वाति ने उसकी उजली दंतपंक्ति देख ली। शायद वही है। पूछे क्या?

"मिश्रा जी से कुछ जरूरी काम था?"

"जी, दरअसल..." वह हिचकिचाई।

"कोई जरूरी नहीं है बताना। मैं तो यों ही पूछ बैठा था।"

"नहीं, नहीं, ऐसी छिपाने लायक कोई बात नहीं।"

स्वाति ने नौकरी सम्बन्धी जरूरतों की बात की। यह भी बताया कि वह यू.पी. से है, यह महानगर उसे अच्छा नहीं लगा। बिलकुल पराया सा लगता है, घर से कितना तो दूर भी है। पापा के तबादले ने काफी समस्याएँ पैदा कर दी हैं। बातों-बातों में यह भी बताया कि यों तो वह दिल्ली में भी रह चुकी है, पढ़ाई के लिए, पर नौकरी उसने लखनऊ में ही की।

पता चला कि सजल शर्मा भी दिल्ली यूनिवर्सिटी में पढ़ चुका है। स्वाति से दो साल सीनियर रहा है।

अचानक हल्का सा जुड़ाव महसूस हुआ। स्वाति को सजल की आवाज़ का जादू समझ में आया। पहचानी सी लगी थी सजल की आवाज़। उसे खुशी हुई और उसने वह जाहिर भी की।

पहचान का प्रमाण देते महाश्वेता देवी का नाटक 'हज़ार चौरासी की माँ' याद दिलाया, जिसमें सजल ने विद्रोही युवा की भूमिका निभाई थी। नाटक, डिबेट्स, गेम्स। हर जगह तो मौजूद था सजल! छह फुट लम्बा, हँसती आँखोंवाला सजल शर्मा।

"हाँ, दुनिया भर की खुराफ़ातों में हिस्सा लिया है मैंने। पर कमाल है कि मैं वहाँ आपसे मिला नहीं। कहाँ छिपी रहती थीं?" सजल धीरे-धीरे खुलता गया। संवाद जमने लगा।

"लड़कियाँ आप पर फ़िदा थीं, पर मैं स्वभाव से संकोची रही हूँ। फिर आप जल्दी चले भी गए थे।"

"यानी चला न गया होता तो हमारी दोस्ती होने की सम्भावना थी।" सजल मुस्कुराया। स्वाति ने देखा, धूप सी फैलती है वह मुस्कुराहट। सहज वार्तालाप! यादों के खुलते कैनवस और सजल की अपने बारे में जानकारियाँ! काफी कुछ जान गई स्वाति पहली ही मुलाकात में। यह भी कि दिल्ली यूनिवर्सिटी से एम.ए. करने के बाद वह बम्बई चला गया था। पेंटिंग में मन रमता था। जे.जे. स्कूल ऑफ आर्ट्स में दाखिला लिया।

उसके पास कहने को बहुत कुछ था। उसने तय किया है कि वह फ्रीलांसिंग करेगा। वह दूर-दराज की बस्तियों, जंगलों में घूमकर आदिवासियों, घुमन्तुओं की जिन्दगी कैनवस पर उतारना चाहता है।

चाहता है फूलों की गंध, लोरियों की ध्वनियाँ और सागर की हरहराहट अपने चित्रों में भर दे। यहाँ एक दोस्त के कहने पर आया, दो साल का कॉन्ट्रैक्ट है, पर काम पूरा होते ही चला जाएगा।

स्वाति चलने को हुई तो सजल भी साथ हो लिया, "आपको बस स्टॉप पर छोड़ आता हूँ। यहाँ से एक बस सीधी आपके घर तक जाती है, पर उससे पहले आप मेरे साथ कॉफ़ी पिएँगी। यहीं पास में एक अच्छा कॉफ़ी शॉप है।"

"फिर कभी!" स्वाति को नीचे सन्दूकचियों के पास बैठे व्यापारियों की उन्हें साथ देखकर चौड़ी होती आँखें दिखाई पड़ीं, लेकिन उसने 'नहीं' कहने का मौका नहीं दिया।

कॉफ़ी अच्छी लगी, सजल भी।

"यहाँ बैठकर ठहाके लगाए जा सकते हैं, दफ़्तर की घुटन से कुछ देर के लिए छुटकारा भी जरूरी है न?"

उस बार तो नहीं, पर दूसरी बार मिलने पर स्वाति ने उससे पूछा या कहा था, "आप यहाँ कैसे रहते हैं? आई मीन, यह अँधेरा, घुटन-सी है न? और आसपास के लोग तो मुझे बनिये जैसे लगे।"

सजल ने टेबल लैम्प का स्विच ऑन किया था, "अब ठीक है न? और घुटन से राहत के लिए अपना रेस्तराँ है। अब आप, नहीं तुम, मिलने आया करोगी तो घुटन भी सही जाएगी। अपना काम और तुम। बस और क्या चाहिए? बनियों-दुकानदारों की चिन्ता वह करे, जिसे उनके बीच रहना हो।"

बस स्टॉप पर सजल ने मुस्कुराकर हाथ हिलाया तो स्वाति ने सोचा, वह सजल से दोबारा मिलेगी। बस इतना ही।

घर जाकर कुछ लौटता रहा तो सिरहाने पर सिर रखते, सजल की आवाज़ का जादू, 'अब तो हम अपरिचित नहीं रहे न?'

दूसरी बार फोन करके आई। मिश्रा जी ने स्थानीय वीमेंस कॉलेज के प्रिंसिपल के नाम चिट्ठी दी, "कल ही चली जाना, मैंने उनसे बात कर ली है। दो महीने के लिए तो काम है, इस बीच दूसरी जगहों पर कोशिश करेंगे। चिन्ता मत करो, जैसे तुम्हारे पिता, वैसा मुझे भी समझो।"

मिश्रा जी से मिलकर लौटते हुए सजल के कैबिन में झाँका, उसकी कुर्सी खाली थी। मेज पर फैले पन्ने पंखे की हवा से फड़-फड़ कर रहे थे।

स्वाति उदास-सी हो गई। गोकि अपना उदास होना उसे खुद भी कुछ अटपटा-सा लगा। रोज तो कितने लोगों से मिलना होता है, इस बन्दे में ऐसा क्या खास है? उसने खुद को डाँटा।

लेकिन मन बुझ-सा गया। लम्बा गलियारा पार करते वह खुले-अधखुले कमरों को नज़र भर देख आवाज़ें टोहती रही।

सीढ़ियाँ उतरते सजल लपकता हुआ बरामदे से ऊपर आता दिखा। एकाध धड़कन अचानक उछल गई। अँधेरी सीढ़ियों पर स्वाति से टकरा गया सजल। हड़बड़ी में क्यों था?

"अरे तुम! कब आई, काम हो गया?" क्या वह उसी का इन्तज़ार कर रहा था?"

"ओहो, इतने सारे सवाल?" स्वाति हँस पड़ी।

"अच्छा, अच्छा, एक मिनट में आता हूँ। कॉफ़ी पीनी है। रेस्तराँ याद है न?" सजल ने इतने करीब आकर बात की कि होंठ कानों से छू गए। स्वाति इनकार नहीं कर पाई। चाहती तो वह भी थी।

उस बार वे ज्यादा देर कॉफ़ी शॉप में बैठे गपियाते रहे।

सजल स्वाति को अपनी महत्त्वाकांक्षी दुनिया में घुमाता रहा। वह चित्रकला को अभिव्यक्ति का माध्यम ही नहीं, अपना भविष्य भी बनाना चाहता है। पाखंड पर्वों को 'उत्सव' की तरह मनाती व्यवस्था में वह तमाशाई बनकर जीना नहीं चाहता।

सजल ने कहा, वह आज़ाद रहकर ही खुलकर रिएक्ट कर सकता है। बँधकर जीना उसे कबूल नहीं है। उसे दूर जाना है। स्वाति ने शुभकामनाएँ दीं, "आप में रचने का उत्साह है। मैं उम्मीद करती हूँ, आप पिकासो की 'गुयरनिका' जैसी महत्त्वपूर्ण कलाकृति बनाएँगे एक दिन!"

"पता नहीं, पर समय के विद्रूपों की प्रतिक्रियास्वरूप जो भी कृति रची जाती है, वह कलाकृति हो या कथाकृति, अगर कलाकार उसे ईमानदारी और संवेदना के स्ट्रोक देता है, वह महत्त्वपूर्ण हो ही जाती है।"

स्वाति ज्यादा महत्त्वाकांक्षी नहीं थी। अंग्रेजी में एम.ए., एम.फिल., करने के बाद कॉलेज में पढ़ाना, कभी-कभार छिटपुट कविताओं में खुद को उड़ेल देना और घर के छोटे-बड़े दायित्वों के दायरे में ही उसकी दुनिया चहलकदमी करने को स्वतंत्र थी।

सजल ने उसकी कविताएँ सुननी चाही। कहा, वह भी कभी-कभी कुछ पंक्तियाँ घसीट लेता है, पर शायद स्वाति को वो पसन्द न आएँ।

"वाह, बिना सुनाए ही फैसला दिया, आप गलत भी हो सकते हैं।" स्वाति ने नाराज़गी दिखाई।

"हो सकता है गलत होऊँ, पर अक्सर पढ़ने-पढ़ाने और कविता करनेवाली घरेलू किस्म की संकोची लड़कियाँ भावुक होती हैं, जिनकी महत्त्वाकांक्षाएँ शादी करके बच्चे पालने, उनको जमाने, शादी-वादी कर सेटल कराने के आसपास ही घूमती रहती हैं।"

"माफ कीजिए, लड़कियों के बारे में आपकी जानकारी बहुत कम है।"

सजल ने ठहाका लगाया, स्वाति गुस्सा नहीं हो पाई। दूसरी मुलाकात में ही सजल दोस्त बन गया। स्वाति ने कॉलेज ज्वॉइन किया और मुलाकातें बढ़ने लगीं। कभी कॉफ़ी शॉप, कभी पार्क, पर समुद्र का किनारा उनकी पसन्दीदा जगह बन गई। रेत के विस्तार पर बैठे वे समुद्र को उफन आते और अपने में लौटते देखते रहते। वे उद्दाम आवेगों के दिन थे। समुद्र उनके भीतर भी उमड़ आता। स्वाति तट को थामे बहने से खुद को रोक लेती। सजल भी शायद अपने आप से लड़ रहा था, गोकि उसे यह सब सहज-स्वाभाविक को नकारने का ढोंग ज्यादा लगता। सही-गलत की उसकी अपनी परिभाषाएँ थीं। स्वाति से उसने कहा भी था, "तुम नैसर्गिक को नकारकर बीमारियाँ पालती हो।"

स्वाति को सजल बेहद क्रूर लगा था उस दिन! उसने कोई सफाई नहीं दी थी। लेकिन अगली बार अपने और सजल के बेनाम रिश्ते को उसने नाम देने की बात की थी। वह रिश्ता बिना किसी शर्त और वादे के, अपना जरूरी होना घोषित कर गया था।

"हर रिश्ते को नाम देना जरूरी नहीं है," सजल ने बेलाग बात की।

"हम एक समाज में रहते हैं तो रिश्ते बनेंगे और समाज में उनकी स्वीकृति के लिए उन्हें नाम देना ही पड़ेगा।" स्वाति बने-बनाए जुमले बोल रही थी। पच्चीस सालों तक सुनी संहिताएँ उनमें झाँक रही थीं।

"मैं कब इनकार करता हूँ, सम्बन्धों का होना तो जीने की शर्त है।"

"फिर नाम से चिढ़ क्यों है?"

"नामों में बाँधकर हम सम्बन्धों की सीमाएँ तय करते हैं। तय की गई सीमाएँ हमें बुरी तरह जकड़ लेती हैं। मुझे यह जकड़न पसन्द नहीं।"

"दो जने जब एक-दूसरे में पूर्णता ढूँढ़ना चाहते हैं तो शादी करने में एतराज क्यों? इसमें जकड़न जैसी चीज़ क्यों आएगी?" यह बात स्वाति ने सजल से मिलने के सालभर बाद तब कही थी, जब उसके पापा उसकी शादी तय करना चाहते थे।

"विवाह बाँधता है स्वाति, प्रेम मुक्त करता है। प्रेम को प्रेम ही रहने दो, उसे बाँधो मत। तुम्हारे साथ यह अहसास पहली बार हुआ है।"

स्वाति जानती थी, वह घरवालों को सजल का दर्शन समझा नहीं पाएगी। उसके घर-समाज में हर रिश्ते का नाम जरूरी था। चीज़ों को हासिल कर उन पर मुहर लगाना, सजल के लिए यह जबरदस्ती थी और जबरदस्ती में सम्बन्ध घुटकर मर जाते हैं, सिर्फ निभाव भर रहता है। "मैं तुम्हारे साथ ऐसा नहीं कर सकता। नहीं स्वाति, मैं तुमसे शादी नहीं करूँगा, मुझे गलत मत समझो।"

स्वाति महीना भर सजल से नहीं मिली। भीतर कुछ ढह गया। क्या उसने हवा में ही कोई महल खड़ा कर दिया था? उसकी कोई जमीन नहीं थी?

"स्वाति, मैं बोहेमियन किस्म का आदमी हूँ। स्वभाव से यायावर! एक जगह बँधकर नहीं रह सकता। तुम्हें मुझसे कुछ अपेक्षाएँ होंगी, मैं शायद उन्हें पूरा न कर पाऊँ और तुम्हारे दुःखों का कारण बन जाऊँ। एक बात याद रखो, मैं तुम्हें दुःख नहीं देना चाहता।"

अजीब किस्म की साफ़गोई थी। ये बातें उसने तब कही थीं जब स्वाति के भीतर इच्छाओं के परिन्दे आसमान में उड़ान भरने लगे थे।

उसने कहा, 'मैं बँधना नहीं चाहता।' लेकिन वह बँध गया था। उसकी हथेलियाँ स्वाति के नरम-गरम स्पर्श ढूँढ़ने को अकुलाती थीं। स्वाति का

हाथ अपने हाथ में लिये वह घंटों चुपचाप लहरों का आलोड़न देखता रहता। स्वाति कहती, "कुछ कहो न, चुप क्यों बैठे हो?"

"चुप कहाँ हूँ? तुम तक 'ध्वनि तरंगें' पहुँचती नहीं क्या? नाड़ियों में दौड़ते रक्त की भाषा समझने की कोशिश करोगी तो जान लोगी, चुप्पी कभी-कभी बहुत कुछ बोलती है। हाँ, तुम जानबूझकर अनजान बनो तो दूसरी बात है।" उसकी आँखें शरीर हो उठतीं। ऐसे में सजल बाँहों में उसे घेर लेता तो पनियल गंध लिये आते हवा के खुशनुमा झोंके उसका देह-मन थरथरा देते।

क्या यही प्रेम था? या सदियों से चला आया आदम और हव्वा के बीच का आकर्षण मात्र? कुछ गहरा तो था उन दोनों के बीच, जो फेनिल उन्माद की तरह उफन आता भी, महज साथ होने के अहसास से, नरगिसी गंध सा साँसों में महक उठता। उन्होंने अतियों से बचना तय कर लिया था।

स्वाति ने सजल से बहस करना छोड़ दिया। तमाम असहमतियों के बावजूद एक खिंचाव था, जो बार-बार सजल की तरफ धकेलता था। उसकी बातें, उसकी चुप्पी, उसके ठहाके और उसकी मुस्कुराहट, जिसके बीच उसके होंठ इस कदर मुखर हो उठते कि छू लेने की इच्छा जागती थी।

चार दिन मुलाकात न होती तो सजल का फोन आ जाता।

"कौन? कौन है यह सजल? क्या चाहता है?" तब माँ की भौंहें जुड़ जातीं, पिता चौकन्ने हो उठते। वह फोन का चोंगा कान पर रखे चुपचाप सुनती रहती। हाँ, हूँ में उत्तर देती। सजल की आवाज़ में मोम सी पिघलती रहती। बोलते रहो सजल! काश वह आवाज़ हमेशा उसके कानों में गूँजती रहे, आत्मा तक उतरते गीत की धुन! कोहसारों से पिघलती बर्फ के मीठे झरनों की धुन!

काश! वह मायावी तिलिस्म कभी खत्म न होता! सजल ने कभी अपने को सही और उसे गलत साबित नहीं किया। वह प्रश्न थमा देता, "जो समाज तुम्हारे दु:ख नहीं बाँट सकता, उसे तुम्हारे सुख से एतराज क्यों होना चाहिए?"

स्वाति अपनी ऊहापोह का कोई समाधान चाहती, क्या करे वह? अलग हो जाए सजल से? माँ-पापा का कहना मान शादी कर ले?

"अपने प्रश्नों के उत्तर तुम्हें खुद ही ढूँढ़ने हैं स्वाति! अपनी इच्छा की हदें भी तुम ही तय करोगी। वही सही होगा। दूसरों के फैसले और दिए गए अनुशासन कम से कम मुझे रास नहीं आते।" सजल की बातों में कोई झोल नहीं रहता।

"नाराज़ हो मुझसे? मैं कोई फैसला नहीं ले पाती न?"

"नहीं, मैं तुमसे नाराज़ नहीं हो पाता। पर जानता हूँ, तुम बहुत भावुक हो, और मैं भावुकता से दूर रहता हूँ।"

"मुझसे दूर रहना चाहते हो?" स्वाति को खरोंचें लगतीं।

"तुमसे नहीं पगली, तुम्हारी भावुकता से।"

स्वाति एक बार सजल की पेंटिंग्स देखने उसके कमरे पर गई थी। कमरे में कैनवस, रंग, कूँचियाँ और कई बने-अधबने चित्र यहाँ-वहाँ रखे गए थे। पलंग पर पड़े पेन, कुछ किताबें हटाकर उसने स्वाति के बैठने के लिए जगह बना दी थी। "कुछ लोग करीने के कायल होते हैं, मुझे तो करीने से रहना भी नहीं आता।"

"अकेले रहने में यही सुविधा है। जैसे मन हो रहो।"

सजल के चित्रों में कहीं दबा-दबा आक्रोश था, कहीं लम्बी सड़कें, कहीं अँधेरी गुफाएँ। कहीं आकाश की ओर उठी बाँहें। काले-सुरमई रंगों का प्रयोग ज्यादा था। अजीब हताशा और घुटन का सा अहसास। सजल ने एक बँधा हुआ चित्र खोला—"यह देखो, गृहस्थन!"

स्वाति चित्र देखकर चौंक गई। "अरे!...अरे, यह कब बनाई? यह तो तुम्हारे कमरे के रोशनदान की चिड़िया है। इसे गृहस्थन नाम क्यों दिया?"

"समझ लो! उम्रभर तिनके बटोर घोंसले बनाना और अपने दायरों के काँच से सिर फोड़ते, पत्नी-माँ-बहू आदि-इत्यादि की भूमिका में जिन्दगी के आदि-अन्त ढूँढ़नेवाली गृहस्थन से किस अर्थ में कम है यह चिड़िया?"

"तुम हर दृश्य को अर्थ देना जानते हो, सजल!" स्वाति अभिभूत थी।

"इसे देखो!" सजल ने स्वाति के आगे समूचा सागर फैला दिया।

"वाह! कितना सुन्दर!" स्वाति कुछ देर सागर तट पर बैठ गई। लेकिन यह कैसा समुद्र था? एक तरफ झागल उफानों में हरहराता तट को छूने लपक आता, दूसरी तरफ शान्त सतह पर सूर्य किरणों से लाड़

भरी सुनगुन की धुनें बजाता। एक तरफ ढेर सारे शंख-सीपियाँ, घोंघे तट पर बिखरे हुए, दूसरी तरफ रेती पर दो जोड़ी पैरों के निशान रुके हुए।

"सागर कई शक्लों में एक साथ, एक ही समय, यह कैसे मुमकिन है, सजल?" स्वाति किसी अबोले प्रश्न का उत्तर चाहती थी।

"होता है स्वाति! सब कुछ सम्भव है सृष्टि में, और हमारे भीतर की दुनिया में भी। तुम जानती हो!"

तब वह नहीं जानती थी, बाद में शायद जान गई हो। तब उस ठंडे कमरे में सजल ने उसे बाँहों से घेरा था, और उसका गला प्यास से तड़कने लगा था। सागर की उन्मत्त लहरें उसकी धड़कनों में पछाड़ें खाने लगी थीं, उसने सागर में डूबने के भय से सागर का ही सहारा लिया था।

लेकिन सजल उसे हल्के से भींचकर अलग हो गया था, तब उसकी नज़रें कमरे की उस चौड़ी संध पर थीं, जहाँ से उसकी मकान मालकिन की साड़ी का नीला किनारा उनकी जासूसी कर रहा था।

"यहाँ कुछ नहीं हो सकता।" उसने सपाट चेहरे से कहा था।

स्वाति ने अपमानित महसूस किया, "तुम मुझे गलत समझ रहे हो।"

"सफाई मत दो स्वाति! तुम्हारा-मेरा चाहना अलग नहीं है। चाहना-न चाहना शरीर का तर्क नहीं, दिमाग की कसरत है। अभी मेरा दिमाग कह रहा है, तुम्हें घर जाना है। देर होने पर तुम्हें सवालों के जवाब देने पड़ेंगे, जो मैं बिलकुल नहीं चाहता।"

कितनी सफाई से उसने सहज होने की कोशिश की थी।

आठेक दिन बाद सजल का फोन आया। उसने बिना भूमिका बाँधे कहा, "मैं जा रहा हूँ।"

स्वाति की आवाज़ बन्द हो गई। क्या सब कुछ खत्म हो गया?

"सुनो, मैं जा रहा हूँ, कल रात की ट्रेन है। कल मिल सकती हो?" आवाज़ में अनुरोध था या आग्रह, स्वाति जान नहीं पाई थी।

उस बार वे समुद्र किनारे ही मिले। उस बार सागर की आवाज़ स्वाति को बेहद करुण लगी। वह रोने-रोने को हो आई।

"तुमने एक बार पूछा था, मैं यहाँ कैसे रह लेता हूँ?"

"हूँऽऽ।" स्वाति ने जैसे कोई अपराध किया हो।

"मैं पूरे दो साल उस नीम अँधेरे कमरे में रहा, जहाँ धुँधली खिड़कियों पर चिड़ियाँ सिर पटकती थीं, कबूतरों की बीट और धूल से बिदककर रोशनी बाहर से ही लौट जाती थी। वह इसलिए कि यह मेरी यात्रा का एक पड़ाव भर था। मैं यहाँ रहने नहीं आया था।"

"जानती हूँ, पर इतनी जल्दी?" वह आँसू रोक नहीं पाई थी।

समुद्र उनके पाँव छूने लगा था और हवा अपनी रोजमर्रा की रफ़्तार से आवाजाही कर रही थी। कुछ जलपाँखी पंख फड़फड़ाते उनके सिरों के ऊपर से गुजरकर निकल गए थे।

"मुझे कभी याद करोगे?" स्वाति ने आँखें पोंछ ली थीं।

"याद क्या होती है?"

स्वाति उजबक-सी देखने लगी थी।

"मेरा मतलब, मेरा ख़याल आएगा कभी?"

"मुझे किसी के ख़याल नहीं आते।"

बहुत निर्दयी लगा था सजल तब। छुरी-कैंचियों वाला डाक्टर, जो फोड़े को नासूर बनने से पहले ही काट डालता है। सजल कहता था, भावुकता उम्रभर रुलाती है, जीने नहीं देती, मैं तो भावुकता पर नश्तर चलाता हूँ।

तो क्या स्वाति का प्यार महज भावुकता था, जिसका चीरा लगाकर सजल ने उसे तकलीफ़ों से आज़ाद कर दिया था?

बीतते-बीतते पूरे बारह साल बीत गए। लम्बे बारह साल। देश-दुनिया और स्वाति के जीवन में भी काफी कुछ बढ़ाते-घटाते, प्रत्याशित-अप्रत्याशित बारह साल। स्वाति की शादी हुए ग्यारह साल बीत गए। वह नौ और सात वर्षों के ईशा और मनन की माँ, वर्मा परिवार की बहू और बिज़नेसमैन गौरव वर्मा की पत्नी बनी। माँ-बाबा दो सालों के अन्तराल में गुजर गए और अकेला भाई सिंगापुर में बस गया।

शादी के बाद स्वाति दिल्ली में ही बस गई। वहीं नौकरों की, घर-परिवार, बच्चों और नौकरी की खटराग के बीच लम्बे साल कैसे बीत गए, मालूम ही न पड़ा।

नहीं, वह सजल को भूली नहीं। उसने जाने के बाद दो सालों में चार

पत्र लिखे, जिनमें स्वाति के लिए चिन्ता थी, चकित करनेवाली आत्मीय चिन्ता, क्योंकि यह चिट्ठियाँ उसी सजल ने लिखी थीं, जिसने विदा होते समय स्वाति से कहा था, 'मुझे किसी के ख़याल नहीं आते।'

पत्र स्वाति को गहरे छू लेते। उनमें उसी सागर का उन्माद था, जिसे सजल ने कैनवस पर उतारा था। उनमें बीता हुआ समय फ्रीज़ हो गया था। कमाल का ऑब्जर्वर था सजल। उसे अलग होते वक़्त खुद के क्रूर होने का अहसास कचोटता था, शायद तभी उसके पत्रों में क्षमा-याचना, मनुहारों और चुम्बनों के सहलाते स्पर्श थे।

स्वाति का एकान्त अपना था, पर सजल के पत्रों से उसकी गृहस्थी में तूफान आ सकता था। उसने सजल को पत्र लिखने की मनाही कर दी। जिस सम्बन्ध को वह अपनी शक्ति बनाना चाहती थी, उसकी परिणति फूहड़ निम्नताओं में देखना स्वाति को मंजूर नहीं था।

सालों बाद शनिवार की एक दोपहर अप्रत्याशित घटा। दरवाज़े पर दस्तक का जवाब देते स्वाति ने शीशे से बाहर खड़े जिस व्यक्ति को देखा, उसे वह नितान्त अपरिचित लगा। हेमिंग्वे की दाढ़ी, गुरु कुर्ता, तंग मोहरी का पाजामा पहने, कौन था वह?

"आपको किनसे मिलना है?"

"नहीं पहचाना न? मैंने कहा था, गृहस्थन बनकर स्त्री अपने बनाए घेरों में इस कदर उलझकर रह जाती थी कि घेरों से बाहर का कुछ भी याद नहीं रहता।"

"ओ तुम! माई गॉड! अन्दर आओ। सॉरी, मैं तो बिलकुल पहचान ही नहीं पाई। कितने तो बदल गए हो तुम। यह दाढ़ी कब से रखी? सचमुच की है न?" स्वाति ने उत्तेजित आश्चर्य में कई सवाल एक साथ कर डाले।

"छूकर देख लो।" उसकी आँखों में वही, बारह वर्ष पहले का जाना-पहचाना अपनापन था।

बारह वर्षों में वह कहाँ से, कितना बदल गया था, इसे जानने की कोशिश में स्वाति ने उसे कुरेदा था, "एक बार तुमने कहा था कि तुम्हें किसी के ख़याल नहीं आते।"

"मैं तब बेवकूफ था।" बिना जिरह सजल ने कबूल किया था कि उसने बारह साल स्वाति से अलग होने के दुःख को खरोंचा था, जबकि उसे गुनगुने फाहे की जरूरत थी।

उसके पास कहने को बहुत कुछ था। कॉफ़ी सिप करते उसने अपनी यात्राओं, एकल प्रदर्शनियों, पुरस्कारों की थोड़े शब्दों में जानकारी देते नन्ही बेटी सोनल का जिक्र किया था।

"तो तुमने शादी कर ही ली।" स्वाति हल्के से हँस दी।

"हाँ, एक लड़की मिली कलकत्ते में, जिसे मेरे यायावर होने में एतराज नहीं था। मैंने उसे अपनी शर्त बता दी थी, उसने भी मुझे बाँधने की कोशिश नहीं की।"

"खुश हो न?" कोई पुराना काँटा खींचकर निकाला था स्वाति ने।

"खुश तो मैं हर हाल में रहता हूँ। तुम जानती हो।"

"हाँ, यह भी जानती हूँ कि बदलना आदमी का स्वभाव है। अच्छा है न! सोच-समझकर आदमी अपने रास्ते चुने, जहाँ सुविधा हो आगे बढ़े, जिधर चाहे मुड़ जाए। मन हो तो सम्बन्ध बनाए, जब जाए तो उनकी पोटलियाँ बनाकर पानी में बहा दे।"

स्वाति मजाकिया मूड में बात करना चाहकर भी आवाज़ की तल्खी छिपा नहीं पाई। क्या सजल ने सचमुच उसे चाहा था?

"तुम ठीक कह रही हो शायद! सम्बन्ध बनाना, बदलना, अपने रास्ते चुनना आदमी का स्वभाव है, पर प्रेम तो एक ही बार किया जाता है।" सजल ने बात का दंश नज़रअन्दाज़ कर दिया था।

"एक गृहस्थन प्रेम के बारे में क्या जानती है या क्या जान सकती है?" स्वाति विरक्त-सी हो उठी थी, पर सजल हार मानकर चुप नहीं रहा।

"एक बार अपने अन्दर झाँककर देखो, एकान्त में तुम्हें एक धुन सुनाई देगी, आत्मा तक उतरती धुन। वह धुन मैंने बार-बार सुनी है, स्वाति! तुमसे दूर जाकर, तमाम दुनियावी धंधों से गुजरते भी वह गूँज मुझे सुकून देती रही है। अगर तुमने कभी प्रेम किया है तो वह धुन तुम्हें भी सुनाई देती होगी। वह हर मुश्किल आसान कर देती है, स्वाति! किसी का कुछ नहीं छीनती।"

सजल एक बार फिर लम्बे प्रवास पर निकल पड़ा था। स्वाति सुबह-शाम की जिम्मेदारियों, उलझनों, छोटी-बड़ी खुशियों के बीच भरपूर जीते, जब कभी एकान्त में अपनी चाहों को टटोलती तो सजल सामने खड़ा हो जाता, "अपने अन्दर झाँककर देखो स्वाति, तो एक धुन सुनाई देगी, आत्मा तक उतरती धुन। वह धुन तुम्हें सुकून से भर देगी, वह किसी का कुछ नहीं छीनती।"

साल भर बाद सजल का फोन आया, "घर आऊँगा, मेरे साथ लम्बे ड्राइव पर चलना। बहुत सी बातें करनी हैं तुमसे।"

स्वाति इन्तज़ार करती रही, पर सजल नहीं आया। दूसरी बार भी फोन करके जब वह नहीं आया तो स्वाति को गुस्सा आने लगा, सजल से ज्यादा खुद पर। क्या पागलों की तरह रास्ता देखती रहती है। जब फुर्सत मिलेगी आ जाएगा। एक दोस्त ही तो है वह! उम्र और बदलते हालात में उस प्रेम के लिए कौन सी जगह बची है, जो उफन आई लहरों की तरह समूचे अस्तित्व को आलोड़ित कर गई थी सालों पहले।

और फिर उसका आखिरी फोन, "सॉरी, दो बार आने का वादा किया, नहीं आ पाया। एक बार गाड़ी का एक्सीडेंट हुआ, दूसरी बार हार्ट अटैक! दोनों बार अस्पताल पहुँच गया। अब कल श्रीधरानी गैलरी में मेरे चित्रों की प्रदर्शनी है, जरूर आ जाना। वह सागरवाला चित्र रखा है प्रदर्शन के लिए, उसे बेचा नहीं है। इस बार तुम्हें भेंट करूँगा। उसे लेने आ जाओगी न?"

वह दिए गए समय पर त्रिवेणी पहुँची। गैलरी बन्द थी। ऑफ़िस में जाकर पूछा, "यहाँ सजल की चित्र प्रदर्शनी है न आज?"

"आपको पता नहीं?" काउंटर पर बैठी लड़की ने आश्चर्य से कहा, "कल शाम ही उनको मैसिव हार्ट अटैक हुआ। ही इज़ नो मोर।"

सजल चला गया एक और ज़ख़्म देकर, गहरा अथाह! जो पता नहीं कभी भरेगा या नहीं। स्वाति उसकी भेंट, वह सागर की पेंटिंग उससे ले नहीं पाई। लेकिन आश्चर्य कि वह सागर स्वाति के अन्तस्तल में उतर आया। उससे भी बड़ा आश्चर्य कि अपने एकान्त की खामोशियों में स्वाति को एक करुण-सी धुन सुनाई पड़ती है, जो उसकी थकी शिराओं को अजीब सा सुकून देती है!

सूरज उगने तक

कमरे में अचानक सन्नाटा खिंच आया है। मेरे और मेरे घरवालों के बीच एक अदृश्य दीवार उग आई है, भुरभुरा गई, दीमक खाई ईंटोंवाली बदरंग दीवार, जिसके आर-पार बैठे मैं और मेरे घरवाले एक-दूसरे को पहचान नहीं पा रहे हैं। बस, बीच में खड़ी दीवार की उखड़ती हुई बदसूरत चिप्पियाँ भर देख रहे हैं। एक बेशर्म नंगापन हमारे बीच मुँह फाड़े हँस रहा है। पापा के शब्द ढोंक चट्टानों की तरह मेरे कपाल पर गिरते जा रहे हैं और मैं अपना बचाव करने की कोशिश भी नहीं कर पा रहा।

पापा मुझसे नाराज़ हैं...नाराज़, निराश और ऊबे हुए। गुस्से में वे काफी ऊलजलूल कह चुके हैं कि मेरे जैसे गैर-जिम्मेदार और अधकचरे सोच के लड़कों से किसी बाप को क्या उम्मीदें हो सकती हैं!

—आखिर इतना तनने की जरूरत क्या थी?

—किस बूते पर तुमने दर साहब से बदज़बानी की? (हालाँकि ज़बान का सलीका मैं गुस्से में भी नहीं भूलता।)

—जल में रहकर मगर से बैर करके तुम कब तक जिन्दा रहोगे? (एक बहुत पुरानी कहावत, जो मगरों भरे तालाब में रहने वालों के लिए निरर्थक हो चुकी है।)

—तुम जैसे दिनों में सपने देखने वाले 'चिकन हार्टेड' लड़के इस खुरदरी जमीन पर मिसफिट ही होते हैं, यह न हुआ कि भद्र लोगों के साथ रहकर कुछ दुनियादारी सीख लेते, अपनी जिन्दगी बना लेते (यानी कि बहती गंगा में हाथ धो लेते)! अरे, कोरे उसूलों से किसी का पेट भरता है आजकल...?

और वही निम्न-मध्यवर्गीय जीवन का सनातन रुदन! पीढ़ी दर पीढ़ी किए गए ईमानदार समझौतों की लम्बी फेहरिस्त, जिसकी बदौलत एक स्कूल मास्टर ने बेटे को इंजीनियर बना दिया। पापा यह बात बिलकुल गोल कर गए कि इंजीनियरिंग मैंने सरकारी लोन लेकर की है और मैंने उनके अहसानों के बदले एक आज्ञाकारी, पढ़ाकू और शरीफ लड़के का रोल ईमानदारी से ही निभाया है। प्रथम दर्जे में पास होता रहा और

स्कूल-कॉलेज में चरस, गाँजे, स्मैक, औरतबाज़ी वगैरह की लतों से इतना दूर रहा कि अपने दोस्तों में 'लल्लू', 'सिस्सी', 'ममाज़ प्यट' वगैरह सम्बोधनों द्वारा सम्मानित किए जाने पर भी इस खुशफहमी में पलता रहा—चलो, मैंने अपने ज़मीर को बचाए तो रखा।

तभी पापा ने आखिरी समाधान प्रस्तुत किया, ज्यों गहरे पानी में हाथ-पैर मारते उन्हें अचानक कोई सीपी मिल गई हो।

"मेरी मानो तो अब भी कुछ नहीं बिगड़ा, जाकर दर साहब से अपनी बदतमीज़ी के लिए माफी माँग लो। भले आदमी हैं, माफ कर देंगे। कहो तो मैं तुम्हारे साथ चलूँ..."

यह आखिरी ईंट थी जो मेरे कानों पर गिरी और मैं बहरा हो गया। हमारे बीच की दीवार अचानक इतनी ऊँची उठी कि हम एक-दूसरे से ओझल हो गए। मेरे गले की नसें तनाव से ऐंठती रहीं। मैं कुछ कहना चाहता था, पर मेरे पास कोई श्रोता न था। बीच की दीवार ने हमें अलग-अलग दायरों में बन्द कर दिया था। मैं श्लथ, पस्त, इस दीवार को ढहाना चाहता था, लेकिन एक सुन्न करता अहसास मुझे भीतर तक धँसाए जा रहा था। मेरे आगे अँधेरा था, मैं पीछे मुड़ गया, आखिर यह ठस्स बेलौस दीवार कब और किस तरह हमारे बीच उग आई?

रील-दर-रील मेरे 'कर्म' (पापा के शब्दों में) मेरे आगे गुजरते गए। वह रतजगे वाली आधी रात, जब मुहरा-ऊड़ी की पहाड़ियों से घिरी झेलम के किनारे बैठा मैं अपनी औकात का जायजा ले रहा था। क्या उसी रात यह दीवार उगनी शुरू हो गई थी?

उस रात उस सूनेपन में बैठ मैं नदी का शोर सुन रहा था और सोच रहा था—गलती कहाँ हुई? किनारों के पास थोड़ी उथली नदी, ढोंक चट्टानों से टकराती घर्षण की आवाज़ों और पानी की हरहराहट से काली अमावसी रात में भय की झुरझुरी पैदा कर रही थी। विश्वास नहीं आता था कि यही वह वितस्ता है जो शहर के नौ पुलों के बीच धीर-गम्भीर गजगामिनी की चाल चलती है, जिसमें मल्लाहों के अधनंगे बच्चे पेट-पीठ के बल तैरते, छप-छप छींटे उछालते, लहरों के बहाव के साथ खिलवाड़ करते रहते हैं। लेकिन विश्वास के लिए कोई पक्का आधार होता है क्या?

दर साहब की आत्मीय शहद-सनी बातें सुनकर भी तो विश्वास नहीं आता कि पीठ मोड़ते ही एक फोन दागकर उन्होंने मेरा पत्ता काट दिया होगा।

ऊपर आकाश में अँधेरे का शामियाना तना था। तारों की मेखें ठुका शामियाना! सामने पावर हाउस की अधबनी इमारत खड़ी थी। नदी की सतह से नब्बे फुट नीचे खुदे गहरे खड्ड में बन रहा वह पावर हाउस अँधेरे में किसी विशाल दैत्य-सा नज़र आ रहा था, गुस्से से जिसकी आँखें जल रही हों, दूर तक काली सियाही को भेदती रोशनी की वह आँखें भी उस आधी रात को एक भयावह अहसास ही दे रही थीं। अँधेरे के सैलाब में रोशनी की कोई तसल्लीबख्श उम्मीद नहीं। बार-बार मन में कचोट उठती थी कि इस खन्दक की खुदाई में कई मजदूरों का खून-पसीना जमा है और नींव में गड़ी है हबीबे की आँख, ऊपर पानी के विशाल रिज़रवायर तक जाते हुए लोहे के मोटे पाइप किसी सुस्त अलसाए अजगर की तरह पहाड़ी पर लेटे पड़े थे।

क्वार्टरों में लोग नींद में गुम थे। लेकिन मेरी नींद गायब थी। अनेक वारदातों के दृश्य माथे पर हथौड़ों की चोटें दे रहे थे। नहीं, मैं उस रात सो नहीं पाया था। लेकिन तब जरूर सोचा था कि घर जाकर कुछ दिन लम्बी तानकर सो जाऊँगा। वहाँ चीफ़ इंजीनियर दर की हिकारतभरी आँखें नहीं होंगी और न ही रामदास की दिन में दो बार दी जाती हिदायतों भरी सीख-सिखौवल, "भई विमल बेटे! तुम नौकरी करने तो आए हो, पर नौकरी की शर्तें तुम्हें मालूम नहीं। अभी काफी कुछ सीखना है। रेज़िडेंट इंजीनियर तो अपने को किसी तोप से कम नहीं समझता। आपको 'नौकर' लफ़्ज़ का मतलब मालूम है मिस्टर रैना? न हो तो किसी डिक्शनरी में फाइंड करिए।"...जगजीत अपना दोस्त है, धौंस-अकड़ से दूर का भी नाता नहीं। निहायत सीधा, मजदूर किस्म का आदमी! बस, अपने हिस्से के कमीशन के प्रति थोड़ा चौकन्ना, जो हरी घास के चरागाह में 'धैर्य धन गदहा' भी हो ही जाया करता है। वह भी कभी-कभी अपने फक्कड़ अन्दाज़ में कह देता, "हम तो बादशाओ, अपने काम से मतलब रखते हैं। इस-उस के फटे में पैर नहीं उलझाते। अब आप ही समझाओ। काँच के घरों में रहनेवाले किसके घर पर पत्थर मारे? अगर मारे तो गधे ही

कहलाए जाएँगे न?" थोड़ा मुस्कुराकर वह जोड़ देता—"तू तो नया-नया है, यार! फिर ठहरा छड़ा, हम तो बाल-बच्चे वाले हैं..."

"बाल-बच्चे वाले क्या ज़रखरीद गुलाम हो जाते हैं?"

"हें हें हें...तू अभी समझेगा नहीं यार..."

यों घर के रवैये के प्रति मैं तब भी आश्वस्त न था। जानता था, माँ-पापा मेरे इस तरह अचानक चले आने के पीछे के कारणों में मेरी जल्दबाज़ी और लापरवाही ही देखेंगे, मुझे गैर-जिम्मेदार भी ठहराया जा सकता है। क्योंकि वस्तुस्थितियों के मूल्यांकन का उनका अपना ढंग है। मनियारे से लेकर मिनिस्टर तक के विश्लेषण में वे 'पापी पेट जो न कराए' वाली उक्ति का इस्तेमाल किया करते हैं। फिर वे भद्रजनों से प्रभावित हैं, क्योंकि उनकी राय में भद्रजन जीने का गुर जानते हैं। और मैं भद्रजनों के बीच रहकर भी कुछ सीख न पाया, यानी अभद्र ही रहा।

लेकिन निर्णय मैंने सोच-समझकर ही लिया था। गुस्से में लिया होता तो तीनेक मास पहले हबीबे के एक्सीडेंट के वक़्त ही चला गया होता। यों तो इस दौरान मुझे बराबर लगता रहा कि यहाँ रहकर मेरे भीतर का नरम-गरम अहसास ग्लेशियर बनकर जम जाएगा। साल भर वहाँ कैसे काटा, इस बात का खुद आश्चर्य है मुझे! कितना कुछ देखकर भी न देखा। लेकिन अपनी ज़िद उन्होंने भी बरकरार रखी थी। वे मुझे सप्रेम ऊपर से नीचे तक की घपलेबाज़ी का हिस्सेदार बनाना चाहते थे।

"तुम्हें ट्रेनिंग की जरूरत है इंजीनियर साहब।"

लेकिन मैं उन जैसा महत्त्वाकांक्षी न था। वे मुझसे निराश भी थे और मेरी चिन्ता उन्हें खाए भी जा रही थी। कमरतोड़ महँगाई के जमाने में गंगाजल से धुले सात-आठ सौ रुपयों से किसी का चाय-पानी का खर्चा निकले सो निकले, बाकी नंगी क्या नहाएगी और क्या निचोड़ेगी?

लेकिन मैं बड़ा ठस्सा निकला। उन्होंने भी हाथ झाड़ लिये—"जा बाबा! उधार-सुधार के लिए कोई मठ-मन्दिर ढूँढ़। यहाँ तेरा क्या काम? बेकार में उलझनें पैदा मत कर!"

वहाँ तक तो जो था सो था, पर यहाँ रहकर इनसानियत के सारे तकाजे भुलाकर काम करना मुझे मंजूर न था।

मुझे गुस्सा ज्यादा आता है, मैं जानता हूँ। लखनपाल कहता है, "उम्र की तासीर है भाई, मुझे भी आता था पहले, बेहद! मैं तो अपनी ही मूँछ उखाड़ता था गुस्से में, पर तुम्हारी तरह नौकरी छोड़ना मेरे लिए मुमकिन न था। घर में चार-चार बेज़ुबानों की माँगें पूरी करनी थीं। नौकरी छोड़ने का मतलब उनके नन्हे हाथों में भीख के कटोरे देने के बराबर था। ना भइया, मुझसे नहीं हो सका।"

आवेश! आक्रोश! उस आधी रात तक सर्द-सा निरर्थकताबोध मेरी रग-रेशों पर हावी था। लेकिन जब इंजीनियर साहब ने मुझे बांड के काग़ज़ों पर हस्ताक्षर करने के लिए आज्ञा दी, तब मैं गुस्से में आ गया था। बेहद!

गुस्से की कँपकँपी मेरे समूचे जिस्म को ऐंठने लगी थी। माथे पर पसीना चुहचुहा आया था।

मैं बांड के काग़ज़ों पर दस्तख़त नहीं करना चाहता था। फिर यह बांड नौकरी के करीब एक वर्ष बाद क्यों और कहाँ से आ टपका, इसके पीछे भी मुझे साजिश नज़र आ रही थी। यह बात नहीं कि मुझे नौकरी की जरूरत न थी। नौकरी तो इधर या उधर, कहीं भी करनी ही थी। मैंने ज्वॉइन करते वक़्त जगजीत से कहा था कि यह नौकरी मैं करूँगा। अनुभवी (या घाघ) लोगों के साथ रहकर मैं यहाँ काम सीख सकता हूँ। पैसा यहाँ कम था पर घर के पास ही, थोड़ी दूर पर ही 'साइट' के होने से कुछ सुविधाएँ भी थीं। मैं हर शनिवार घर जा सकता था और अक्सर घरवालों की खोज-खबर भी लेता रहता था। घरवाले भी खुश थे। दर साहब हैं वहाँ। वे सफल व्यक्ति हैं। उन्होंने अपने हुनर से महल खड़े किए थे, सरकारी और निजी दोनों। और समाज में उनकी साख थी।

इसके बावजूद मैं पाँच साल तक बँधकर वहाँ रहना नहीं चाहता था। मैं मालिकों को उनकी सुविधा के लिए, खुद को इस्तेमाल करने की मनचाही छूट नहीं देना चाहता था। फिर जैसा वहाँ का तौर-तरीक़ा था, उसे देखकर तो बँधने की बिलकुल भी इच्छा नहीं थी।

मैं नया-नया इंजीनियर बना था। गोकि सरकारी खर्चे से मैंने पढ़ाई की थी और सरकार का कर्जा दुधारी तलवार की तरह मेरे सिर पर लटक रहा था। पर खुद पर मेरा विश्वास अभी चुका नहीं था। युवा शरीर

और ज़ेहन पर फिलहाल ज़ंग नहीं चढ़ा था। इतना तो हरगिज़ नहीं कि मालिकों की हर सही-गलत बात पर नन्दी बैल सा सिर हिलाता और तोते की तरह 'इसमें क्या शक है' कहकर उनके लिजलिजे अहम को पोसने में मदद करता। मेरे रवैये में यह बात किसी को खली न खली, पर दर साहब मुझसे इसी बात पर खार खाए बैठे रहे। मैं एक अदना सा सहायक अभियन्ता, अपनी लक्ष्मण रेखाओं से बिलकुल नावाक़िफ़ या लापरवाह, मुझे चार बातें सिखाना तो उनका नैतिक दायित्व हो ही जाता था। सो मैं उनका कोपभाजन बना। हबीबे के हादसे के बाद तो मैं उनकी आँख की किरकिरी ही हो गया।

यों चीफ़ इंजीनियर के अलावा मालिकों को मुझसे खास शिकायतें न थीं। अक्सर मैं साइट पर देर तक काम करता रहता। धूप-घाम हो या बर्फ-ओले, मुझे कोई फ़र्क़ नहीं पड़ता था। नई-नई नौकरी के कारण उत्साह भी कुछ ज्यादा ही था। साथ के कर्मचारियों से लेकर राज-मजदूरों तक मेरे दोस्ती के सम्बन्ध बन गए थे। जमीन की सतह के नीचे दैत्याकार मशीनों से खड्डे खोदते, पम्पों के जरिये खुदाई के साथ निकलते पानी को बाहर उलीचते, मैं उन सबके साथ वहाँ रहता ही था। पावर फेल होने से कभी पम्प के सक्शन पाइप में लगा फुटवॉल्व बैकप्रेशर से निकल जाता। तो मजदूर फुटवॉल्व को पानी में ढूँढ़ निकालते थे। कभी-कभी सक्शन पाइप में मैं खुद फुटवॉल्व लगाकर तार से बाँध देता था। इस कारण भी मैं मजदूरों-कामगारों का मित्र बन गया था।

हम लोग फ़ुर्सत के वक़्त गपशप भी कर लेते थे। अफ़सरी तेवरों का इस्तेमाल मैं मजदूरों के साथ बहुत कम करता था। लेकिन मेरा हर ऐरे-गैरे से यह दोस्ताना सलीका भी मेरे लिए नुकसानदेह ही साबित हुआ। चीफ़ समझे, मैं यूनियन वालों को मालिकों के विरुद्ध भड़का रहा हूँ या 'धरना', 'घेराव' वगैरह के गुर सिखा रहा हूँ। हालाँकि यह सब राजनीति, पेट की जरूरतें उन्हें पहले ही सिखा चुकी थीं। रेज़िडेंट इंजीनियर ने एक बार 'बेटी तुझे कह रही हूँ, पर बहू तेरे सुनने की बात है' के अन्दाज़ में कॉन्ट्रैक्टर शर्मा जी से कहा भी, "ये छोटे लोग! इन्हें इनकी जगह पर ही रखना चाहिए? दे कम बाई डज़न्स एंड गो बाई डज़न्स..."

चीफ़ के भीतर ज्वालामुखी धधक रहा था। पर मेरे विरुद्ध भड़ास निकालने के लिए उन्हें तब तक कोई ठोस कारण नहीं मिल पाया था। वह कारण उन्हें तभी मिला जब हबीबे के साथ दुर्घटना घटी और मुझे कसूरवार बनकर चीफ़ के सामने खड़ा होना पड़ा। हुआ यों कि जमीन के भीतर खड्डे में, सक्शन पाइप में फुटवॉल्व को लोहे के तार से बाँधते वक़्त तार का नुकीला सिरा हबीबे की आँख में घुस गया और उसकी एक आँख पपोटे से बाहर लटक आई, खून और पीप के लोंदे जैसी, ज्यों कच्चे अखरोट की गिरी की तरह किसी ने चाकू से गोदकर उसे बाहर निकाल दिया हो। घटनास्थल पर उस वक़्त मेरी ही ड्यूटी थी। एक अमानवीय चीख नदी के शोर से ऊपर उठी, पहाड़ों से टकराकर गूँजी और रक्त की धाराओं में घुलकर शान्त हो गई। मैंने किसी से सलाह लिये बिना सीधा उसे चार मजदूरों की सहायता से जीप में डाला और अस्पताल पहुँचा दिया। उस वक़्त लहू का तालाब उसके इर्द-गिर्द उग आया था। उस आपातकालीन स्थिति में मैंने चीफ़ इंजीनियर से भी मशविरा करने में वक़्त गँवाना मुनासिब नहीं समझा। मेरे सामने हबीबे की जान सभी नियम-कायदों से ऊपर थी।

इसके बावजूद चेक-पोस्ट पर बूढ़े चौकीदार ने रोका था—"आप जूनियर हैं। गाड़ी बिना इजाजत के बाहर नहीं ले जा सकते। रेज़िडेंट इंजीनियर से इजाजत लीजिए..."

हम रेज़िडेंट इंजीनियर के पास भागे तो वे बोले, "उसे औतार और गुलाम अली के साथ अस्पताल भेजिए, आप क्यों काम छोड़कर जा रहे हैं?"

अचानक मेरे बिना काम ठप्प होने का अन्देशा उन्हें परेशान करने लगा था। उन्होंने स्पष्ट किया कि साइट पर दुर्घटना होना कोई अजूबा नहीं। उसके लिए काम बन्द नहीं किया जा सकता। आखिर हम यहाँ काम के लिए ही तनख्वाह पाते हैं...

रीति-नीति का सबक सुनने के बावजूद मैं हबीबे के साथ अस्पताल चला गया था। हबीबे के अनवरत खून बहने से मजदूर बेहद घबराए हुए थे, और मेरी तरफ़ उम्मीद भरी नज़रों से देख रहे थे। मेरी उपस्थिति

उन्हें आश्वस्त कर रही थी कि अस्पताल में बिना गैरजरूरी सवाल-जवाब किए हबीबे का इलाज हो जाएगा। उस वक़्त मेरे जाने से रेज़िडेंट इंजीनियर बौखला गए थे। दबे आक्रोश से उन्होंने पीठ पीछे फिकरा कसा था—"मजदूरों का नेता बन रहा है, स्साला! चार दिन में यह नेतागिरी निकाल दी जाएगी..."

मैंने मुड़कर न देखा। उस वक़्त मेरे लिए दुनिया में सबसे अहम चीज़ एक मजदूर की जान थी। अस्पताल में इमरजेंसी में हबीबे की आँख का ऑपरेशन हुआ। उसकी एक आँख तो गई पर जान बच गई, उसके घरवालों को भी खबर करवा दी गई। इसी चक्कर में सुबह दस बजे के चले हम चार बजे के करीब साइट पर लौट सके। होनी ही समझिए कि लौटते वक़्त कटावदार पहाड़ियों के तंग रास्ते के मोड़ पर ट्रक के साथ जीप की टक्कर होते-होते बची। ड्राइवर की सीट की तरफ जीप की बॉडी थोड़ी पिचक गई।

लौटते ही मैंने अधिकारियों को दुर्घटना की पूरी जानकारी दी और स्थिति की गम्भीरता बयान करते क्षमा-याचना की कि मैं जल्दी में उनसे सलाह-मशविरा न कर सका।

"दरअसल, हबीबे बड़ी तकलीफ़ में था। उसकी आँख से बराबर खून बह रहा था। मुझे लगा इसे जल्दी से अस्पताल न पहुँचाया गया तो उम्रभर के लिए अन्धा हो जाएगा।"

"वह तो तुमने एक अच्छा काम किया है विमल, पर दफ़्तरों के कुछ नियम-कायदे होते हैं। उन्हें हम-तुम न निभाएँगे तो मजदूरों-कामगारों से क्या उम्मीद कर सकते हैं।"

मैं शर्मिन्दा था। वैसे जगजीत के हाथों मैंने उन तक खबर पहुँचा दी थी। बहरहाल, अधिकारी भजन सिंह ने थोड़े शब्दों में बड़ी हिदायत दी और काम में लग गए। तभी चीफ़ इंजीनियर खरामा-खरामा चलते पहाड़ की तरफ मेरे सामने स्थापित हो गए।

"रैना!" उन्होंने रुआब वाली आवाज़ निकालकर मुझे पुकारा।

"आपने मुझे बुलाया सर?" मैंने शिष्टता निभाई, लेकिन वे मुझसे चिढ़े हुए थे। उनकी मुझसे चिढ़ने की कई वजहें थीं। एक नामहीन मजदूर

से लेकर मेठ, ओवरसियर, डिविज़नल इंजीनियर, कॉन्ट्रैक्टर वगैरह तक 'जी हुजूर' कहकर दोहरे होकर उन्हें आदाब बजा लाते थे। और मैं, उनके शब्दों में 'नया-नया लौंडा' सिर्फ एक नमस्ते उछालकर उनकी शान में खलल डाला करता था। मुझे उनकी ऊपर से नीचे तक की धाँधली और हरेक के लिए बँधे कमीशन, 'चायपानी' की रकम से कोई लेना-देना न था। फिर भी मुझे इस पूरे सिस्टम से वितृष्णा थी, जिसे मैं समय-समय पर उगला करता और जिसकी भनक उन्हें मिलती रहती थी। कई विभीषण जो थे उनके राज्य में! सो उन्हें अचानक ही मुझे प्रताड़ित करने का मौका मिल गया था।

"तुम ही फर्म की जीप लेकर अस्पताल गए थे।"

"जी हाँ!" मैंने बिना लोटन कबूतर हुए हालात बयान कर दिए।

"अच्छा, तो तुम खुद ही सभी फैसले करने का हक पा गए हो? तुम्हें कितने दिन हुए यहाँ काम करते हुए? और जीप का फ्रंट डोर और बम्पर कैसे पिचक गए? तुम्हें गाड़ी चलानी आती भी है? अगर हबीबे समेत गाड़ी ही खड्ड में गिरा देते तो जवाबदेही किसकी होती?"

उन्होंने धमकाया कि इस मनमानी हरकत के लिए मुझे नौकरी से निकाला जा सकता है, और मैं काम के लिए दर-दर भटकने पर मजबूर हो सकता हूँ...

तभी न जाने मुझे क्या हुआ। अचानक मेरा खून खौलने लगा। मुट्ठियाँ भिंच गईं, ज्यों किसी ने मुझे कोई अश्लील गाली दी हो। मेरे शब्द आवेश से फूटने लगे।

"मैं...मैं आपको नहीं जानता। आपके कानून को नहीं जानता। मैं इतना जानता हूँ कि एक गरीब आदमी का काम करते एक्सीडेंट हो गया। वह खून से लथपथ पड़ा था। उसकी जान बचाना हमारा फ़र्ज़ था, और महज औपचारिकताओं में पड़ने से ज्यादा जरूरी उसे तुरन्त अस्पताल पहुँचाना था। इनसानियत के नाते मैंने यह फ़र्ज़ निभाया, मैंने कोई गुनाह नहीं किया। जीप का जो थोड़ा-बहुत नुकसान हुआ उसे मैं भरूँगा।"

मैं गुस्से में कुछ ज्यादा बोल गया। जगजीत बाँह पकड़कर मुझे बाहर खींच ले आया। जाते-जाते मेरी पीठ पर दर साहब के शब्द कोड़ों की तरह

पड़े, "तुम लापरवाह ही नहीं, उद्दंड भी हो। तुम्हें मालूम होना चाहिए कि तुम यहाँ एक अदना से नौकर हो, तुम्हें किसी तरह का निर्णय लेने का अधिकार नहीं। तुम्हें अपने बेहूदा व्यवहार के लिए लिखित क्षमा-याचना करनी होगी। नहीं तो..." शायद 'सॉरी' कहने से दर साहब शान्त हो जाते, पर मैं अड़ गया। मैं अपना कसूर समझ नहीं पा रहा था और जान गया था कि उनकी रीति-नीतियों ने उन्हें अमानवीयता की हद तक क्रूर बना दिया है। उसी वक़्त मैंने तय किया था कि मैं यहाँ काम नहीं करूँगा।

हबीबे महीना भर बिस्तर पर पड़ा रहा। उसका कोई गाँवभाई अलबत्ता मुआवज़े के पैसों के लिए मालिकों के पास चक्कर काटता रहा। इसी अन्तराल में दर साहब ने एक बार फिर मुझे बुलाकर धमकाया, "तुम मजदूरों को मुआवज़े की रकम के लिए बहकाते हो?"

मैंने एक बार फिर खुद को जब्त किया। "मजदूर अब अपने हक की लड़ाई लड़ना जान गए हैं साहब।"

लेकिन वे पक्के घाघ थे। नियम-कानूनों से परिचित व उनके लचीलेपन से वाक़िफ़, स्थितियों को अपने पक्ष में करने की दलीलें, वकील उनसे सीख सकते थे। यों दान-दया के रूप में कुछ रकम मजदूरों की तरफ भी कभी-कभार उछाल दिया करते, जिसके वे कानूनी हकदार होते। वह पैसा उन्हें मिलता पर मालिकों की दया का बिल्ला लगाकर। कुछ रकम हबीबे के नाम भी दी गई, जो बाद में सुना कि उसके गाँवभाई ने दवा-दारू वगैरह के नाम पर उससे ऐंठ ली, या शायद उस तक पहुँचने ही न दी। दलालों की दुनिया में हबीबे का भाई भी दलाल ही निकला। वहाँ ऊपर से नीचे तक दलालों का ही साम्राज्य था, जिनका कमीशन बँधा हुआ था। दर साहब जो स्टेट और प्राइवेट डीलर्स के बीच लाइज़न का काम करते थे, मेरी नज़र में सबसे बड़े दलाल थे।

बहरहाल, मेरे दिन असंतुष्ट, उद्विग्न ही सही पर इस उम्मीद में गुजर रहे थे कि जल्दी यहाँ से छुटकारा पा जाऊँगा। इस बीच कई घटनाएँ वहाँ घटीं। एक रात स्टाफ़ क्वार्टरों में आग लग गई, फ़ायर ब्रिगेड के पहुँचने से पहले चार क्वार्टर जलकर राख हो गए। बाद में तहक़ीक़ात हुई, जो तहक़ीक़ात न होकर असंतुष्ट मजदूरों-कामगारों पर तोहमतें ज्यादा

साबित हुईं। कुछ पिट्ठू किस्म के छोटे अफ़सर मालिकों के सामने अपनी वफ़ादारी प्रमाणित करने के लिए निर्दोषों को बलि का बकरा बना गए। वातावरण क्षुब्ध रहा।

मैं बराबर नौकरियों के लिए आवेदन भेजता रहा। एक दिन, कोई तीनेक मास के बाद, मुझे काम भी मिल गया।

तीर्थराम एंड संस कॉन्ट्रैक्टर्स के पास मुझे काम मिला। मेरे जाने की बात साहबों ने भी सुनी। तमाम शिकायतों के बावजूद मालिक मुझे छोड़ना नहीं चाहते थे। कम पैसों में आठ घंटे खटने वाला मेरे जैसा गधा उन्हें कहाँ मिलता? चीफ़ ने तो इसे प्रेस्टिज का सवाल बना लिया। एक नए नौसिखुए इंजीनियर से वे अपना लोहा न मनवा सके। दंड नीतियों से वे परिचित थे। उन्होंने अपने तेवर बदल दिए, "तुम राधानाथ रैना के भतीजे हो न? तुमने मुझे कभी बताया नहीं, हम लोग एक साथ स्कूल में पढ़े हैं और अच्छे दोस्त रहे हैं..."

वे शायद मुझे पहली बार देख रहे थे और अचानक मेरे आत्मीय बनकर मेरी गुस्ताखियों को माफ करने की स्थिति में आ गए थे। पर मैं उनके जाल में न फँसा, उन्हें अपना इरादा बता दिया, "मैं नौकरी छोड़ रहा हूँ सर!"

"लेकिन क्यों? तुम्हें यहाँ कोई दिक्कत है?"

मैं चुप रहा। क्या कहता? मेरी दिक्कतें-तकलीफ़ें उनसे ज्यादा कौन जानता था?

"मैं तो तुम्हारी इंक्रीमेंट करने की बात कर रहा था।"

यह मछली फँसाने के लिए चारे की जरूरत क्यों पड़ी भला! वही प्रेस्टिज का सवाल।

"जी?" मुझे लगा मैंने गलत सुना।

"हाँ! तुमने ठीक सुना, लेकिन एक शर्त है।"

वह कौन सी नई शर्त थी जिससे मैं अनभिज्ञ था?

"इसके लिए पाँच साल के बांड पर दस्तख़त करना होगा।"

बांड! मैं अचानक महत्त्वपूर्ण हो गया? या वही कम पैसों में खटने वाला 'धैर्य धन गदहा', जिसे वे खोना नहीं चाहते थे? यों इंजीनियरों की इस ओर कमी भी क्या है?

मुझे हँसकर या शान्ति से 'नहीं' या 'थैंक्यू' कहकर चल देना चाहिए था। पर मैं सहसा आवेश में आ गया। इस शतरंज के खेल में मुझे मुहरा बनाए जाने का ख़याल ही मुझे अश्लील लगा। उनकी मेहरबानियाँ मुझसे छिपी भी न थीं। मेरा दबा आक्रोश उफन पड़ा। इसका कारण मेरी जेब में पड़ी नई नौकरी का अनुबन्ध भी था, जिसे आवेश में आकर मैंने जेब से निकालकर चीफ़ की नाक के आगे फड़फड़ा दिया। चीफ़ पहले हक्का-बक्का और बाद में भौंहें जोड़ मुझे देखता रहा।

"माईगॉड! यह लड़का तो बिलकुल...!" लेकिन मैंने जल्दी में दहलीज लाँघी थी। मुझे पीछे मुड़कर देखने की कोई इच्छा न थी! मन मारकर दोगले अफसरों की गुलामी करने से मैंने निजात पा ली थी। गोकि जगजीत ने दो-एक बातें मुझे हिदायत के तौर पर तब भी बता दी थीं—एक यह भी कि नौकरी में ज्यादा भावुकता अच्छी नहीं, दूसरी—उधर भी इन्हीं के भाई-बन्द बैठे होंगे, तीसरी—गोकि हम छोटी चीज़ हैं, पर दर साहब चुप नहीं बैठेंगे। मैंने उनके अहं को चुनौती दी है। वे रास्ते में पड़े हर कंकड़-पत्थर को हटा देना अपना धार्मिक, नैतिक व राजनीतिक दायित्व मानते हैं...

घर पर जो प्रतिक्रिया होने की सम्भावना थी, वही हुई, लेकिन उस वक़्त स्थिति इतनी निराशाजनक न थी क्योंकि तीर्थराम एंड संस का अनुबन्ध मेरे पास था।

अगले दिन मैं तीर्थराम एंड संस के दफ़्तर में हाजिर हुआ। मैंने अनुबन्ध दिखाया और प्रतिक्रिया के लिए लालाजी को देखने लगा।

"हूँऽऽ!" उन्होंने एक गम्भीर हुँकारा भरा, "आप...फलाँ के यहाँ काम कर रहे थे? आपने यह बताया नहीं?"

"जी हाँ!" मैं इनकार कैसे करता? "कुछ महीने मैंने काम किया पर मैं..."

"ठीक है," उन्होंने मुझे उबारा, "हमने फ्रेश इंजीनियर जरूर लिये हैं पर दर साहब हमारे भी कंसल्टिंग इंजीनियर रहे हैं..."

मेरे पाँव के नीचे धरती डोलने लगी! सिर मुँड़ाते ही ओले! अब?

"हमें खुशी होती आप हमारे यहाँ काम करते। आपकी यूनिवर्सिटी की तरफ से आपके अच्छे विद्यार्थी होने की सिफ़ारिशें आई हैं। पर दर साहब

आपके काम से असंतुष्ट हैं।" उन्होंने जल्दी ही जोड़ दिया, "डोंट माइंड इट, प्लीज़! पर हम उन्हें नाराज़ नहीं करना चाहते, आपको कम-से-कम इंटरव्यू के वक़्त अपने पिछले अनुभव के बारे में हमें बताना चाहिए था।"

उन्होंने मुझे दोषी ठहराया, गोकि वह सब एक बहाना मात्र था। पर चीफ़ इंजीनियर? उनसे ज्यादा महत्त्वपूर्ण कौन हो सकता था? वे एक ख्यातिप्राप्त चीफ़ और मैं एक बेकार युवा इंजीनियर, जो ढंग के लोगों के साथ रहकर भी काठ का उल्लू ही बना रहा।

मैं बैरंग लिफ़ाफ़े-सा लौट आया। एम.ओ. प्रोजेक्ट से इस्तीफा देकर मैंने एक लड़ाई की शुरुआत की थी। उस वक़्त अपनी औकात का अहसास हुआ था। जाने-अनजाने जो उसूल पाले थे, उनके साथ सौदा करने से इनकार किया था। लेकिन घर के भीतर की प्रतिक्रिया और अब तीर्थराम एंड संस के सर्द व्यवहार से मैं पिन चुभे गुब्बारे सा फिस्स हो गया।

मैं आखिरी कोशिश में माँ की तरफ मुड़ा। यह मेरी जन्मदायिनी है, यह तो मेरी बात समझ सकती है, "ऐसी निराशा की क्या बात है माँ, आखिर पढ़ा-लिखा हूँ। कोई न कोई काम तो मुझे मिल ही जाएगा।" मैंने उन्हें याद दिलाया कि पिछले वर्ष मैं एयरफोर्स के लिए चुना भी गया था, पर उसी ने 'अकेली आस' कहकर मुझे सेना में जाने से रोका था...

माँ ने उदास आँखों से मुझे देखा और गहरी उसाँस भरकर कहा, "जो पापा कहते हैं, वही करो..." और मुझे लगा कि अचानक मुझे किसी सुनसान टापू पर धकेल दिया गया है।

अब पानी की प्राचीरों से घिरे इस सूने टापू पर अकेला बैठा हूँ। बाहर शायद रात है, तीखी-तूफ़ानी हवाओं वाली रात, तभी तो यह सर्द हवा जिस्म व ज़ेहन को सुन्न किए दे रही है।

मैं जानता हूँ कि मैं नया सूरज उगा नहीं सकता, वह तो अपने समय से ही उगेगा। लेकिन इस हाड़ कँपाने वाली ठंड से ठिठुरता-अकड़ता भी मैं जानता हूँ कि सुबह सूरज जरूर उगेगा और तब तक मुझे खुद को बनाए रखना है।

फिलहाल यही जरूरी है!!!

मुक्ति प्रसंग

गंगा के घाट पर, सीढ़ियों से कुछ हटकर बैठे तीनों बेटे दिवंगत पिता का श्राद्ध कर रहे थे। पिंड के लिए पके चावल, फल-फूल, अक्षत, मौली, चन्दन, वस्त्र और हवन सामग्री बिछा राधानन्दन पंडा एकनिष्ठ भाव से श्राद्ध सम्पन्न करवा रहा था, जबकि आसपास के पंडे रटे-रटाए ढंग से श्लोक पढ़ते, कनखियों से नए यजमानों की तलाश करते जल्दबाजी में पिंडदान करा रहे थे।

भरी-भरी नदी घाटों की कई सीढ़ियाँ फलाँगती हुई बह रही थी। पुल के विशाल स्तम्भों के पास मटियाले पानी में फेन भरे आवर्त चक्करघिन्नी खा रहे थे। रात जमकर बारिश हुई थी, इसलिए तटबन्धों की मिट्टी नदी में रिसकर उसे मटियाला रंग दे रही थी। आकाश में घुमड़ते काले बादल उदास माहौल को ज्यादा बोझिल बना रहे थे।

पास ही सूखे छुहारेनुमा चेहरेवाले दो युवक बूँदाबाँदी में भीगते हुए बार-बार बुझती हुई लकड़ी को फू-फू फूँकते, धुएँ से कड़वाती आँखें कंधे पर पड़े अँगोछे से रगड़ रहे थे और मृतकों की मुक्ति की मुहिम में जूझते से नज़र आते थे। कुछेक श्राद्धकर्मियों ने धरती में चार डंडे गाड़कर उनसे तम्बू की शक्ल में चद्दरें बाँध दी थीं।

लेकिन उनके लिए विशाल छतरियों का प्रबन्ध किया गया था। दो जूनियर अफसर—शर्मा जी, वर्मा जी खुद उनकी सुविधा के लिए प्रबन्ध करने आए थे, यह कहकर कि आखिर पिताश्री का स्वर्गवास हुआ है, हमारे भी तो बुजुर्ग थे, कुछ तो हमारा भी फ़र्ज़ बनता है...

मौसम बड़ा बेएतबारी था, लेकिन शर्मा जी-वर्मा जी ने पहले ही पंडों के साथ बात करके विशेष प्रबन्ध करवा दिए थे। श्राद्ध-पूजा आदि निर्विघ्न सम्पन्न हो, यह बहुत जरूरी था। आखिर दिवंगत एक विशेष पदाधिकारी के पिता थे।

श्राद्ध विधिपूर्वक ही चल रहा था। उँगलियों में दूर्वादल की पवित्री पहन बेटे पंडे के बनाए पिंड के छोटे-छोटे लोंदे बनाकर पिंडदान कर रहे थे। पंडा श्लोकों-विधियों के साथ कार्य सम्पन्न करा रहा था।

"नाम—पिताश्री का नाम बताइए?"

"गोकुलनाथ।"

"गोत्र?"

"मुद्गले।"

"हाँ, तो बोलिए..."

कुछ महिलाएँ ऊपर धर्मशाला में उपवास सम्बन्धी अनुष्ठानों में व्यस्त थीं। श्राद्ध के बाद दूध, सागू, तले हुए आलू, शक्करपारे, गेहूँ के आटे का हलवा आदि, जिसकी जो इच्छा हो, खाए। शुद्ध घी, दूध आदि का प्रबन्ध पहले ही हो गया था। शर्मा जी-वर्मा जी बड़ी निष्ठा से सभी काम देख रहे थे।

सुबह से उपवासी रहे हैं बेटे, उनकी पत्नियाँ, बेटियाँ आदि, जैसा कि कायदा है। पत्नियाँ पतियों के कुम्हलाए चेहरे देखकर चिन्ता करने लगी थीं। नम्बर एक सुपुत्र को तो एसिडिटी की भी शिकायत है। नम्बर दो व नम्बर तीन भी क्या खाते हैं—चिड़्डी का चुग्गा समझो, पर जो भी खाएँ, समय से ही, नहीं तो परेशानी हो जाती है...हाँऽऽ, सो तो है, लेकिन आज तो...

बच्चे गले में कैमरा लटकाए यहाँ-वहाँ कुछ रोचक पाकर फोटोग्राफ ले रहे थे। बच्चे तो बच्चे ही हैं, परलोक-आस्था-श्राद्ध आदि क्या जानें? महन्त जी ने आश्रम में ही उन्हें देखकर सराहना भरे स्वर में कहा था—"बाल तो भगवान के रूप हैं, उन्हें सब माफ है..."

बड़े आश्रम में ही इन लोगों के सपरिवार ठहरने का प्रबन्ध किया गया था। वहाँ सभी सुविधा थी। डनलप के गद्दे, चौबीस घंटे गरम पानी की व्यवस्था, सुच्चे खाने का इन्तज़ाम। इसके अलावा सामने कटे-छँटे हरियाए लॉन और छत पर चढ़कर देखिए तो दूर से बहती गंगाजी के दर्शन भी हो जाते हैं।

सो एक तरह से चहल-पहल सी थी। हाँ, छोटीवाली लड़की घाट की सीढ़ियों पर कुछ अलग सी बैठी सूनी आँखों से गंगा की लहरों का उद्वेलन देख रही थी। पिंडदान, श्राद्ध क्रियाएँ, पिता का नामोच्चारण, बच्चों के फोटो खींचने और पोज़ लेने के अन्दाज़...।

पंडों में होड़ लगी थी। "इधर...इधर आइए...अच्छा तो आप किस प्रदेश के वासी हैं? बड़ी दूर से आए हैं। धन्य हैं! पितरों के ऋण से मुक्त होने का यही तो एक उपाय है, गंगा मैया किनारे श्राद्ध। भागीरथी सगर-पुत्रों के कल्याण के लिए स्वर्ग से धरती पर उतर आई थीं, तभी से जन-जन का कल्याण करती आई हैं..."

क्लेशनाशिनी गंगा पीड़ितों के आँसू, तन-मन के मैल, अस्थियाँ, पिंड आदि अपनी छाती में जज़्ब करती अनवरत बहती उस म्लानमुखी दादी-नानी सी लग रही थी जो ताउम्र पीढ़ी दर पीढ़ी बच्चों के पोतड़े-पातड़े धोती बुढ़ा गई हों...आसपास आवाज़ें ज्यों टुकड़ों में यहाँ-वहाँ उछलकर गिर रही हों।

"कौन जात?"

"ब्राह्मण..."

"ब्राह्मण तो होंगे ही, पर कौन? सनातनी, कान्यकुब्ज, शिवकर्मी, विष्णुकर्मी...पता ठिकाना?"

"यह देखिए! इस पन्ने पर, यह आपके प्रपितामह का नाम। सऽऽब लिखा है इन पोथियों में। बैकुंठनाथ नाम था न? यह यहाँ इस पन्ने पर आपके पितामह का नाम—नीलकंठ...यह पिताश्री गोकुलनाथ के हस्ताक्षर पहचान लीजिए। आप इधर अपने हस्ताक्षर करें। हमने पूरी वंशावलियाँ सँजो के रखी हैं इन पोथियों में। खानदानी पंडे हैं हम..."

वक़्त की मार से बदरंग, घिसी हुई पोथियों को लाल कपड़ों में सँभाल कर तहाते पंडा गर्व से फूल उठा। पारिवारिक इतिहासों की अनुपलब्ध कुंजी जो थी उसके पास।

"दक्षिणा! अरे बेटा, यह क्या? तुम्हें मालूम भी है, तुम किस पिता के बेटे हो? वे अपने पिता नीलकंठ के श्राद्ध पर पूरे हरिद्वार के पंडों, साधु-संन्यासियों के साथ अनाथ-अपंगों और दरिद्रनारायण को हलवा-पूड़ी-सब्जी का भोग खिलाया करते थे, मना-मनाकर। ऐसा तृप्तिदायी भोजन, अहा! कि फिर दो दिन खाने की इच्छा ही न हो। उस पर सबकी दक्षिणा बँधी हुई। हाँऽऽ एक कौड़ी भी कम नहीं..."

दक्षिणा पाकर हड़ियल हाथ माथे तक लाकर बूढ़े पंडे ने धुँधलाई, मोतियाबिन्दी आँखों से नोट जाँचे और उच्छ्वास भरा—"कितनी आस्था

थी उनमें अपार श्रद्धा। स्वर्ग में वास हो। खूब दान-पुन्न करवाओ। उनकी आत्मा तृप्त हो।"

बेटों ने पहले ही दो सौ जनों के लिए हलवा-पूड़ी-सब्जी आदि का प्रबन्ध करवाया था। वे भी आयोजन में कोई कसर नहीं रखना चाहते थे। उनकी भी एक साख थी अपने विशिष्ट समाज में, श्रद्धा-आस्था में कमी भी नहीं।

महिलाओं ने स्वयं दीन-दुखियों को खाना परोसा। हालाँकि शर्मा जी, वर्मा जी पूरी मुस्तैदी से काम में जुटे थे, पर बड़ी बहूरानी बोलीं, "कुछ तो हमें भी ऋण उतारने दें, ससुर जी क्या बार-बार स्वर्गवासी होंगे?"

खानेवालों की भूख भी अनन्त थी। पूड़ी-सब्जी पर गिद्धों की तरह टूट पड़ते वे 'और...और' की रट लगाए जा रहे थे। शोर ज्यादा हुआ तो मुख्य पंडे ने जरा धमकाते हुए उन्हें शान्त रहने का आदेश दिया, यानी कि जो मिलता है चुपचाप खाओ और फूटो यहाँ से।

छोटीवाली लड़की शायद बीमार थी, या रजस्वला। वह किसी भी धार्मिक अनुष्ठान में भाग नहीं ले रही थी। इस बात का भाभियों को थोड़ा बुरा जरूर लगा होगा। तभी मझली ने कहा कि आखिर पिता तो उसके भी थे, उसका भी कुछ फ़र्ज़ बनता है...। बड़ी भाभी ने दुःख से कहा, "बेचारी! पिता को ही उसकी सेवा मंजूर नहीं होगी। अन्तिम दर्शन भी कहाँ किए? हाथ लगने होते तो उनकी मृत्यु के चार दिन बाद पहुँच पाती? और अब देखो, इस वक़्त अपवित्र होना। इस सबका कुछ मतलब तो होगा ही..."

छोटी चुप रही, यों कहना वह भी चाहती थी कि इसे तो इन सब अनुष्ठानों में आस्था ही नहीं। नहीं तो क्या पहले से ही वह पिल्स-विल्स नहीं ले सकती थी? आज तो सभी उपाय हैं...

बहनों ने बातें सुनीं और कड़ाही से हलुवा निकालने में व्यस्त हो गईं। वे क्या कहें? पिता की मृत्यु के चार दिन बाद पहुँची छोटी। तब तक तो वे रो-धोकर अधमरी हो चुकी थीं। बाद में भी क्या किया? बिटर-बिटर सूखी आँखों से मातम मनाने आईं औरतों को देखती रही। रोई भी तब जब मृतात्मा को रोने से कष्ट पहुँचता है। सभी तो उलटे काम! जिसे

दुनियादारी सीखनी ही न हो, उससे कोई कहे भी तो क्या कहे? यों वह भी अब बाल-बच्चोंवाली हो गई है...

छोटीवाली लड़की ने सचमुच भरे कमरे में मातम मनाती महिलाओं के बीच आँख से दो आँसू बहने पर जल्दी से आँखें पोंछ डाली थीं, ज्यों अपने निजी दु:ख को सार्वजनिक बनाकर उससे दु:ख का अपमान हुआ हो, जबकि कमरे में लच्छेदार वाक्य संरचना और सस्वर रुदन की प्रतियोगिता सी चल रही थी।

शहर-भर के लूले-लँगड़े, चिथड़ों में लिपटे भिखमंगे, गंदे सिर-जाँघें खुजाते पंक्तियों में बैठ गए थे। जल्दी-जल्दी कौर निगलते, ज्यादा से ज्यादा पेट में ठूँसने को उतावले। हड़बड़ी के कारण किसी के हलक में पूड़ी अटक जाती, किसी को धसका लगता—ख: ख: लेकिन उनके पेट में जो गहरा गड्ढा था, वह भरता ही न था।

मुख्य पंडा 'जय गंगे, हर गंगे' उच्चारता श्राद्ध करने आए बेटों से कह रहा था—"यह गरीब भुखमरे अब तरसते हैं हलवा-पूड़ी के लिए। पहले तो परोसा हुआ आधा छोड़कर उठ जाते थे, अब कौन खिलाता है इन्हें भरपेट? नहीं जी, महँगाई-वहँगाई की बात नहीं है इसमें, और किस खर्चे में कमी आई है? बस, दान-पुन्न में ही फिजूलखर्ची लगती है। श्रद्धा ही नहीं रही, कहिए।"

"अरे, एक-एक करके इन्हें दक्षिणा क्या देंगे आप? लाइए, इधर लाइए, हम दिलवाते हैं...साधुराम! ओ साधुराम! जरा इधर आना..."

साधुराम लपककर पास आया तो पंडा यजमानों से मुखातिब हुआ—"आप लोग चलिए, कुछ मुँह में डालिए, दूध-फल। यह काम हम पर छोड़िए। इन छोटे लोगों से निपटना आपके बस का नहीं..."

तीनों लड़के समझदार थे, इशारा समझ गए। धर्मशाला की ओर रवाना होते छोटे सुपुत्र ने याद दिलाया—"सबको दक्षिणा मिले, इसका थोड़ा ध्यान रखेंगे..."

"हाँ-हाँ, अवश्य। यह भी कोई कहने की बात है?"

पंडे के माथे पर दो त्योरियाँ खिंच आईं। नम्बर एक भाई ने छोटेवाले को इशारे से बरज दिया—ये सब कुछ कर लेंगे, चिन्ता न करो। यानी

संशय दिखाना छोटेपन की निशानी है। भिखमंगों की भीड़ आर्त नज़रों से यजमानों को जाते देखती रही। पंडे से कुछ पाने की उम्मीद शायद वे पहले ही खो चुके थे। बहरहाल, पेट उनका भर गया था।

दूध-फलाहार लेकर वे लोग जल्दी ही लक्ष्मण झूला देखने चले गए। बच्चे नदी किनारे स्नान-पूजन करते जनेऊधारियों और साड़ी समेत डुबकियाँ लगाती महिलाओं के फोटो खींचने में लग गए। आसपास ऋषिकेश की सरसब्ज़ पहाड़ियाँ खड़ी थीं। हवा के स्वच्छ झोंके फेफड़ों में घुसकर शरीर को ज्यों भारमुक्त कर रहे थे। शर्मा जी ने नम्बर एक सुपुत्र से एक ग्रुप फोटो लेने की आज्ञा चाही—"छोड़िए, कौन हम यहाँ पिकनिक मनाने आए हैं, यह तो फादर के लिए...।" लेकिन उनके न-न करते भी पुल के आगे खड़े होकर एक ग्रुप फोटो खींच दी गई जिसमें पूरा परिवार वक़्त की माँग के मुताबिक अवसादपूर्ण मुद्रा में शामिल हुआ। सिर्फ बच्चों ने थोड़े विनोदपूर्ण पोज़ बनाए। दस से सोलह वर्ष के बीच के बच्चे आखिर कितने समझदार हो सकते हैं?

मन्दिरों की कतार देखते उन्होंने श्रद्धा से भिन्न-भिन्न देवी-देवताओं के दर्शन किए। शिल्प एवं मूर्तिकला की प्रशंसा की, यथासम्भव दान-पात्रों में नोट-सिक्के भी डाल दिए। देवी के मन्दिर में सुघड़ नाक-नक्शोंवाली एक मूर्ति को देखकर नम्बर दो सुपुत्र ने पत्नी से कहा, "यह देवी बिलकुल पारुल-सी लग रही है न?"

"कौन पारुल?" पत्नी आध्यात्मिक माहौल में ज्यादा गहरे डूबी थी।

"अपनी सुजाता की बहू! तुम्हें नहीं लगता, आँखें, होंठ बिलकुल वैसे ही..."

नाव पर बैठकर उन्होंने नदी पार की। बच्चों ने हथेलियों में पानी भर फव्वारे उछाले तो बड़ों ने हुँकार के साथ मना किया। शर्मा जी ने नन्दी जी की मुद्रा में सिर हिलाकर वक़्त की नज़ाकत का अनुमोदन किया। दूर-दूर तक पसरी गंगा की छाती पर, हवा के खुशनुमा थपेड़ों के बीच थिरकती नाव में बैठे बच्चे इस गाम्भीर्य का औचित्य नहीं समझ सके। आखिर बूढ़े दादाजी तो हारी-बीमारी से मुक्त हो गए थे, ए नेचुरल डेथ। वे नदी की सतह पर तैरते मैल-झाग को देखकर शीघ्र ही गंगा सफाई

अभियान के बारे में बात करने लगे, बड़ों से बहस करने का वक़्त तो नहीं था यह।

नदी पार के मन्दिर में कोई सिद्ध योगी पधारे थे जिनका प्रवचन सुनने दूर-दूर से श्रद्धालुओं की भीड़ जुटी थी। नम्बर दो बेटे ने सुना था कि वे भविष्यवक्ता हैं। उन्हें अपने कार्यालय सम्बन्धी समस्याएँ याद आ गईं। वे शायद कोई समाधान बताएँ। मिलना ठीक होगा। शर्मा जी ने विभिन्न मंत्रियों-नेताओं आदि का हवाला देकर कहा था, "सभी आते हैं महात्मा जी से परामर्श लेने..."

"जरूर जाएँगे," नम्बर एक ने दूसरे की आकांक्षा जान महिला वर्ग से कहा, "आप लोग भी दर्शन करो। सिद्ध महात्मा हैं। प्रवचन सुनने का समय नहीं है, टाइट शेड्यूल है, फिर भी..."

गीता मन्दिर में दीवारों पर श्रीमद्‌भगवद्‌गीता के श्लोक अंकित थे, कृष्ण-अर्जुन संवाद, आत्मा की अमरता, कर्म का महत्त्व, नैनं छिन्दन्ति शस्त्राणि..., कर्मण्येवाधिकारस्ते...।

परिवारजन सिद्ध महात्मा के दर्शन करने गए तो छोटीवाली लड़की दीवारों पर लिखे श्लोक पढ़ने लगी। पिता कहते थे—'कर्म तुम्हारे हाथ में है, यदि तुम्हारा विवेक तुम्हारे साथ है तो लोकापवाद और आलोचना से डरना किसलिए?' कर्म करते पिता गए, लेकिन अन्त में शरीर दगा दे गया। अथाह पीड़ा झेली। निजी कष्टों का भागीदार कौन बनता है? वह तो शरीर को ही झेलना पड़ता है। अपने उगाए पेड़-पौधों की छाया से दूर, अकेले झड़ जाना भी वक़्त की सच्चाइयों में एक अहम सच है। काम-धंधे-नौकरियाँ, आदमी आगे देखे कि पीछे? जीवन कितना जटिल हो गया है। छोटा बेटा अन्त तक साथ रहा, पिता उसके लिए भी स्वयं को दोषी ठहराते रहे...

वस्त्र जीर्ण हुए और नए वस्त्रों की तलाश में आतमा चली गई। वर्षों के रतजगे के बाद पिता गहरी नींद सो गए। शान्त, द्वन्द्वमुक्त। मुक्ति तो उनको उसी दिन मिल गई थी।

यों बेटों ने भी कमी न रखी। गंगाजी में गले-गले तक पानी में उतर पिता का अस्थिकलश दोनों हाथों से सिर के ऊपर तक ले जाकर जल की

गहरी धारा में अस्थियाँ विसर्जित कर दीं, माँ गंगा की गोद में। एक-दूसरे के दाएँ कंधे पकड़ते-छूते पंक्ति में खड़े होकर बेटों ने पिता को अन्तिम विदा दी। बहू-बेटियों ने रूमालों-पल्लों से आँखें पोंछीं, ताई-चाची ने पिता की आत्मा के लिए प्रार्थना की, मुक्तिदायिनी गंगा से। और छोटीवाली लड़की गले में अटकी फाँस लिये लहरों पर बहती अस्थियों को दूर तक हिचकोले खाते देखती रही...

यही पिता एक बार जोर की हवाओं में नाव पर झील पार करते उस छोटे से टापू पर आए थे जहाँ वे कई दिनों से बीमार पत्नी और नन्हे बच्चों के साथ ठहरे थे। डॉक्टरों की सलाह के मुताबिक पत्नी को स्वच्छ जलवायु चाहिए थी। उस दिन बरसते पानी और आँधियों में बच्चे सहमे हुए दूर से आती नौकाओं को बेसब्री से देखते रहे। आखिर पिता आ गए थे। अचानक आँधी-तूफानों के बीच मुलायम सूरज मुस्कुराया था। बच्चों ने दूर से ही पापा-पापा की गुहार लगाई थी। पिता दिनभर के श्रम से इतना नहीं थकते थे, जितना रोगग्रस्त पत्नी के कारण घर-परिवार के बिखराव से उद्विग्न रहते थे। शिकारे में बैठे उस दिन वे जिस गीत की पंक्तियाँ गा रहे थे, छोटीवाली लड़की को वे अचानक याद आ गईं—

अथ सोदरस वाव तूफानो
नाव वुछमस बेशुमार
केंह फचि तय
केंह छि यीरानो...
बोज़ जानों सुयसोज़ जना।

(इस सागर में तूफान और आँधियाँ हैं, बेशुमार नावें इस पर तैर रही हैं, कुछ डूब जाती हैं और कुछ धारों पर हिचकोले खाती बहती जा रही हैं...)

भटकन, बहाव, हिचकोले खाना जीवन की शर्तें हैं, आँधी-तूफान इसके सच। सूफ़ी-संतों के लिए डूबना उसकी मंज़िल पाना है, उस प्रेमी में विलय होना, जिसके रहस्य खोजते उम्र निकल जाती है...

लेकिन पिता संत नहीं थे। साधारण मनुष्य थे, गुण-दोषों से भरे। जिन्दगी की विसंगतियों से, परन्तु उन्होंने न शिकायत की और न घुटने टेके। किसी तंत्र-मंत्र, सिद्ध योगी का सहारा भी न लिया, किसी मुक्ति

कामना के साथ। कर्म में उनकी अटूट आस्था थी। तभी पत्नी की मृत्यु के बाद बिखरे घर को समेटने के साथ वे कोशिश भर नाते-रिश्तेदारों के लिए भी खटते रहे। उसका कारण मन की सहज करुणा ही थी, प्रशस्ति-लालसा नहीं। लेकिन अपने आसपास असंतुष्टों की भीड़ पाकर अन्त में वे जान गए कि संतुष्टि कोई ऐसी चीज़ नहीं जिसे तुम दूसरों को दान में दे सको, उसे स्वयं ही कमाना होता है। अब उनकी ये अस्थियाँ दूर तक हिचकोले खाती पुल के भँवरों के साथ सिर धुनती रहेंगी या दूर तक गंगा की गोद में माँ के सीने से चिपके शिशु की तरह शान्त बहती रहेंगी।

यही है सच? उम्रभर की आकांक्षाओं, संघर्षों और सुख-दुःख का निचोड़, मुट्ठी भर अस्थियाँ? या वही—वासांसि जीर्णानि यथा विहाय, नवानि गृहणाति नरोऽपराणि...?

मन्दिर के विशिष्ट सेवक या पदाधिकारी ने शुद्ध घी में बना ढेर सा प्रसाद बच्चों के लिए साथ थमा दिया। "आप तो इस ओर कभी पधारते नहीं..." उन्होंने साधिकार शिकायत की। वे एक प्रभावी नेता से लग रहे थे। नम्बर एक सुपुत्र ने शालीनता से हाथ जोड़ दिए—"आप तो हमारी व्यस्तताएँ जानते हैं..."

छोटे से तंग बाज़ार में महिलाओं ने कुछ खरीदारी की। ताई-चाची ने रामनाम पट्ट, सुमिरनी, चन्दन की मालाएँ...यही, अपनी अन्तिम यात्रा के लिए कुछ सामान। गंगाजी में गोता लगाकर रखेंगे तो अन्त समय आत्मा की मुक्ति का कुछ तो उपाय हो जाएगा। बच्चियों ने चन्दन आदि के बुरादे से बनी कुछ मालाएँ वगैरह खरीदीं। आजकल इन्हें पहनने का कुछ चलन सा हो गया है...

नदी पार कर वे वापस आश्रम में लौटे। चाँदी की थालियों में विशुद्ध घी में बना सात्त्विक भोजन करके वे विश्राम करने चले गए।

सुबह-सवेरे आश्रम के दान-पात्र में अपनी सामर्थ्य से कुछ अधिक ही रकम दान कर वे महन्त जी का आशीष पा गए। उन्होंने एकाध दिन रुकने का अनुरोध भी किया जिस पर नम्बर एक सुपुत्र ने असमर्थता दिखाते हुए कहा—"गंगाजी के किनारे विश्राम करना हमारे भाग्य में कहाँ? यह तो पिताजी के कारण...आप तो जानते हैं..."

"सत्य वचन! आप जैसे सुपुत्रों के कारण ही कलिकाल में थोड़ी श्रद्धा-आस्था बची है..."

लौटते समय वर्मा जी ने आग्रह किया कि संन्यासिनी माँ के दर्शन करके लौटें, आजकल इधर आई हुई हैं...शर्मा जी को उनके आश्रम में पहले ही दौड़ाया गया था।

संन्यासिनी माँ चक्करदार तंग गलियों में बने एक पुराने खस्ताहाल से आश्रम में ठहरी थीं। एक लम्बोतरे कमरे में तख्त पर बैठीं, वे शुभ्र-श्वेत वस्त्रों में सरस्वती-सी मालूम दे रही थीं। नम्बर एक-दो सुपुत्रों ने उनसे आध्यात्मिक एवं कामकाज सम्बन्धी प्रश्नों के समाधान पूछने की कोशिश की जिसका उत्तर उन्होंने संक्षिप्त से एक-दो वाक्यों में दिया। वे लोग शायद उनसे किसी समस्या के समाधान की अपेक्षा कर रहे थे।

"आप लोग माँ से कुछ पूछना चाहती हैं?" नम्बर एक सुपुत्र ने कुछ निराश सा होकर महिलाओं से पूछा।

"दर्शन किए, कृतार्थ हो गए।" चाची ने हाथ जोड़कर सभी का प्रतिनिधित्व किया।

तभी जाने क्या हुआ कि छोटीवाली लड़की, जो अभी तक सभी प्रसंगों से कटी नि:संग सी बैठी थी, भर्राए गले से फूट सी पड़ी—"मन बहुत अशान्त है माँ!" ज्यों बड़ी देर से वह गले में अटकी फाँस से मुक्त होने को छटपटा रही हो या गहरे पानी में डूबते अचानक पानी पर कोई लकड़ी का तख्ता तैरकर पास आता देख सहारे के लिए लपककर उस ओर दौड़ी हो...

घरवालों ने थोड़ा ताज्जुब से लड़की को देखा। पूरी यात्रा में चुप बैठी यह लड़की बोली भी तो क्या? श्राद्ध अवसर पर किसी अनुष्ठान में हाथ नहीं लगाया। पितृमुक्ति के किसी भी आयोजन में शामिल होकर पिता के लिए कोई चिन्ता न दिखाई। दो बूँद आँसू भी न बहाए। अब अचानक यह बेतुका व्यवहार? इस आध्यात्मिक माहौल में? लेकिन छोटीवाली लड़की को संन्यासिनी उस वक़्त सिर्फ माँ नज़र आई, जो उसके सिर पर ममता से हाथ फेर रही थी। कुछ शब्द भी उसने कहे, जो लड़की ने नहीं सुने। वह उसकी आँखों में अपनी माँ की आँखें देख रही थी, उसके स्वर

में पिता के बोल सुन रही थी। श्रीकृष्ण के अर्जुन को युद्धक्षेत्र में कहे वाक्य, "कर्म ही तुम्हारी मुक्ति है, वही तुम्हारी चिन्ता, शेष सब गौण..."

लौटते समय सभी जन पीछे छूटे कामों की तफ़सीलों में लग गए, और साथ ही अगले कार्यक्रमों की रूपरेखाएँ बनाने में भी जुट गए।

नम्बर एक सुपुत्र को कई सालों की तिकड़मों के बाद मंत्री जी के साथ विदेश यात्रा का मौका मिला था, पर इधर अचानक पिताजी का देहावसान हो गया... "चलो, पिताजी का काम ठीक-ठाक सम्पन्न हो गया।" उन्होंने उच्छ्वास सा छोड़ा।

"हाँऽऽ। जीते रहो, पुत्रधर्म निभाया। पिता को सद्गति मिल गई।" ताई ने आशीष दिया।

नम्बर दो सुपुत्र, जो एक प्राइवेट कम्पनी के अधिकारी थे, पिछले दिनों कर्मचारियों की माँगों व हड़ताल की धमकियों से खासे परेशान थे। पिताजी की मृत्यु का समाचार पाकर उन्हें वक़्ती छुटकारा तो मिला, पर अब लौटकर हालात का सामना करना था। इधर खर्चा भी काफी हुआ, लेकिन मन में जो, पिता की बीमारी में सेवा न कर पाने का अपराधबोध-सा पल रहा था, उससे कुछ मुक्ति सी जरूर मिली थी। चाचीजी ने रामनामी वस्त्र को तहाते इस बात की भी पुष्टि की कि बिरादरी में सिर ऊँचा हो गया। कौन आजकल इतना करता है? बहुत हुआ तो बड़ा लड़का जाकर गंगाजी में अस्थि-विसर्जन कर श्राद्ध कर आता, इस तरह पूरा परिवार अनुष्ठान में जो शामिल हुआ...कोई सेठ-साहूकार भी न करे...।

नम्बर तीन सुपुत्र ने कुछ न कहा। वह सबसे छोटा था। पिता उसी के पास स्वर्ग सिधारे थे, तो जाहिर है पूरे वर्ष मासिक श्राद्ध, वार्षिक आयोजनादि उसे ही देखने थे।

बेटियाँ बीच-बीच में पिता के कष्टों को याद कर एक-दो वाक्य बोलती जाती थीं। उनको अब पीछे घर-परिवार की चिन्ताएँ भी सताने लगी थीं।

छोटीवाली लड़की ट्रेन की खिड़की से सिर टिकाए गंगा के प्रवाह को चुपचाप देख रही थी। उसके भीतर की जकड़न धीरे-धीरे खुलने लगी थी, भीतर से कुछ तरल सा बहकर आँखों में घुमड़ रहा था। पिता, भाई-बहनों और शायद अपने लिए भी उसके भीतर प्रार्थनाओं के खामोश

स्वर उगने लगे थे...जडानंधान् पंगुन् प्रकृतिवधिरान् मुक्तिविकलान...। 'हे अम्बे! जन्म से बहरे, लँगड़े, गूँगे, अंधे और जिनके पापों से छुटकारे हो गए हैं, सारे मार्ग अवरुद्ध...उनका तुम उद्धार करो।'

उधर गंगा किनारे घाटों पर श्राद्ध, पिंडदान, अस्थि-विसर्जन आदि होता रहा, पंडे यजमानों से बहियों में हस्ताक्षर करवाते रहे, पत्नियाँ पतियों का हाथ पकड़ गंगा में साथ-साथ गोते लगाती रहीं...और कल शाम जो नंगे-भूखे अपंगों की भीड़ गोकुलनाथ के सुपुत्रों का दिया हलवा-पूड़ी का भोजन खाकर तृप्त हो गई थी, आज फिर भूख की ऐंठन से त्रस्त, किसी दूसरे गोकुलनाथ के दानी सुपुत्रों की तलाश में घाट-घाट भटकने लगी थी।

तैंतीबाई

ऊधमपुर की सैनिक बैरक, परेड ग्राउंड और चिनार होटल पीछे छोड़ने के बाद ही काका कमर सीधी कर सीट के ऊपर बैठ सका। तब तक उसे कई बार सीट के नीचे भाभी के पैरों के पास दुबककर उकड़ूँ बैठे रहना पड़ा, जो अपनी शान के खिलाफ महसूस होने के बावजूद वह झेलता गया। भाभी पाँव एक ओर सिकोड़ ड्राइवर की तरफ काफी फासला छोड़ खिड़की से सटी बैठी रही।

बलदेव की अपनी परेशानियाँ थीं। सामान से लदा-फँदा ट्रक, जगह-जगह चेकिंग का टंटा। ऊपर से फ्रंट सीट पर एक साथ दो व्यक्तियों के बैठने की सख़्त मनाही। जरा-जरा सी भूल पर चालान का डर।

जम्मू से चलते समय ही उसने मास्टर साहब के सामने अपनी विवशता प्रकट की थी। परन्तु मास्टर साहब का दोहरा लाचार चेहरा और चेहरे की भंगिमा देखकर उसके मन में पिघलाव-सा आ गया। हालाँकि मन की यह भावदशा उसके लिए कुछ नई थी। जब से ड्राइवर का पेशा अपना लिया है, पथरीली कंक्रीट की तरह तन-मन सख़्त ठस बना लिया है। बना

क्या लिया, यों समझो बन गया है। रोज-रोज धूप-बरखा में जोखिम भरी पहाड़ियाँ और बीच राह में अड़े शिलाखंड लाँघते, बाहर की नज़ाकत और भीतर की नफ़ासत दोनों भाप-सी उड़ जाती हैं। खाल के भीतर-बाहर एक सख़्त झिल्ली-सी जमने लगती है।

यहाँ पिघलाव का कारण जनानी सवारी भी थी। छोकरा तो बस नाम का मर्द था। बारह-तेरह वर्षों की किशोर होने चली वय, जिस्म ऐसा कि पीर-पांचाल की शोख हवा का एक झटका चक्करघिन्नी खिला दे। दस के ऊपर तो हरगिज़ नहीं लगता। दो सौ मील के पहाड़ी सफर में कहीं नाला वाला बह निकला या पहाड़ से लुढ़ककर कोई एवलांश रास्ते के बीच अड़ गया तो मलबा हटाने में ही दो-तीन घंटे लग सकते हैं। ऐसे में कभी-कभी कुद-बटोत में रात काटनी पड़ती है।

बलदेव ने सोचा, रास्ते में पड़ाव डालना पड़ा तो वह इस जनानी सवारी को कहाँ टिकाएगा? उस मस्त-मलंग का क्या, किसी होटल की बेंच मिली तो ठीक, नहीं तो अपनी ट्रक में ही टाँगें सीधी कर दो झपकियाँ लेगा। परन्तु यह जनानी सवारी? वह भी अठारह-बीस की महकती उम्र!

मास्टर साहब बलदेव के पास आकर विनयपूर्ण आत्मीयता से बोले थे, "बलदेव भाई! बहू का मामला है। तुम्हारे ही भरोसे भेज रहा हूँ। इसकी माँ तो काके के साथ भेजने में कतई राजी न थी। मैंने तुम्हारा ही हवाला देकर मनाया। कहा, तुम हमारा जैसा ही ध्यान रखोगे, जैसी हमारी बेटी वैसी तुम्हारी!"

बलदेव ने नज़र भर जनानी सवारी को देखा। पाँचेक फुट की छुई-मुई सी नाज़ुक संदली देह। चूड़ियों से भरी कलाइयाँ, माथे पर दहकती लाल बिन्दिया...एकाएक उसने अपना चेहरा सामने लगे शीशे में देखा। क्या ट्रक-ड्राइवरी ने उसके यौवन को असमय ही उससे छीन लिया है? या मास्टर साहब के दिमाग का कोई पुर्जा बुढ़ापे में ढीला हो गया है, जो बलदेव को अपना हमउम्र समझने की गुस्ताख़ी कर रहे हैं? अभी-अभी उसकी उम्र को तीसवाँ साल लगा है। शरीर भी भरा-पूरा है। वह घनी काली मूँछों के बीच मुस्कुराया, 'बेचारा मास्साब!' स्वयं को आश्वस्त करने के लिए आदमी किस-किस बेहूदे ढंग से सोचने लगता है।

पर मास्टर साहब सचमुच उलझन में थे। प्राइमरी स्कूल का मास्टर। हमेशा तंगदस्ती का रोना। बहू की माँ की बीमारी का तार आया, सो भी महीने की पच्चीस तारीख को। बेटी को जल्दी से भेज दो! उसने कहा भी था, "हालात नाजुक न होते तो तुम समझ सकते हो, बहू को इस तरह..."

"आप भरोसा रखिए मास्साब!" बलदेव को लगा कि उसे कुछ बोलना चाहिए, "हम भी बहन-भाईवाले हैं।"

मास्टर साहब ने जाते-जाते बेटे को हिदायत दी—"भाभी का ध्यान रखना काके!"

बेटे ने 'आप बिलकुल चिन्ता न करें' वाले अन्दाज़ में सिर हिलाया। बलदेव क्लीनर छोकरे से इंजन में पानी डलवा रहा था। कान बाप-बेटे के संवाद पर लगे थे। कनखियों से दोनों को फुसफुसाकर बतियाते देखा तो अनजाने ही चिढ़ सी छूट गई। इतना ध्यान रखने की जरूरत थी तो एक टैक्सी बुक कराके खुद ही परदे में ले जाते लाडो रानी को! पिद्दी से छोकरे को ध्यान रखने की हिदायत दे रहे हैं। इससे जरा जोर से बोलो तो जनानियों की तरह टेसुए बहाने लगेगा।

सोचा कुछ कह दे, पर टाल गया। कैसे-कैसे नमूनों से तो रोज पाला पड़ता है। जैसे ट्रक ड्राइवर आदमी न हुआ, भेड़िया हो गया। जाने क्या समझते हैं? ट्रक ड्राइवर सामान की फेरियाँ लगाएगा या लड़कियों की स्मगलिंग करेगा?

बलदेव कुढ़ने लगा, लेकिन तभी उसे माँ की बात याद आ गई, "देवा, मतवाले हाथ और अंधी जवानी का कोई भरोसा नहीं।" वह फिर सहज हो आया। मास्साब की शंकाएँ सौ फीसदी गलत भी तो नहीं।

बलदेव क्लच-ब्रेक वगैरह चेक करके अपनी सीट पर जम गया, "अच्छा मास्साब! आप बेफिक्र रहो।" बलदेव ने ट्रक स्टार्ट कर दिया।

चेक पोस्ट पर लुंगी-बनियान पहने एक पहलवाननुमा सरदार ने दातौन चबाते बलदेव से 'सत्सिरी अकाल' किया। दाढ़ी पर लाड़ से हाथ फिराकर मुस्कुराती आँखों से पूछा, "जियो बाश्शाओ, इस बार पाबी जी को भी श्रीनगर की सैर करा रहे हो?"

बलदेव ने सुनकर अनसुना कर दिया। सरदार ने जरा ऊँचे स्वर में छेड़ा, "ऐ भाई तैंतीबाई, एक नज़र इधर भी!" और अकारण ठहाका लगाया। बहूरानी को सरदार की बातों से फूहड़पन की गंध आई और उसके कपोल रक्ताभ हो गए। उसने चुन्नी माथे तक खींच मुँह दूसरी ओर फेर लिया। मन में गुस्सा उभरा, कैसा बेहूदा आदमी है। सोच-समझकर बात करने की भी तमीज़ नहीं। बलदेव से भी वह नाराज़ हो गई। यह भी कैसे मुस्कुराकर चुप लगा गया। कह नहीं सकता था कि...

अपने सोच के आगे प्रश्नचिह्न लगा देख वह रुक गई, 'क्या कहता भला? भाभी...बहन...? ऐसा कोई रिश्ता भी तो नहीं है इसके साथ, बस जरा सी पहचान है। इसकी माँ हमारी माँजी की सहेली है, उससे क्या रिश्ता बना?'

"उठो काके! ठीक से बैठो।" बलदेव भी शायद भीतर ही भीतर उलझन में पड़ गया था। पर वह उलझन उसे भा गई। तभी तो खुली सड़क पर ट्रक दौड़ाते उसे किसी रोमांटिक टप्पे की कड़ी याद आ गई और वह गुनगुनाने लगा—

कोठे तों उड़ कागा, सद परदेसी नू, जिना...

छँटते धुँधलके में आकाश के सुरमई लबादे पर गुलाबी रंग छिटकने लगे थे। अलस्सुबह में खेतों से उठती नशीली गंध ने बलदेव के सुर में जाने कैसी पीर सी भर दी कि काका मंत्रमुग्ध सा सुनने लगा। तेजी के कान भी उधर ही उठे रहे, यद्यपि प्रकट में वह हवा के तेज झोंकों से उड़-उड़ जाते दुपट्टे को दोनों हाथों से सँभालने-लपेटने लगी थी।

सहसा बलदेव ने गाना बन्द कर दिया। पथरीली सड़क पर ट्रक के भारी पहियों की आवाज़ कान काटती सी निकली।

"हवा तेज है!" बलदेव ज्यों अपने आप से बोला।

"हाँ।" काके ने सहमति प्रकट की।

"भाभी से बोलो, आराम से बैठे। लम्बा सफर है।"

काके ने भाभी को देखा। वह शेष, अनबोले शब्द समझ गई—'कब तक दुपट्टे को पकड़े अकड़ी हुई बैठी रहोगी।' तेज हवा के सामने निरुपाय होकर उसने दुपट्टे को उड़ने दिया। बाँह खिड़की पर टिकाकर

भागते हुए परिदृश्यों को देखने लगी। काका बगल में हाथ दाबे पारदर्शी काँच से बाहर टकटकी लगाए गुमसुम बैठा रहा।

बलदेव ने बायाँ हाथ स्टेयरिंग से हटाकर काके की पीठ पर रख दिया, "कुछ सुनाओ काके! ऐसे मुँह में दही जमाए बैठे रहोगे तो सफर कैसे कटेगा?"

हाथ जरा सा बहूरानी की बाँह को भी छू गया। वह कंधा सिकोड़कर और ज्यादा खिड़की से चिपक गई। बलदेव को बिना देखे भी महसूस हुआ कि उसके माथे पर हल्के बल पड़ गए हैं। वह अपनी गलती सुधारने के भाव से काके से मुखातिब हुआ, "अच्छा, अपना नाम तो बता काके?"

"अजय।" काका सड़क से आँखें हटाए बिना ही उत्तर दे बैठा।

"तेरी भाभी का क्या नाम है अजय?"

"मैं तो भाभी कहता हूँ।" काके ने स्वर में गम्भीरता भरकर गोया धमकाना चाहा कि तुम्हें उसके नाम से क्या मतलब? अपनी हद में रहो।

दरअसल ट्रक ड्राइवरों के विषय में उसकी जो भी धारणा बनी थी, उसमें कुछ भी अच्छा न था। उसने सुना था कि ये लोग घटिया किस्म के जीव होते हैं। राह चलती लड़कियों को ट्रक में उठाकर ले जाते हैं। अपनी बहन-भाभियों को इन खतरनाक लोगों से बचाना चाहिए।

बलदेव काके की ओढ़ी हुई गम्भीर मुद्रा पर बेसाख्ता हँस पड़ा। उसे देवर-भाभी को चिढ़ाने में थोड़ा आनन्द भी आ रहा था। "अरे भई, भाभी-बहनों के भी तो कुछ नाम होते हैं। मेरे तो कई नाम हैं। अभी सुना नहीं, रास्ते के यार तैंतीबाई कहकर बुलाते हैं। भाई बलदेवा कहते हैं। माँ कभी देवा, कभी निका कहकर पुकारती है। तुम्हारी भाभी का भी तो कोई नाम होगा ही।"

काके ने भाभी की ओर देखा, ज्यों नाम बोलने से पहले उसकी अनुमति जरूरी हो। बहूरानी सोचने लगी—यह ट्रक ड्राइवर चुप रहनेवाला आदमी तो नज़र नहीं आता। क्या मालूम सुबह-सुबह ही बोतल-वोतल चढ़ाकर निकला हो। इन लोगों का क्या भरोसा? बार-बार पूछकर मगज़ खा लेगा। अच्छा है, एक बार में ही चुप करा दिया जाए। वह होंठों ही होंठों में बुदबुदाई, "कह दो काके, मुझे तेजी कहते हैं।"

"तेजी!" बलदेव ने नाम दुहराया। काके ने नज़रों में तरेर भरकर बलदेव को घूरा, "घर में बड़े इन्हें बहूरानी कहते हैं और छोटे तेजी भाभी!"

"और तुम्हारे भैया क्या कहकर बुलाते हैं?" बलदेव ने कनखियों से तेजी को देखकर पूछा। तेजी शायद इस प्रश्न की अपेक्षा नहीं करती थी। दुपट्टे का छोर दाँतों के बीच दबाकर उसने नज़रें झुकाईं। बलदेव को यह देखकर अच्छा लगा कि अब भी लड़कियों के कपोल लाज के रंगों से गुलाल हो जाते हैं। कुछ क्षण खामोशी छाई रही। काका सोच में पड़ गया। इस नाजुक से प्रश्न का क्या उत्तर दे। भैया का नाम लिया है तो दो-एक बातें कहनी चाहिए।

"मेरा भैया छम्ब-जोरिया में लड़ा है। दुश्मनों की कई चौकियाँ बमों से उड़ा दी हैं।"

तो तेजी का दूल्हा मिलिट्री में है। बलदेव ने नई कोमलता से नवेली को देखा। जवानों की बीवियों के लिए उसके मन में नरम तार सा खिंच आया। साल-साल भर तेजी को भी पति की राह देखनी होगी। अब आए...अब आए...और एक दिन क्या पता, ट्रक ड्राइवर की तरह वह भी कभी न लौट पाए। इन्तज़ार करते-करते तेजी की दिप-दिप चमकती आँखें पथरा जाएँ। प्रकट में वह काके की पीठ सहलाता बोला, "जवान जोखिम से लड़ते हैं, तुम्हारा भाई जरूर बहादुर होगा।"

काका गर्व से गुब्बारा जैसा फूल गया। वह चाहता था कि बलदेव उसकी पीठ पर से अपना हाथ हटा ले। आधे घंटे से बराबर मस्का मार रहा है। काका खूब समझता है। यह सब भाभी के कारण है। बाबू ने उसे चेताया भी है कि भाभी का खूब ध्यान रखे। उसने बलदेव को जरा दूर रखने की गरज से पुलिसिया लहजे में कहा, "भैया के पास बड़ी-बड़ी बन्दूकें हैं। उसका निशाना कभी नहीं चूकता..."

"सऽऽच!" बलदेव ने प्रभावित होने का अभिनय किया, "तब तो तेरे भैया से डरना पड़ेगा।"

काका आश्वस्त होकर मुस्कुराया। तेजी के बालों की घुँघराली लट माथे पर झुक आई। अपनी पतली अँगुलियों से बालों की लट कान के पीछे खोंसते उसकी काँच की रंग-बिरंगी चूड़ियों में मीठी झनकार हुई।

बलदेव ने मोह से बिंधे-बिंधे गर्दन हल्की सी मोड़कर उसे कई बार देखा। काका बलदेव के मन की बात तो नहीं समझता, पर उसका बार-बार भाभी को घूरना उसे सुहाया नहीं। इस तरह औरत लोगों को घूरना तो बुरी बात है ही, साथ में सड़क से नज़र भी हटती है। किसी मोड़ पर दूसरी तरफ से गाड़ी आई तो दोनों की टक्कर हो सकती है। काके ने बलदेव को सावधान कर दिया, "हॉर्न नहीं बजाते भाई साहब? कितनी तो गाड़ियाँ आ-जा रही हैं।"

"तुझे डर लगता है क्या?" बलदेव ने काके की आवाज़ का कम्प महसूस करते मजाक किया, "अरे! डरती तो औरतें हैं। तू तो लड़का है।"

फिर तेजी भाभी की ओर! काके ने बलदेव की नज़र का पीछा किया। परन्तु भाभी हथेली पर गाल टिकाए ऊँघने लगी थी। वह निश्चिन्त सा हो गया और थोड़ी ही देर में ट्रक के हिचकोलों से वह भी ऊँघने लगा।

थोड़ी ही देर बाद किसी बलिष्ठ हाथ के स्पर्श ने तेजी को जगा दिया, "बाँह अन्दर कर लो। बसें आ रही हैं। सो गई थीं क्या?" बलदेव पूछ रहा था। उसने उनींदी आँखों से देखा, बलदेव की भीतर तक झाँकती आँखें। आँखों की झील में हल्के गुलाबी डोरे। उसकी बाँह पर एक मजबूत स्पर्श जैसे ठहर गया हो। अचानक उसके भीतर डर उग आया। अपने निस्सहाय होने का बोध सालने लगा। बापू को क्या इस तरह उसे गैर-मर्द के साथ भेजना चाहिए था? माँ की बीमारी ने उन्हें सचमुच दरियादिल बना दिया। कहाँ तो वे तेजी को पराए आदमी के सामने बिना काज निकलने भी न देते, और कहाँ आप ही बलदेव के हवाले कर दिया।

हवाले करने जैसी ही बात हुई न? तेजी ने उदास होकर सोचा। काका तो बच्चा है, बहाने का मर्द। उस पर बलदेव की उपस्थिति हावी होने लगी। अभी उसने स्टेयरिंग से हाथ उठाया। तेजी को लगा, वह बाँह उसके कंधे पर रखकर जरूर कोई छेड़छाड़ करेगा।

आगे सड़क सुनसान लगी। इक्का-दुक्का बस या ट्रक, शहर से दूर मीलों में फैला विस्तार। उसने काके को अपनी बाँह का सहारा दिया, उससे ज्यादा खुद को आश्वस्त करने के लिए। क्लीनर भी, कौन जाने ट्रक में पीछे बैठा ऊँघ रहा हो। फिर इन लोगों की तो मिलीभगत होती है।

"चाय-वाय तो नहीं पीयोगी?" बलदेव उसी से पूछ रहा था।

"नहीं।" उसने नकार में सिर हिला दिया। मन तो उसका हो रहा था। पेट्रोल की गंध से उबकाई आ रही थी। चाय से तबीयत कुछ सुधर जाती। लेकिन क्या मालूम, चाय पिलाने के बहाने ट्रक किसी सुनसान जगह रोक ले और...

तेजी आगे न सोच सकी। लगा कोई अदृश्य पंजा धीरे-धीरे उसका गला दबोचने को आगे बढ़ रहा है। उसके शरीर में हल्की सी कँपकँपी होने लगी।

"ठंड लग रही है क्या?" बलदेव ने कंधे ढकते देखा तो पूछ लिया।

"नहीं।" उसने फिर नकार में सिर हिला दिया।

"हर बात का जवाब सिर हिलाकर ही देती हो। बात करना नहीं आता क्या?"

बलदेव बार-बार प्रश्न पूछकर उसे कोंच रहा था। दोनों हाथ अपनी गोद में रख तेजी ने आँखें झुका ली। आँखों की कोर से अचानक पानी की दो बूँदें झूल आईं।

सुबह से ही उसका जी उदास है। माँ का रुग्ण अँसुवाता चेहरा मन के कैनवस पर बार-बार उभर आता है। क्या मालूम, तेजी के वहाँ पहुँचने तक माँ रहेगी भी या नहीं? ऊपर से उसे बलदेव से डर लगने लगा है। तेजी ने दाँतों से होंठ दबा लिये, फिर भी आँसू की बूँदें गालों से ढुलककर हाथों पर गिर आईं। हड़बड़ाकर उसने मुँह खिड़की से बाहर निकाल दिया। बलदेव देख ले तो क्या समझेगा?

और बलदेव ने देखा। ट्रक की रफ़्तार धीमी कर ली। लाड़ से पूछा, "क्या बात है मुझे नहीं बताओगी?"

बलदेव का स्वर एकदम नया लगा। यह आत्मीयता से सराबोर स्वर क्या बलदेव ट्रक ड्राइवर का था? तेजी ने उसका चेहरा देखा, अव्यक्त सी चिन्ता और सहानुभूति से कोमल! यह आदमी क्या जेब में नकली चेहरे लिये फिरता है? जब जो जी चाहा, लगा लिया। अभी कुछेक मिनट पहले उसे बलदेव क्रूरता की सीमा तक गुस्ताख लगा था, अभी इतना अपना, इतना सुन्दर!

"गाड़ी रोकता हूँ। चाय-पानी पीयेंगे।"

"कुद-बटोत में। इधर तो कोई दुकान भी नहीं है।" तेजी अपने स्वर की सहजता से स्वयं विस्मित हो गई।

"उधर दो-तीन हट्टियाँ हैं। मँगवा लेते हैं।" बलदेव ने उत्तर की प्रतीक्षा किए बिना ही ट्रक सड़क के किनारे खड़ा कर लिया और छलाँग लगाकर सीट से नीचे उतर पड़ा।

"तुम भी थोड़ा नीचे उतरो। खुली हवा में जी अच्छा हो जाएगा।"

तेजी क्षणभर दुविधा में पड़ी रही। काका सोया है, वह अकेली कैसे नीचे उतरे?

"काके को भी जगा दो। वह भी थोड़ा घूम-फिर लेगा।"

बलदेव क्या तेजी के मन की बात पढ़ता है? बात कहने के साथ ही उसने हल्की सी थपकी देकर काके को जगाया। काका आँखें मलता उन दोनों के चेहरे देखने लगा।

दस-बीस कदम चलकर वे सड़क के किनारे से लगी छोटी दीवार पर बैठ गए। चक्करदार सड़क से हटकर, कच्चे ढलुवाँ रास्ते को पार कर बलदेव छोकरे के साथ जाकर चाय के तीन गिलास लेकर आया। तेजी को गरम चाय अच्छी लगी।

"हो गया न अब जी अच्छा? दिमाग भी दुरुस्त?" बलदेव ने छेड़ा, "इस सड़क पर सफर करते आदमी के दिमाग में ऐसी ही उलट-पुलट बातें आती हैं..."

तेजी झेंप गई। काका कुछ भी न समझने की खीज मिटाने के लिए झुककर नीचे खड्डे में झाँकने लगा।

"ऐसे झुककर मत देखो। चक्कर आएगा और राम-नाम सत्त!"

बलदेव ने टोका तो तेजी काके की बाँह खींचकर सड़क पर आ गई। भय से मुँह पीला पड़ गया। बुरा भी लगा। इस बलदेव को बात करने का जरा भी ढंग नहीं, कैसी कुबात बोलता है।

काके ने भाभी के कथन की पुष्टि की, "ड्राइवर लोग इसी जुबान में बात करते हैं। अभी देखो, साला-ससुरा...बहन...सभी कुछ कहने लगेगा।"

आगे कुद-बटोत का पहाड़ी रास्ता था। सर्पाकार चढ़ाई, ऊँची और ऊँची उठती हुई। चीड़ व देवदार के जंगलों से आती मदहोश करनेवाली

गंध लिये ठंडी हवा के झोंके तन-मन में पुलक भरने लगे। पहाड़ों की सलवटों में बर्फ की तहें जम गई थीं। सड़क निहारते बलदेव बिना भूमिका बाँधे काके से पूछ बैठा, "काके! तेरी भाभी क्यों रो रही थी?"

तेजी आँखों की उदास नमी को झुठलाती बोल पड़ी, "नहीं, रो नहीं रही थी। आँख में तिनका पड़ गया था।"

बलदेव ने जैसे सुना ही नहीं, "माँजी के बारे में सोच कर रही थी न? ऊपरवाले के बस में है सब! हम तो उस बाजीगर के बन्दर हैं।"

बाजीगर के बन्दर! हिक्! काके की रोकते हुए भी हँसी निकल पड़ी। बलदेव के स्वर में बरसात का सा भीगापन था। काके को पहली बार लगा कि बलदेव उतना बुरा नहीं, जितना उसने समझा था।

अब वह बराबर बातें करता जा रहा था। पहले से ज्यादा खुला हुआ। वे लोग तीन भाई हैं। दो की शादी हो गई है। उसकी नहीं हुई। मालूम है क्यों? क्योंकि वह साला ट्रक ड्राइवर है...

"साला! देखा?..." काके ने भाभी को टहोका दिया, "मैंने कहा था न!"

बलदेव ने ठहाका लगाया। काके ने सहमकर सड़क की ओर देखा, "इस खतरनाक रास्ते पर पहिया फिसल गया तो?"

"अरे भाई! मौत एक ही बार तो आती है। हम ड्राइवरों की जिन्दगी तो पहाड़ी बादलों-सी है। अभी है, अभी नहीं।" बलदेव मौत की बात भी हँसकर करता था।

"परसों ही रामसू के पास सड़क पर एक बड़ा एवलांश गिर पड़ा, मेरी ट्रक से चारेक हाथ की दूरी पर। दो-तीन मजदूर कुचल गए। दोस्तों ने जान बचने पर बधाई दी। माँ ने रघुनाथ बाबा को प्रसाद चढ़ाया। ये माँएँ भी बड़ी अजीब होती हैं। इन्हें क्या मालूम, हम रोज किन खतरों से खेलते हैं!"

उतराई में बकरियों का एक झुंड गूजरों के कोठों से उतरकर बीच सड़क पर अड़ गया। बलदेव ने गाली देकर उनके मालिक को पुकारा। उत्तर में एक मजबूत काठीवाली गूजरी हँसती हुई बकरियों के झुंड से निकल आई। लम्बे बालों की दसियों नन्ही चोटियाँ माँग के आर-पार

झुलाती हुई। ट्रक के पास आकर वह तेजी को घूर-घूरकर देखने लगी। फिर भौंहें प्रश्न की मुद्रा में उठाकर बलदेव पर शरारतभरी दृष्टि डाल मुस्कुराई। बीच सड़क पल भर मौन वाणी का आदान-प्रदान हुआ। बलदेव अकारण झेंपने लगा था, पर जल्दी ही उस भाव को झटककर उसने ट्रक आगे बढ़ाया, "छिनाल! रोज इसी वक़्त बकरियाँ लेकर इधर बैठ जाती है।" उसने तेजी की ओर मुड़कर कहा और काके को उत्सुकता से सुनते देख चुप हो गया। लम्बी-चौड़ी वह गूजरी लालसाभरी आँखों से दूर तक देखती रही।

पतनीटॉप पर घने चीड़, देवदार व सरो के जंगलों से घिरी पहाड़ियों पर आकाश टुकड़ों में बँटा नज़र आता था। सुरमई पहाड़ियों पर बर्फ की चादर, सूर्य की गुनगुनी किरणों से पिघलती हुई धार बनकर जगह-जगह झरने बहा रही थी। निसर्ग के उस उन्मुक्त वातावरण में उन्होंने खाना खाया। बलदेव ने माँ के हाथों बने सब्जी-पराँठे उन्हें भी खिलाए। तेजी ने थोड़ा सकुचाकर पराँठे लिये और बदले में अपना टिफिन बॉक्स बलदेव के आगे कर दिया। काके ने आग्रह किया।

"अपनी भाभियों के हाथ का खाना मुझे नहीं रुचता, पर तेरी भाभी खिलाएगी तो जरूर खाऊँगा।" बलदेव ने स्वाद से खाना खाया।

दूर पहाड़ियों पर बने गूजर कोठों की ओर संकेत कर बलदेव का स्वर ही नहीं, चेहरा भी बेहद कोमल हो आया, "अक्सर मेरा जी करता है, वहाँ अपना एक छोटा सा झोंपड़ा हो, शहरों के शोर-शराबे से दूर, हरियाली के आलम बीच...।"

तेजी अविश्वास से देख रही थी। बलदेव की पथरीली छाती में कितने कोमल राग छिपे हैं! वह कहीं दूर खो गया था, "भाभी! वह जो गूजरी मिली न? मालूम है क्या कहती है?" तेजी को बलदेव का सम्बोधन भला लगा—भाभी!

"कहती है, मुझे शहर ले चलो। दरअसल जिसे जो मिलता है, वह उसकी कद्र नहीं करता।"

"आप उसे जानते हो?" तेजी ने बिना सोचे उत्सुकता दिखाई।

"ओ! वह...वह मुझे पसन्द करती है।"

तेजी ने देखा, मुस्कुराते वक़्त बलदेव बेहद सुन्दर लगता है। कोई भी उसे पसन्द कर सकता है।

"काफी दिन पहले एक महलोंवाली ने भी इस चौखटे को पसन्द किया था। पर तब उसे मालूम न था कि मैं सड़कों का राजा हूँ। खैर छोड़ो। उसे जल्दी ही एक पैंट बाबू ब्याहकर ले गया। अब यह पगली पीछे पड़ी है। अब तुम ही कहो, इसे ले जाकर कहाँ रखूँ? यह पहाड़ी बकरी शहर में घुट न जाएगी?"

'पहाड़ी बकरी' शब्द पर तेजी की हँसी छलक पड़ी।

"मेरे घर में पढ़े-लिखे भाई हैं, भाभियाँ हैं। एक भाई कॉलेज में पढ़ाता है, एक दफ़्तर में बाबू है। भाभियों को मेरी सूरत से ही चिढ़ छूटती है।"

"आप नहीं पढ़े?"

"पढ़ता तो ट्रक ड्राइवरी करता? बस, आठ जमात पढ़कर हाथ जोड़ लिये। मन ही नहीं लगा आगे। भाई लोगों के डंडे खाए, फिर भी बात नहीं बनी। मैंने माँ से साफ कह दिया कि मैं अफ़सरी करने के लिए पैदा नहीं हुआ। तंग करोगी तो किसी दूर-दराज के देश को भाग जाऊँगा। जिधर रहूँगा, मेहनत-मजूरी करके दो रोटी खाऊँगा। माँ रोई, मगर बात का मरम समझ गई। कुछ पैसों का जुगाड़ किया और एक गाड़ी लाकर दी। बस, तब से मैं और मेरा साथी यह ट्रक!"

"अच्छा लगता है?"

"हाँऽऽ! अच्छा ही है। साला किसी का मोहताज तो नहीं हूँ। अपना खा-पीकर मस्त रहता हूँ और भाइयों से ज्यादा पैसा माँ के हाथ में रख देता हूँ।"

बातों-बातों में तेजी ने जान लिया कि बलदेव माँ से बहुत प्यार करता है। उसी के कारण जम्मू में टिका हुआ है। भाभियों के मेहँदीवाले हाथों की कच्ची-पक्की खाने से पहले तो वह घर से 'उड़न-छू' हो गया होता।

"किधर जाते? उधर पहाड़ी के ऊपरवाले घर में?" तेजी ने कुरेदा।

बलदेव हँसा, "ट्रक ड्राइवर क्या महलों में रहता है, भाभी?" फिर एकाएक उसकी आँखें चमकने लगीं, "मेरा भैया जब छंब से आएगा और भाभी को साथ लेकर आएगा, तब मैं भी उधर चला जाऊँगा।"

आगे सभी चुप हो गए। एक भावभीनी आत्मीयता में सराबोर!

जवाहर टनल के अँधेरे में तेजी को जरा भी डर न लगा। आज उसका दुपट्टा सिर से नहीं, कंधों से भी खिसक गया था। बालों की लटें चेहरे पर खेल रही थीं। तमाम रास्ते जाने वह किन-किन सवालों के हल खोजती जा रही थी। वह उसके अपने ही प्रश्न नहीं थे, एक नितान्त अजनबी ट्रक ड्राइवर बलदेव से सम्बन्धित प्रश्न भी थे।

बलदेव पहाड़ की नन्ही सी कोठरी में रहेगा, साथ में कई चुटियाओं वाली वह हँसती गूजरी रहेगी। उसे मक्के के गरम डोडे और सरियाँ दा साग पकाकर देगी। माँ भी साथ जाएगी क्या? हाँ, उसे भी जाना चाहिए। बलदेव ने कहा था।

श्रीनगर की झिलमिलाती बत्तियों की कतार को दूर से देखते बलदेव ने काके से कहा, "ट्रक चलाते सालों गुजर गए, मगर याद नहीं इतना अच्छा कभी लगा, जितना आज..." फिर गला खखारकर उसने एक भावुक क्षण को गुजर जाने दिया। तेजी को लगा, स्टेयरिंग पर बलदेव के हाथ जरूरत से ज्यादा कस गए हैं। तभी बड़े व्यावहारिक अन्दाज़ में बलदेव की गूँजती सी आवाज़ सुनाई पड़ी, "काके! स्टेशन से थोड़ा हटकर ट्रक खड़ा करता हूँ। तुम्हारी भाभी के मायके से कोई लेने आया होगा। ट्रक में बैठा देखकर जाने क्या सोच बैठे।" फिर तेजी के कंधे को सहज भाव से घेरकर थपकाया, "तुम्हारी माँ अच्छी हो जाएगी, सोच न करना।"

गाड़ी से उतरकर जब तक देवर-भाभी कुली को सामान पकड़ाते रहे, बलदेव बिना मुड़कर देखे ट्रक आगे बढ़ा ले गया। तेजी-काका तो धन्यवाद के दो शब्द भी न बोल सके। ठगे-ठगे से वे उड़ती धूल के बीच शाम के धुँधलके में लाल बत्ती के नीचे अंकित तैंतीबाई (3322) को गुम होते देखते रहे।

✪✪✪